W0185916

Kate Grenville

Der Sternenleser

Roman

Aus dem Englischen
von Karina Of

btb

Die Originalausgabe erschien 2008 unter dem Titel »The Lieutenant« bei The Text Publishing Company, Melbourne.

MIX
Papier aus verantwortungsvollen Quellen
FSC® C083411

Verlagsgruppe Random House FSC® N001967
Das für dieses Buch verwendete FSC®-zertifizierte Papier *Lux Cream* liefert Stora Enso, Finnland.

1. Auflage
Genehmigte Taschenbuchausgabe Mai 2013
btb Verlag in der Verlagsgruppe Random House GmbH, München
Copyright © 2008 by Kate Grenville
Copyright © der deutschsprachigen Ausgabe 2011
by C. Bertelsmann Verlag, in der Verlagsgruppe Random House GmbH, München
Umschlaggestaltung: semper smile, München
Umschlagmotiv: Nick Rains / Corbis; shutterstock / Sergej Razvodovskij
Druck und Einband: CPI – Clausen & Bosse, Leck
SL · Herstellung: sc
Printed in Germany
ISBN 978-3-442-74557-9

www.btb-verlag.de
www.facebook.com / btbverlag
Besuchen Sie auch unseren LiteraturBlog www.transatlantik.de

Patyegarang, den Cadigal und William Dawes gewidmet,
deren Geschichte mich zu diesem Roman inspirierte

INHALT

ERSTER TEIL

DER JUNGE LEUTNANT

*

Daniel Rooke war ein stiller, in sich gekehrter Mensch, eine schweigsame Natur. So weit er zurückdenken konnte, war er immer ein Außenseiter gewesen.

In der Grundschule in Portsmouth hatte man ihn für dumm gehalten. Sein erster Schultag, der dritte März 1767, fiel zufällig mit seinem fünften Geburtstag zusammen. In seiner neuen Jacke, den von seiner Mutter zubereiteten Frühstückshaferbrei wohlig im Bauch, setzte er sich an sein Pult und freute sich darauf, die Welt außerhalb seines Zuhauses kennenzulernen.

Mrs. Bartholomew zeigte ihm einen schlechten Kupferstich, unter dem das Wort »Katze« stand. Seine Mutter hatte ihm das Alphabet beigebracht, und er konnte seit einem Jahr lesen. Er verstand nicht, was Mrs. Bartholomew von ihm wollte. Mit offenem Mund saß er an seinem Pult.

Da war er zum ersten Mal mit Mrs. Bartholomews alter Haarbürste verdroschen worden, weil er eine Frage nicht beantwortet hatte, die so einfach war, dass er verunsichert schwieg.

Das Einmaleins langweilte ihn. Während die anderen Kinder es im Chor herausschmetterten und dabei schon ungeduldig auf die Vormittagspause warteten, schielte Rooke unter das Pult in das Notizbuch, in dem er seine besonderen Zahlen sammelte, Zahlen, die außer durch eins und sich selbst nicht teilbar waren. Sonderlinge, genau wie er.

Als Mrs. Bartholomew eines Tages auf ihn zustürzte und ihm das Notizbuch entriss, befürchtete er, sie würde es ins Feuer werfen und ihn wieder mit der Haarbürste verdreschen. Doch sie schaute nur lange hinein und ließ es in ihrer Schürzentasche verschwinden.

Er hätte sie gerne gebeten, es ihm zurückzugeben. Nicht wegen der Zahlen, die hatte er im Kopf, sondern wegen des Notizbuchs, das zu wertvoll war, um es zu verlieren.

Dann kam Dr. Adair von der Akademie in das Haus an der Church Street. Rooke wusste weder, wer Dr. Adair war, noch was er in ihrem Wohnzimmer zu suchen hatte. Er wusste nur, dass er für einen Besucher gewaschen und gekämmt worden war, dass man seine kleinen Schwestern zur Nachbarsfrau geschickt hatte und seine Eltern mit starrer Miene auf den unbequemen Stühlen in der Ecke saßen.

Dr. Adair beugte sich vor. Ob Master Rooke etwas von Zahlen wisse, die nur durch eins und sich selbst teilbar seien? Rooke vergaß seine Scheu. Er lief in seine Dachkammer hinauf und kam mit dem Blatt zurück, auf das er ein Gitternetz gezeichnet hatte, zehn mal zehn Quadrate für die Zahlen von eins bis hundert, und mit roter Tinte diese besonderen Zahlen: zwei, drei, fünf und weiter bis siebenundneunzig. Er deutete mit dem Finger darauf: Da ist eine Art Muster, schauen Sie, hier und hier. Hundert Zahlen seien jedoch nicht genug, er brauche ein größeres Blatt Papier, um zwanzig oder gar dreißig Quadrate neben- und untereinander zeichnen zu können und dann das richtige Muster zu finden. Ob ihm Dr. Adair vielleicht solch ein Blatt besorgen könne?

Auf dem Gesicht seines Vaters lag inzwischen das verzerrte Lächeln, das sich immer dann zeigte, wenn sein Sohn einem Fremden gegenüber offenbarte, was für ein seltsamer Junge er war. Seine Mutter hatte den Blick gesenkt. Rooke faltete das Blatt mit dem Gitternetz zusammen und verbarg es auf dem Tisch unter seiner Hand.

Doch Dr. Adair hob die Finger des Jungen von dem schmuddeligen Papier.

»Darf ich mir das einmal ausleihen?«, fragte er. »Ich würde es gerne einem Herrn aus meinem Bekanntenkreis zeigen, den es interessieren wird, dass dies von einem siebenjährigen Jungen stammt.«

Nachdem Dr. Adair gegangen war, brachte die Nachbarin seine beiden Schwestern zurück. Sie musterte Rooke und sagte mit überlauter Stimme, als wäre er taub oder ein Hund: »Ja, er sieht wirklich klug aus.«

Rooke spürte, wie er bis in die Haarwurzeln errötete. Mochte er nun dumm oder klug sein, eines änderte sich nicht: der Schmerz, mit der Welt nicht in Einklang zu sein.

*

Als Rooke acht wurde, bot Dr. Adair ihm das Stipendium an. Es waren bloß Worte: *ein Platz an der Marineakademie Portsmouth*. Der Junge dachte, das Leben dort könne sich nicht allzu sehr von seinem bisherigen unterscheiden – also machte er sich unbekümmert auf den Weg und winkte seinem am Tor stehenden Vater nur flüchtig zu.

In der ersten Nacht lag er reglos im Dunkeln, vor Schock unfähig zu weinen.

Die anderen Jungen fanden heraus, dass sein Vater Angestellter war und jeden Tag in das gedrungene Backsteingebäude am Hafen ging, wo sich das Amt für Artilleriewesen und Heeresausrüstung befand. In der Welt der Church Street war Benjamin Rooke ein gebildeter und angesehener Mann, ein

Vater, auf den man stolz sein konnte. Eine Meile entfernt, in der Marineakademie Portsmouth, war er etwas, wofür man sich schämen musste. *Du meine Güte – ein Angestellter!*

Einer der Jungen zerrte sämtliche Kleidungsstücke, die Hemden und die Unterwäsche, die Rookes Mutter und Großmutter so sorgfältig angefertigt hatten, aus dem Koffer und schleuderte sie durch das Fenster in den matschigen Hof drei Stockwerke weiter unten. Ein Mann in einer wallenden schwarzen Robe zog Rooke schmerzhaft am Ohr und schlug ihn mit dem Rohrstock, als er zu erklären versuchte, dass nicht er das getan habe. Ein großer, kräftiger Junge schob ihn draußen hinter der Schulküche auf eine hohe Mauer und stach mit einem Stock auf ihn ein, bis Rooke sich schließlich gezwungen sah hinunterzuspringen.

Sein Knöchel schmerzte immer noch von dem Sprung, doch das war nicht so schlimm wie der Schmerz in seinem Herzen.

Seine Dachkammer in der Church Street umschloss ihn mit ihren Ecken und Winkeln, in ihrer Form ebenso eigenartig wie er. Die kalte Trostlosigkeit des Schlafsaals in der Akademie hingegen saugte die Seele aus ihm heraus und hinterließ eine leere Hülle.

Wenn er samstagsabends von der Akademie zur Church Street ging, um den Sonntag zu Hause zu verbringen, war das wie eine Reise von einer Welt in die andere, die ihn jedes Mal fast zerriss. Weil seine Mutter und sein Vater so stolz und beglückt waren, dass ihr kluger Sohn auserwählt worden war, konnte er ihnen nichts von seinen inneren Konflikten erzählen. Seine Großmutter hätte ihn vielleicht verstanden, doch nicht einmal ihr gegenüber fand er die richtigen Worte, um seine Verlorenheit zu beschreiben.

War dann wieder die Zeit zum Aufbruch gekommen, umklammerte Anne seine Hand fest mit ihren beiden Händchen, zog mit ihrem ganzen kindlichen Gewicht an ihm und bettelte, dass er dableiben solle. Obwohl sie nicht einmal fünf war, wusste sie instinktiv, dass ihr Bruder lieber in der Diele verwurzelt bliebe. Sein Vater löste ihre Finger einen nach dem anderen von Rookes Hand und scheuchte ihn lächelnd und winkend zur Tür hinaus, worauf Rooke nichts anderes übrig blieb, als ebenfalls zu winken und eine fröhliche Miene aufzusetzen. Während er die Straße hinaufging, konnte er Annes Heulen und die Tröstungsversuche seiner Großmutter hören.

Obwohl die Akademie so viele große Männer hervorgebracht hatte, begeisterte sich dort niemand für die Zahlen, die Rooke Primzahlen zu nennen lernte. Auch an seinem Notizbuch, in dem er die Quadratwurzel aus zwei zu berechnen versuchte, zeigte keiner Interesse, oder daran, wie man mit der Zahl Pi herumspielen konnte und dabei überraschende Ergebnisse erzielte.

Rooke lernte schließlich, dass wahre Klugheit darin bestand, solcherart Gedanken zu verbergen. Sie wurden zu etwas Beschämendem, zu einer geheimen Sache, die man nicht öffentlich zeigen durfte.

Gespräche waren für ihn ein unlösbares Problem. Schien auf eine Bemerkung keine Antwort nötig zu sein, schwieg er eben. Bis er endlich lernte, wie es funktionierte, hatte er sich, ohne es zu merken, die Gunst einiger Jungen verscherzt. Danach war es zu spät.

Bei anderen Gelegenheiten wiederum redete er zu viel. Äußerte sich jemand über das Wetter, konnte es vorkommen, dass er sich über die Verteilung der unterschiedlichen Niederschlagsmengen in Portsmouth in Begeisterung redete. Weitschweifig erzählte er dann von seinen Aufzeichnungen und dass auf seiner Fensterbank ein Glasgefäß stehe, in das er eine Messskala eingeritzt habe. Verbringe er den Sonntag zu Hause, nehme er das Glas natürlich mit, doch die Fensterbank dort sei dem vorherrschenden Südwestwind etwas mehr ausgesetzt als die Fensterbank in der Akademie und bekomme deshalb mehr Regen ab. Wenn er bis dahin gekommen war, hatte die jeweilige Person, die lediglich festgestellt hatte, was für ein schöner Tag es doch sei, längst das Weite gesucht.

Er wäre zu gerne ein ganz normaler guter Junge gewesen, doch es gelang ihm nicht, anders zu sein, als er war.

Mit der Zeit hasste er die protzige Kuppel auf dem Dach der Akademie mit der stolzen goldenen Kugel, hasste die weißen Ecksteine, mit denen die Fassade eingefasst war. Der Portikus des Haupteingangs wirkte zu schmal für die pompösen Säulen, die Tür mit dem kleinen Dreiecksgiebel darüber winzig wie ein Gesicht mit zu dicht beieinanderstehenden Augen.

Wenn er sich nach einem zu Hause verbrachten Sonntag widerstrebend diesem Ort näherte und dabei Annes an ihm zerrenden Hände noch spürte, sah er zum zweiten Stockwerk hinauf, in dem sich die Zimmer der reichen Jungen befanden. Waren die Vorhänge des linken Fensters aufgezogen, bedeutete das, Lancelot Percival James, der Sohn des Grafen von Bedwick, war schon zurück. Der dickliche, geistig schwerfällige Junge mit der dröhnenden Stimme hatte nur Verachtung für einen Schulkameraden, dessen Vater nichts weiter als ein Angestellter war und in dessen Zuhause es keine richtigen Diener, sondern nur ein Mädchen für alles gab. Selbst jene Jungen, die ständig in Lancelot Percivals Nähe herumscharwenzelten, konnten es schon nicht mehr hören, wenn er von seinem Butler, seinem Koch, seinen vielen Dienstmädchen und Lakaien erzählte, ganz zu schweigen von den diversen

Stallburschen und Gärtnern, die das Landgut pflegten, und dem Wildhüter, der die Fasane des Grafen vor jenen schützte, die versucht sein könnten, sich unaufgefordert zu bedienen.

Lancelot Percival lauerte Rooke auf und schaffte es fast immer, ihm im Vorbeigehen einen Stoß zu versetzen oder Rookes gutes Leinenhemd mit Tinte zu bespritzen. Die anderen Jungen sahen teilnahmslos zu, als wäre es so normal wie das Töten einer Fliege.

Der Reichtum von Lancelot Percival James' illustrer Familie basierte auf dem Zuckerhandel, darüber hinaus auf den Inseln Jamaika und Antigua und schließlich auf den schwarzen Sklaven auf diesen Inseln. Lancelot Percival begriff zwar nicht, weshalb das Quadrat über der Hypotenuse flächengleich der Summe der Quadrate über den beiden Katheten war, wurde jedoch höchst beredt, wenn es zu erklären galt, warum die Abschaffung der Sklaverei für das Britische Weltreich im Allgemeinen und seine eigene Familie im Besonderen den Untergang bedeuten würde.

Über diese Aussage zerbrach sich Rooke den Kopf, so wie er sonst über seine Primzahlen nachgrübelte. Weil er noch nie einen Schwarzen gesehen hatte, war das Problem abstrakt, doch etwas an der These war irgendwie nicht stimmig. Wie er es auch drehte und wendete, er konnte Lancelot Percivals Logik nicht nachvollziehen.

Auf alle Fälle war es das Beste, Lancelot Percival aus dem Weg zu gehen.

So oft er konnte, stahl er sich davon und lief zum Ufer bei der Hafeneinfahrt hinunter, wo der Round Tower dem Meer zugewandt war. Am Fuß des alten Gemäuers gab es einen Kieselstrand, zu dem außer Rooke niemand kam. Die Leere dort war ihm eine Art Gefährte.

In einem Versteck in der Mauer bewahrte Rooke seine Kieselsammlung auf. Es waren ganz normale Steine, jeder von ihnen nur deshalb wertvoll, weil er sich von den anderen unterschied. Rooke sprach leise mit sich selbst, während er davorhockte und auf ihre besonderen Merkmale zeigte. *Schau, dieser hier hat kleine dunkle Pünktchen! Und dieser hier ähnelt der Mondoberfläche, siehst du?*

Er stellte die Fragen und gab zugleich die Antworten.

An der Akademie fand er allein in Büchern Trost. Euklid war ihm wie ein alter Freund. *Was demselben gleich ist, ist auch einander gleich. Das Ganze ist größer als der Teil.* In Euklids Gesellschaft kam es ihm vor, als hätte er sein ganzes bisheriges Leben eine fremde Sprache gesprochen und höre nun endlich auch einen anderen diese Sprache sprechen.

Er vertiefte sich in William Lilys *Grammatik der lateinischen Sprache* und war begeistert, wie sich die schwer fassbaren Geheimnisse der Sprache in Einzelteile zerlegen ließen, die so verlässlich und austauschbar waren wie Zahlen. *Dico, dicis, dicet.* Dativ, Genitiv, Ablativ. Er gewann den Eindruck, dass Griechisch und Latein, Französisch und Deutsch weniger Möglichkeiten zum Sprechen waren, sondern vielmehr Mechanismen zum Denken.

Durch den Akademieunterricht in Astronomie und Navigation erschloss sich ihm ein völlig neuer Himmel. Zu lernen, dass die Sterne keine wunderlichen Irrlichter waren, sondern Teil eines gigantischen Gefüges, das Rooke richtig schwindlig machte, war eine Offenbarung. Es war, als würde man, während man auf der Erde stand, den Blick nach innen richten und dabei versuchen, die Erde von außen zu betrachten. Aus dieser Perspektive sah man keine Räume, Felder und Straßen, sondern eine Materiekugel, die durch den Weltraum sauste, auf einer Umlaufbahn, deren genaue Form ein Deutscher namens Kepler intuitiv erfasst und ein Engländer namens Newton – der die Mathematikerbrücke in Cambridge entworfen haben sollte – nachgewiesen hatte.

Vergeblich wünschte sich Rooke, dass Euklid oder Kepler noch lebten, um sich mit ihnen unterhalten zu können. Die von ihnen beschriebene Welt war wohlgeordnet, alles hatte seinen Platz. Vielleicht sogar ein Junge, der keinen Platz zu haben schien.

Als der Kaplan herausfand, dass Rooke das absolute Gehör hatte, erschien ihm das wie ein weiterer Fluch.

»Cis!«, rief er, und Rooke lauschte in sich hinein und sang einen Ton. Der Kaplan hieb mit dem Finger auf die Klaviertaste ein.

»B, Rooke, gibst du mir bitte ein b?«

Rooke lauschte und sang, und der Mann drehte sich auf dem Klavierstuhl mit solch heiß glühenden Wangen zu ihm um, dass Rooke einen schockierten Augenblick lang glaubte, er wolle ihn küssen. Im Chorgestühl hinter ihm kicherten die Klassenkameraden, und Rooke wusste, er würde später dafür büßen müssen.

Doch sobald seine Beine lang genug waren, brachte ihm der Kaplan in der Kapelle das Orgelspiel bei. Für Rooke öffnete sich eine Tür in eine ihm bislang verschlossen gebliebene Welt.

Er liebte die Logik der Notation, wie die Grundeinheit der Brevis, der Doppelganzen, in immer kleinere Notenwerte zerlegt werden konnte. Selbst die schnellste Vierundsechzigstelnote war Teil dieser Grundeinheit, mitschwingende Töne, die bewusst kaum wahrgenommen wurden, aber zur Klangfülle beitrugen.

Und dann das Instrument selbst. Eine Orgel war nichts weiter als Dutzende von Luftröhren. Jede Pfeife konnte nur einen einzigen Ton erzeugen, brachte keinen anderen hervor: eine Pfeife, ein Ton. Jede stand an ihrem Platz neben den anderen, ihr Metallmund offen, gefüllt mit Luft, die darauf wartete, in Bewegung versetzt zu werden. Rooke saß zwanzig Meter entfernt am anderen Ende der Kapelle am Manual, schlug einen Akkord an und lauschte, wie jede Pfeife ihren Ton sang. Er hätte weinen können vor Dankbarkeit, dass die Welt solch herrliche Klänge zu bieten hatte.

Stundenlang saß er in der Kapelle und arbeitete sich bedachtsam durch die Fugen. Ein Dutzend Töne, schwerlich Musik zu nennen. Doch andererseits sprachen diese wenigen Noten miteinander, mit Thema und Antwort, durch Wiederholungen, Diminutionen und Augmentationen, oder bewegten sich sogar rückwärts wie die rückläufige Planetenbahn des Mars. Rooke lauschte, als hätte er genauso viele Ohren wie Fingerspitzen, und konnte wie ein Blinder kaum vorhandene Strukturen fühlen. Nach zwei oder drei Seiten Musik verwoben sich sämtliche Stimmen zu einer Konstruktion von solch schwindelerregender Gewalt, dass sie fast die Wände der Kapelle sprengten.

Andere, die des stundenlangen ununterbrochenen Klanges von Buxtehude und Bach überdrüssig wurden, beschwerten sich, dass da keine Melodie sei. Genau das war es, was Rooke an den Fugen am besten gefiel, die Tatsache, dass sie nicht gesungen werden konnten. Eine Fuge war nicht singularisch wie eine Melodie, sondern pluralisch. Sie war ein Gespräch.

Auf der Orgelbank, mit dem Rücken zu den voll besetzten Kirchenbänken, ließ er Hunderte von Predigten über sich ergehen, und dann mümmelte er die Bröckchen Brot und nippte mit den anderen am Abendmahlskelch. Aber der Gott der Sünde und der Vergeltung, der Mysterien des Leidens und Auferstehens, sprach nicht zu ihm. Rooke lag mit Gott nicht im Streit, doch für ihn war Gott in diesen Worten oder Ritualen nicht enthalten.

Rooke hatte Gott im Nachthimmel gesehen, lange bevor er dessen Muster verstand. Wie sich die Gesamtheit der Sterne zusammen als eine Einheit bewegte, hatte er immer als wunderbar und beruhigend empfunden.

An den langen Winterabenden stahl sich Rooke an der Schulküche vorbei nach draußen, blieb im Hof stehen und blickte zum Himmel hinauf. In der Kälte waren die Sternbilder nah und strahlend. Es beruhigte ihn, dass der Fuhrmann und der Kleine Bär, die den Himmel miteinander umkreisten, immer zu finden waren. Keiner dieser Lichtpunkte dort oben musste sich seinen Weg allein durch die Dunkelheit suchen, sondern bewegte sich zusammen mit seinen Gefährten, allesamt durch eine mächtige Hand an ihrem Platz festgehalten.

Dass der Mond manchmal ein dünner Splitter war und manchmal eine Scheibe, hatte Rooke als Kind für einen raffinierten Trick gehalten. Doch als er den Grund dafür verstand, war er von Ehrfurcht ergriffen gewesen. Da existierte tatsächlich ein Muster, er hatte lediglich auf einer falschen Skala danach gesucht. Eine Woche reichte nicht aus, um das Muster zu erkennen, man brauchte einen ganzen Monat.

Er hoffte, dass alles Verstehen lediglich eine Frage des Maßstabs sei. Wenn man nicht nur eine Woche, ein Jahr oder ein ganzes Leben zur Verfügung hatte, sondern Jahrtausende, Äonen, würde sich herausstellen, dass hinter all den scheinbar ziellos umherziehenden Himmelskörpern und den irdischen Veränderungen eine Bedeutung steckte. Manche Ordnungen waren zu riesig, als dass ein Mensch sie erkennen konnte. Man konnte jedoch darauf vertrauen, dass unter der Kakophonie eines jeden menschlichen Lebens eine kosmische Brevis mitschwang.

So wie der Kaplan sein Evangelium, hatte Rooke seinen eigenen heiligen Text, in dem sich sein Gott verständlich machte: die Mathematik. Dem Menschen war ein Gehirn gegeben worden, um in Zahlen denken zu können, und es konnte kein Zufall sein, dass sich die Welt durch genau dieses Werkzeug erschließen ließ. Um irgendeinen Aspekt des Kosmos zu verstehen, musste man auf das Antlitz Gottes schauen, nicht direkt, sondern durch eine Art Triangulierung, denn mathematisch zu denken hieß, das Handeln Gottes in sich selbst zu spüren.

Er sah, dass andere von ihren Vorstellungen von Gott getröstet wurden: als einem strengen, aber gütigen Vater oder einem Bruder, der eine Last mit ihnen teilte. Was Rooke hingegen tröstete, war das Wissen, dass er als Einzelner nicht von Bedeutung war. Was immer er auch sein mochte, er war Teil einer Ganzheit, ein einziger unbedeutender Ton innerhalb der großen Fuge des Daseins.

Das verlangte eine Moral, die über die knappe Handvoll Gebote im Buch des Kaplans hinausging. Man musste die Einheit aller Dinge anerkennen. Verletzte man einen Teil, beschädigte man alles.

Rooke träumte davon, diesen Ort zu verlassen, nicht nur die Akademie, sondern Portsmouth mit seinen Häusern, die sich dicht um den Hafen drängten, mit diesen engen Straßen, in denen ihn jeder zu gut kannte, Benjamin Rookes Ältesten, ein ganz netter Junge, nur ein bisschen weltfern.

Nichts deutete darauf hin, doch er glaubte fest daran, dass eines Tages irgendwo auf der Welt ein Ort für einen Menschen wie ihn zu finden sein würde.

*

Im Jahr 1775 wurde Rooke dreizehn, und Dr. Adair nahm seinen begabten Schüler nach Greenwich mit, um ihn seinem Freund, dem königlichen Astronomen, vorzustellen.

Noch nie zuvor war Rooke so weit von zu Hause fortgewesen. Während der ganzen Reise starrte er gebannt aus dem Kutschenfenster auf alles, was vorüberzog, alles so fremd wie das tiefste Afrika. Jeder schlammige Weiler war ihm unbekannt, jeder gaffende Landarbeiter ein Fremder. Am Ende des Tages war er von dem vielen Neuen, das er gesehen hatte, regelrecht berauscht.

Dr. Vickery war ein Mann mittleren Alters mit schweren Hängebacken und müden Augen, die immer wegglitten, wenn man ihn ansah. Rooke merkte es gleich: Auch dem Astronom fiel es schwer, anderen Menschen in die Augen zu blicken.

In dem sechseckigen Raum mit den hohen, langen Fenstern zu stehen, in dem Halley die Bahn seines Kometen berechnet hatte, überwältigte Rooke so sehr, dass er die Begrüßung des königlichen Astronomen nicht in gebührender Weise erwiderte. Dr. Vickery nahm jedoch keinen Anstoß an der Unbeholfenheit des Jungen. Er zog ihn zu der Wand hinüber, an der ein riesiger Viertelkreis aus Messing hing, mit einer so fein gravierten Skala um den Rand herum wie die Ziselierung auf Dr. Adairs goldener Uhr.

»Master Rooke, dieser Quadrant wird Sie interessieren.

Ein Radius von acht Fuß, und sehen Sie die auf dem Bogenrand eingeritzte Gradeinteilung? Hergestellt von John Bird aus London nach der Methode fortgesetzter Halbierung.«

Er blickte kurz zu dem Jungen, der Quadranten nur aus Büchern kannte und keine Ahnung hatte, was unter der *Methode fortgesetzter Halbierung* zu verstehen war.

»Verzeihen Sie meine Begeisterung, Master Rooke. Wissen Sie, es gibt Tage, da warte ich, anders als der Rest der menschlichen Spezies, ungeduldig auf die Nacht. Und das in einem solchen Maße, dass meine Frau immer sagt, ich müsse in meiner Natur etwas von einer Fledermaus haben!«

Rooke merkte, dass dies scherzhaft gemeint war – ein Versuch, ihm die Befangenheit zu nehmen. Er dachte aber auch, dass Mrs. Vickery diese seltsame Eigenschaft ihres Mannes genau auf den Punkt gebracht hatte.

Zwei Wochen lang blieb er in Greenwich und hatte zum ersten Mal in seinem Leben das Gefühl, am richtigen Ort zu sein.

Dr. Vickery erläuterte ihm die Geheimnisse des Quadranten und des Dollond-Fernrohrs, ließ ihn eine der von John Harrison angefertigten Uhren mit den federnden, sich gegeneinander bewegenden Messingschwingarmen aufziehen, deren empfindliches Räderwerk Raste um Raste vorrückte. Er lehrte ihn die Züge von Schachfiguren, demonstrierte ihm die gefährliche Macht des nur scheinbar machtlosen Bauern und konfrontierte ihn mit dem Rösselsprung, um zu sehen, was er daraus machte.

In der Bibliothek des Observatoriums konnte sich Rooke nicht entscheiden. Während er in einem Buch las, fiel ihm schon ein anderes ins Auge, und dann das nächste. An der Akademie gab es einen Jungen, dem es mit süßen Brötchen ebenso ging: Das erste noch im Mund und ein zweites in der Hand, griff er schon nach dem dritten.

Auf Dr. Vickerys Empfehlung versuchte Rooke Eulers Analyse der Kometenbewegungen nachzuvollziehen. Er las in Keplers Bericht, wie jeder seiner Irrtümer einen vorherigen aufgehoben und die Wahrheit über die tatsächliche Form der Umlaufbahnen enthüllt hatte. Er verschlang das Logbuch des großen Kapitän Cook und hätte noch gerne Joseph Banks Bericht über New South Wales gelesen, doch die Zeit reichte gerade noch dafür aus, das Inhaltsverzeichnis zu überfliegen: *Vierfüßer – Ameisen und ihre Behausungen – Mangel an Menschen – Geräte zum Fischfang – Kanus – Sprache.*

Am Ende seines Aufenthalts ergriff Dr. Vickery die Hand des Jungen, klopfte ihm auf die Schulter, und beide lächelten aneinander vorbei. Dann überreichte er ihm ein Exemplar seines *Nautischen Almanachs* für das Jahr 1775 und schlug das Vorsatzblatt auf, damit Rooke die Widmung lesen konnte: *Für Master Daniel Rooke, einen vielversprechenden Astronomen.*

Zwei Jahre später, kurz vor seinem fünfzehnten Geburtstag, ging Rookes Schulzeit zu Ende. Er schrieb an Dr. Vickery und deutete an, dass er gerne in dessen Observatorium oder in einer anderen Sternwarte arbeiten würde, egal wo, Hauptsache, er konnte weiterhin den Himmel beobachten und einsame Berechnungen anstellen.

Dr. Vickery musste ihm erklären, dass die Welt Astronomen nicht in großer Zahl benötigte. Nicht einmal der Hofastronom konnte dem jungen Rooke eine Stelle vermitteln. Nicht bevor ein anderer Astronom gestorben war.

Ganz so drastisch drückte er es zwar nicht aus, doch Rooke verstand. Er musste sich anderswo umschauen. Mochte er Euklid auch noch so schnell begreifen, mochte sein Gehör auch noch so perfekt sein, für einen Jungen seines Standes lagen die besten Aussichten nicht nur eine Meile von daheim entfernt.

Er hätte in die Royal Navy, die Kriegsmarine, eintreten können, doch Offizierspatente waren zu teuer. Der richtige Platz für Männer wie ihn war die Division Portsmouth der Königlichen Marineinfanterie: Er würde Soldat zur See werden. Dort musste man zwar lange auf eine Beförderung warten, doch Offizierspatente waren billiger.

Rooke wusste, dass der Zeitpunkt günstig war. Für den Krieg mit den amerikanischen Kolonien brauchte der König riesige Mengen an Soldaten und verschmähte selbst einen gelehrsamen Jungen nicht, der für Kämpfe nicht die geringste Begabung hatte. Man rechnete jeden Tag damit, dass die Amerikaner aufgaben. Die Rebellen seien barfüßig, hieß es, ihre Waffen nichts weiter als Stöcke.

Rooke zeigte Anne und Bessie, wo er hinsegeln würde, und betrachtete die blassen, weichen Hände seiner Schwestern, während sie den Globus drehten, den er aus Draht und Papier gebastelt hatte, sorgsam zurechtgeschnitten und zusammengeklebt. Mit dieser Arbeit hatte er die schwierigen Stunden der letzten Tage überbrückt, bevor er an Bord des Schiffes ging. Die Zeit bei den Königlichen Seesoldaten versprach eine Art Leben zu werden, doch die Zeit des Wartens auf den Beginn dieses Lebens war alles andere als leicht, ein Zustand der Hoffnung und des Bangens zugleich, ein Schwebezustand zwischen einer Existenz und der nächsten.

»Mehr oder weniger derselbe Breitengrad«, sagte er. »Hier ist Boston, seht ihr? Aber natürlich ein ganz anderer Längengrad.«

Bessie war noch zu klein, um auch nur so zu tun, als würde sie seine Worte verstehen. Außerdem hatte sie auch gar nicht diese Art Verstand. Die elfjährige Anne hingegen wollte die Sache gründlich durchdenken.

»Es wird dort also eine andere Zeit sein? Wenn wir schon zu Abend essen, frühstückst du gerade. Wenn dein Schiff schnell genug wäre, könntest du an einem Tag zwei Mal frühstücken und zwei Mal zu Abend essen!«

Rooke legte den Arm um sie und drückte sie. Er würde seine kluge Schwester vermissen. Sie war der einzige Mensch auf der Welt, bei dem er sich niemals hatte verstellen müssen.

*

Er erhielt die Uniform – die weißen Kniehosen und die rote Jacke mit den Tressen und den Messingknöpfen seines Regiments. Man händigte ihm eine Muskete aus und brachte ihm bei, wie man das Schwarzpulver einfüllte, die Bleikugel setzte und mitsamt eines Schusspflasters mit dem Ladestock in den Lauf hinunterstieß, anschließend das Zündkraut auf die Pulverpfanne schüttete und den Batteriedeckel schloss, um die Waffe schussbereit zu machen.

Es war eine geniale Konstruktion, die mit überzeugender Logik funktionierte. Wenn man den Hahn gespannt hatte und den Abzug betätigte, schlug das Steinschloss mit dem Flintstein gegen die stählerne Fläche des Batteriedeckels. Dabei wurde ein Funkenregen erzeugt, das Zündkraut in der Pfanne entflammte und brachte die Schwarzpulverladung hinter dem Bleigeschoss zur Entzündung. Durch die expandierenden Gase wurde die Kugel dann aus dem Lauf getrieben. Die Abfolge war genauso zufriedenstellend wie bei einem Sextanten, dessen Spiegel und eingravierte Gradbruchteile einem verrieten, wo genau die Sonne am Himmel stand.

Zu gegebener Zeit wurde Rooke zum Leutnant ernannt und

Seiner Majestät Linienschiff *Resolution* zugeteilt. Während er im Beiboot saß und zusah, wie das Schiff immer größer wurde, fasste er den Vorsatz, dass dies ein neuer Anfang sein würde. Niemand hier kannte ihn: Daniel Rooke konnte genauso gut klug sein wie dumm. Zusammen mit der neuen roten Jacke und der Muskete an ihrem Riemen über der Schulter konnte er ein nagelneues Selbst annehmen.

Der Zufall wollte es, dass seine Hängematte im Bauch der *Resolution* neben der eines Mannes hing, der nicht unterschiedlicher hätte sein können als er.

Talbot Silk war klein und quirlig und mit seinem schmalen Gesicht und allzu dünnen Mund nicht gerade hübsch, doch die erfrischende Lebendigkeit seines Wesens war einfach entwaffnend und wog alles andere auf.

»Also, Rooke«, sagte er an jenem ersten Nachmittag, nachdem der Quartiermeister ihnen ihre Hängematten zugewiesen und sie dann allein gelassen hatte. »Sag mir doch bitte gleich ganz offen, ob du ein Schnarcher bist. Bist du's nämlich, werden wir eine Regelung finden müssen.«

»Nein, nein«, begann Rooke, »das heißt, ich weiß es nicht, woher sollte ich auch? Ich, also, na ja, du wirst mir sagen müssen, ob ich schnarche oder nicht.«

Silk warf ihm einen belustigten Blick zu. Er hatte die Natur seines Nachbarn blitzschnell durchschaut und ihm vergeben.

»Potztausend, Rooke, ich sehe schon, wir zwei werden prima miteinander auskommen. Ich werde heute Nacht also wach bleiben und es dir morgen früh sagen. Jetzt komm erst mal mit, ich weiß zufällig, dass es heute Abend nicht genug Klöße für alle gibt, deshalb sollten wir uns besser sputen.«

Es gab niemanden, der Silk nicht mochte: Er war herzlich, amüsant und unkompliziert, stets mit den richtigen Worten am richtigen Ort. Unter den boshafteren Exemplaren seiner Kameraden wurde gemunkelt, sein Vater sei Tanzlehrer. In der Tat traf es zu, dass sich Silk in Unterhaltungen leichtfüßig bewegte. Er konnte andere mit einem witzigen Zucken der Augenbraue und einem trockenen Tonfall zum Lachen bringen und war ein Geschichtenerzähler, der noch das banalste Ereignis in etwas Unterhaltsames verwandelte.

Silks Charme hatte ihn schon weit gebracht: Nur zwei Jahre älter als Rooke, war er bereits Oberleutnant und hatte seine flinken Augen schon auf die nächste Beförderung gerichtet. Der Krieg war für Silk nichts weiter als eine Gelegenheit, seinem nächsten Ziel näherzukommen: der Ernennung zum Hauptmann Silk.

Mit Silk als lebendem Vorbild neben sich arbeitete Rooke daran, eine akzeptable Version seiner selbst zu erfinden, die für die raue Kameradschaft der Offiziersmesse tauglich war. Er lernte, wie man ein oder zwei Banalitäten austauschte. Er stählte sich, um den Blick anderer erwidern zu können. Während er den Leutnants am Tisch in der Offiziersmesse beim Fangbecherspielen zusah, ging ihm auf, dass man, um zu gewinnen, einfach nur lernen musste, den Lärm ringsumher völlig auszublenden. Er hätte es auch gerne einmal probiert – doch er traute sich nicht.

Der neue Daniel Rooke war dem alten nicht vollkommen unähnlich. Nach wie vor war er ein stiller Geselle, der sich gerne im Hintergrund hielt, doch eines Abends vergaß er sich so weit, dass er die Herausforderung annahm, im Kopf 759 mit 453 zu multiplizieren. An der Akademie hätte ihn das zur Zielscheibe des Spottes gemacht, aber an Bord der *Resolution* schien es nichts Schlimmeres als etwas Bemerkenswertes zu sein.

Er vermutete, dass es in der kleinen Welt eines Schiffes nicht von Nachteil war, einen Mann mit einer solchen Begabung zu kennen. Wer neben einem intelligenten Trottel stand, bekäme ein wenig von dem Glanz seiner Begabung ab.

Beim Abendessen in der Offiziersmesse konnte Rooke mit allen anderen zusammen über Silks Schilderung lachen, was der Bootsmann gesagt hatte, als ihm der Doppelblock auf den Fuß geprallt war. Er konnte sich seinem Nachbarn zuwenden und sich mit ihm über den Witz amüsieren und nichts weiter als ein Leutnant sein, der sich gut unterhielt. Nach dem Essen konnte er mit all den anderen sein Glas heben und gemeinsam mit ihnen den Lieblingstrinkspruch der Offiziersanwärter ausbringen, die auf eine Beförderung hofften: *Auf einen blutigen Krieg und eine Zeit ergiebiger Krankheiten!*

*

Die *Resolution* blockierte zwar den Hafen von Boston und befuhr die Atlantikroute, um die Streitkräfte Seiner Majestät in der Kolonie mit Vorräten zu versorgen, doch in seinem ersten Jahr an Bord des Schiffes hatte Rooke mit den Kämpfen nichts zu tun. Der Krieg war eine gemächliche Angelegenheit, bei der ein junger Mann, der die Position des Schiffes nach der Methode der Monddistanzen berechnen konnte und einen *Nautischen Almanach* mit einer persönlichen Widmung des Hofastronomen besaß, auf dem Quarterdeck nützlich war.

Rooke dachte bei sich, er hätte eigentlich wissen müssen, dass ein Schiff ein schwimmendes Observatorium war, doch diese Erkenntnis kam für ihn wie ein unerwartetes Geschenk. Nicht ganz Astronom, aber zumindest Navigator, brachte er die Tage damit zu, Messungen mit dem Sextanten zu machen und anschließend im breiten, gedämpften Licht der Kapitänskajüte Längen- und Breitengrad zu ermitteln. An Bord der *Resolution* schienen seine Talente endlich ein Zuhause gefunden zu haben.

Als das Schiff, um Vorräte an Bord zu nehmen, in den Hafen von Antigua einlief, einer Insel der Kleinen Antillen, war Silk ganz von einem bestimmten Plan erfüllt. Jemand hatte ihm von einem gewissen Haus am Ende einer gewissen Gasse hangaufwärts hinter dem Englischen Hafen erzählt, wo eine Gruppe heißblütiger junger britischer Offiziere freundlich empfangen werden würde.

»Ja, du auch!«, sagte Silk mit Nachdruck. »Betrachte es meinetwegen als Teil deiner Bildung, Rooke, mindestens so wichtig wie Griechisch oder die Trigonometrie!«

Rooke ließ sich bereitwillig überreden. Er war froh über die Gelegenheit, gewisse Dinge entdecken zu können, die man anhand des Körperbaus der eigenen Schwestern und von deren Freundinnen vage erahnen konnte, die man aber, soviel war klar, nur durch eigene Erfahrung erlernen würde.

Sobald sie an Land waren, führte Silk die Gruppe von Offiziersanwärtern mit so zielsicheren Schritten durch den Englischen Hafen, als hätte er diesen und die Freuden, die er bot, schon hunderte Male besucht. Am Ende des Kais bog er an einem Haus mit leuchtend roten Geranien an der weißen Wand nach links ab und ging weiter ins Herz der Stadt hinein.

Überall sah Rooke die schwarzen Gesichter der Sklaven, von denen Lancelot Percival geredet hatte. In einem schlammigen Hof standen einige Frauen, die über Waschzuber gebeugt Wäsche walkten und sich über das Platschen hinweg laut miteinander unterhielten. Rooke blieb stehen, um ihnen zu lauschen, und vernahm eine Sprache, die in nichts dem ähnelte, was er je zuvor gehört hatte: weder Latein noch Griechisch, noch Französisch keine der Sprachen, die er an der Akademie gelernt hatte, Töne, deren Bedeutung ihm so unverständlich war, als wäre er ein Baby. Um besser hören zu können, machte er ein paar Schritte in den Hof hinein, doch Silk rief ihm zu, *los, los, Mr. Rooke, weiter geht's, wir sind nicht hier, um unsere Unterwäsche zu waschen!*

Während sie durch die Straßen schritten, sah Rooke vor Karren geschirrte Sklaven Brennholz und Wasser ziehen, das für die Garnison bestimmt war. Am Stadtrand kamen sie an schwarzen Männern und Frauen vorbei, die schwankend riesige Bündel Zuckerrohr oder Körbe voller Ananas auf dem Kopf balancierten. Mit gebeugtem Rücken, die Haut glänzend vor Schweiß, setzten andere auf quadratischen Feldern die Zuckerrohrstecklinge in den Boden.

Rooke fiel auf, dass die Sklaven ihm nie ins Gesicht sahen, selbst wenn sie in den engen Gassen dicht an ihnen vorüberkamen. Es musste etwas sein, das ihnen beigebracht worden war: Schau einem Weißen niemals ins Gesicht! Ihre eigenen Gesichtszüge waren exotisch, kräftig, wie aus einem stärkeren Material geschnitzt als dem faden Teig, aus dem die englischen Gesichter bestanden.

Aber er wagte nicht, zu genau hinzusehen.

Nun, da er durch eigene Anschauung ein System kennenlernte, in dem ein Mensch gekauft und besessen werden konnte wie ein Pferd oder eine goldene Uhr, kam Rooke zu dem Schluss, dass Lancelot Percivals Theorien über den Untergang des Britischen Weltreichs nicht überzeugend waren. Die Sklaven sahen zwar äußerst fremdartig aus, das Leben, das sie führten, war unvorstellbar, doch sie redeten und bewegten sich nicht anders als er selbst. Die Sprache, die er da eben gehört hatte, bestand für ihn aus Tönen, deren Bedeutung ihm verborgen blieb, doch es war eine Sprache, die diese Menschen genauso miteinander verband wie seine eigene ihn selbst mit seinen Landsleuten.

Er wusste noch immer nicht, wie er Lancelot Percivals Logik bezüglich des Untergangs des Britischen Weltreichs widerlegen sollte, doch nachdem er die Sklaven nun mit eigenen Augen gesehen hatte, war ihm eines klar: Sie waren nicht das Gleiche wie ein Pferd oder eine goldene Uhr.

Silk schritt weiter den Hügel hinter dem Hafen hinauf und über einen schmalen Pfad in ein Dorf mit primitiven Hütten, vor denen Hühner herumpickten und lahmende Hunde die Männer in den roten Jacken ankläfften. Am Ende der letzten steinigen Gasse klopfte er entschlossen an eine Tür.

Die Frau, die Rooke zugeteilt wurde – füllig, hübsch, mit dunkelbrauner Haut und roten Lippen –, musterte ihn, während er verschämt die Hosen herunterließ. Nie vergaß er ihr wissendes und amüsiertes Gesicht, als sie ausrief: »Junge, Junge, du bist ja ausgestattet wie ein verdammter Gaul!«

Newtons Infinitesimalrechnung, die Monddistanzmethode zur Bestimmung des Längengrads und diese andere Sache: Es war eine persönliche Bestätigung für ihn, dass er zumindest in einigen Dingen ein Naturtalent war.

Das Leben in Seiner Majestät Diensten spulte sich Tag für Tag in einem Gleichmaß ab, das nicht erkennen ließ, dass es jemals enden würde. Der Dienst verlieh seinem Leben eine Form, erlaubte ihm, mit Messinggeräten und Zahlen herumzuspielen, und bessere Kameraden als dort würde er aller Voraussicht nach nie finden. Als er an den Jungen zurückdachte, der am Strand unterhalb des Round Tower seine Kiesel gezählt hatte, wurde ihm bewusst, dass er, entgegen aller Erwartungen, ein Leben gefunden hatte.

*

Wie alle anderen hatte auch er den Eid abgelegt. Die rechte Hand zu heben und zu schwören, dass er dienen und gehorchen werde, war einfach. Das waren nichts als Worte.

Doch in den endlosen Stunden eines langen heißen Nachmittags auf den Befestigungsanlagen des Englischen Hafens erfuhr er, wohin diese großartigen Worte führen konnten. Einige Offiziere der *Renegade* hatten nicht gedient und gehorcht. Sie hatten sich nicht direkt aufgelehnt, hatten keine Meuterei angezettelt, sondern nur darüber gesprochen. Doch Rooke wurde vor Augen geführt, dass bloße Worte Macht über Leben und Tod haben konnten. Der Rädelsführer – ein Marineleutnant wie er selbst – wurde gehängt. Als ihm der Sack über den Kopf gestülpt wurde, öffnete er den Mund, als wolle er noch etwas sagen. Sämtlichen Zuschauern stockte der Atem. Dann ertönte ein Schrei, die Falltür öffnete sich, und der Mann baumelte am Strick. Als er sich in die Hosen schiss, zog der Gestank zur Zuschauermenge hinüber. Rooke roch es und vernahm das unruhige Rascheln unter den anderen, als auch sie es rochen.

Mit aller Kraft wünschte sich Rooke das Ende dieses qualvollen Zappelns herbei. Er konnte den Blick nicht abwenden, weil er das Gefühl hatte, daran Anteil nehmen zu müssen. Wenn er wegsah, würde der arme Kerl womöglich ewig weiterzucken. Eine Hand des Mannes hatte sich halb aus der Fesselung befreit, und während sein Körper sich am Strick hin und her drehte, sah Rooke, wie die Hand sich abwechselnd öffnete und schloss.

Als der Leutnant nur noch ein Sack Fleisch in Kleidern war und sein Kopf zur Seite kippte, stießen die Zuschauenden einen tiefen Seufzer aus. Rooke versuchte Luft zu holen, doch ein Schauder drang tief aus seinem Inneren empor, und er hörte sich selbst stöhnen.

Die beiden anderen Männer, ebenfalls Leutnants, hatten nur mitgemacht, nicht angeführt, und blieben vom Strang verschont. Sie standen schon zusammengesunken da, als der Kommandant sein Schwert zog, mit dem er zuerst ihre Rangabzeichen abhieb und dann einen Messingknopf ihres Regiments nach dem anderen. Er hielt das Schwert locker in der Hand, und als er fertig war, hatten sich die Jacken in traurige Lumpen verwandelt, der Stoff war zerfetzt, die Aufschläge hingen lose herunter.

Dann wurden die beiden aus dem Tor herausgeführt und in die Vergessenheit entsandt. Ihre vom Barbier öffentlich kahl geschorenen Köpfe sahen in dem unbarmherzigen Sonnenlicht unverhältnismäßig klein aus. Natürlich würden ihnen die Haare wieder nachwachsen, und sie würden weiterhin herumlaufen und atmen und essen. Sie waren nicht tot. Doch sie hätten es genauso gut sein können. Sie würden in dieser Welt nie wieder einen Platz finden. Kein Mensch wollte persönlich oder beruflich etwas mit einem Mann zu tun haben, der unehrenhaft aus der Armee entlassen worden war.

Sämtliche Soldaten der Garnison hatten mit geschulterten Musketen in Reih und Glied gestanden und zugeschaut. Sie hatten keine Wahl gehabt, denn das Zuschauen war schließlich die Hauptsache. Niemand, der dieses schaurige Spektakel schwitzend durchgestanden hatte, würde jemals vergessen, was mit solchen geschah, die nicht dienten und gehorchten.

Rooke wusste, dass er es nicht vergessen würde. An jenem Nachmittag, an dem seine Gefühle einem Angriff ausgesetzt worden waren, der sie vor Entsetzen hatte erstarren lassen, wurde ihm klar, dass unter der freundlichen Oberfläche des Lebens in Seiner Majestät Diensten, hinter den Ritualen, Uniformen und Scherzen das Grauen saß.

Er hatte geglaubt, eine Nische zu finden, in der es sich leben ließ. Was ihm an jenem nicht enden wollenden, glühend heißen Nachmittag gewaltsam eingetrichtert wurde, war die Erkenntnis, dass für dieses Leben eine Gegenleistung zu erbringen war. Seine Majestät konnte mit den persönlichen Empfindlichkeiten, Gedanken oder Wünschen eines Mannes nichts anfangen, und erst recht nicht konnte sie Ungehorsam brauchen, zu dem er sich womöglich anstiften ließ. Um sich dem Willen Seiner Majestät zu beugen, mussten menschliche Reaktionen völlig ausgeschaltet werden. Man war verpflichtet, ein funktionierendes Rädchen im mächtigen Räderwerk des Imperiums zu werden. Wenn man sich verweigerte, würde man eben auf andere Weise unmenschlich werden: ein Sack Fleisch oder ein wandelnder Toter.

Rooke hatte geglaubt, in der Marineinfanterie alles gefunden zu haben, was er brauchte. Doch nun erschien ihm in seinen Träumen immer wieder die Hand jenes Mannes, die sich abwechselnd öffnete und schloss und ihm etwas erzählte, das er lieber nicht erfahren hätte.

*

Im Herbst des Jahres 1781 kam die französische Kriegsmarine den Rebellen zu Hilfe und blockierte den Zugang zur Bucht von Chesapeake. Zusammen mit den anderen nahm Rooke seinen Platz im Mitteldeck der *Resolution* ein. Eine Seeschlacht – sein erster Kampfeinsatz – schien nichts weiter als eine Frage der Entfernung, der Schusslinie und der Feuergeschwindigkeit in Relation zur Richtung zu sein. Die Flotte kreuzte den ganzen Tag, um sich für den Angriff auf die Franzosen in Stellung zu bringen und sich in Kiellinie zu formieren, und schließlich waren sie nahe genug am Feind. Hinter ihren zu Würsten gerollten Hängematten als Splitterschutz standen die Seesoldaten an Deck und warteten auf die Kampfhandlungen.

Die Angst setzte ihnen auf unterschiedliche Weise zu. Rooke führte sie zurück zu seinen alten Freunden, den Primzahlen. Neunundsiebzig, dreiundachtzig, siebenundneunzig, hunderteins. Silk neben ihm überprüfte, ob der Flintstein in seiner Muskete fest saß. Er nahm ihn heraus, drehte ihn andersherum und setzte ihn wieder ein. Betätigte probeweise den Abzug.

»Ach übrigens, Buckley, der im März unter dem Kommando von Admiral Arbuthnot auf der *Intrepid* diente, hat mir erzählt, dass die *Victoire* es geschafft hat, eine rotglühende Kugel in die Kapitänskajüte der *Intrepid* zu schießen! Die ist dann herumgerollt und hat alles verbrannt, bis ein beherzter Kapitänleutnant – Woodford, kennst du ihn? – sie mit seinem Sprachrohr eingefangen und über Bord geworfen hat!«

Silk nahm den Flintstein wieder heraus, pustete darauf, drehte ihn um und setzte ihn ein weiteres Mal ein. Er redete so schnell, dass sich in seinem Mundwinkel Schaum bildete. Rooke nickte, damit Silk glaubte, er höre ihm zu. Das war das Mindeste, was man füreinander tun konnte.

Dann sah er den ersten Schwall schwarzen Rauchs und eine rote Stichflamme von den Geschützen des französischen Kriegsschiffs gegenüber, und er spürte, wie die *Resolution* erbebte und dröhnte, als ihre eigenen Kanonen antworteten.

Das Feuern, das Nachladen, das Stopfen mit dem Ladestock, das Füllen der Pulverpfanne, das erneute Abdrücken – all das war ihm vertraut, weil es so oft geübt worden war. In der Theorie war es eine saubere Sache: Man drückte ab und ließ sich anschließend gemächlich auf ein Knie sinken, um die Muskete nachzuladen. Das, was auf der *Resolution* geschah, war jedoch etwas völlig anderes.

Im Nachhinein dachte Rooke, sie hätten es sich eigentlich ausrechnen können, dass sich das Deck in ein Durcheinander aus Schreien und Rauchwolken verwandeln würde, weil sie – dies war niemals Teil ihrer Übungen gewesen – nicht nur schossen, sondern auch beschossen wurden.

Hinter sich hörte er einen Laut, halb Stöhnen, halb Grunzen. Er drehte sich jedoch nicht um, um nachzusehen, denn so hatte man es ihnen eingebläut: Niemals die Linie verlassen. Irgendwo weiter vorne in Richtung Bug stieß ein Mann schrille, abgehackte Laute aus.

Blindlings führte Rooke die aufeinanderfolgenden Handgriffe des Nachladens, Stopfens und Aufschüttens des Pulvers aus. Trat an die Reling und feuerte über das Wasser in Richtung des Rauchs, trat zurück und tastete mit gesenktem Kopf nach dem Pulverbeutel. Die Schreie verdrängte er mit aller Macht, gehorchte nur dem Gesetz seines Berufs, während die Muskete in seiner Hand ihrerseits dem Gesetz ihrer Funktionsweise gehorchte: Der Flintstein schlug gegen den Batteriedeckel, das Pulver entflammte, und die Kugel wurde mit einem Schwall aus Flammen und Rauch aus dem Lauf getrieben.

Über das Getöse der Musketen und das dumpfe Donnern der Kanonen hinweg hörte Rooke oben in der Takelage ein gedehntes Splittern und sah gleich darauf, wie das Ende eines Taues zuckend in seine Richtung schnellte. Er duckte sich, um ihm auszuweichen, doch es peitschte ihm ans Ohr, und während er zu Boden fiel, sah er, wie ein großer Segeltuchklumpen heruntersackte und die beiden Männer links von ihm unter sich begrub. Als er sich gerade wieder aufrappeln wollte, wurde er urplötzlich von einer gewaltigen Druckwelle, bei der ihm Hören und Sehen verging, seitwärts geschleudert. Ihre Wucht war so groß, dass er nichts anderes mehr wahrnahm und sich alles auf diesen blinden Wirbelsturm reduzierte. *Das muss der Tod sein*, dachte Rooke. *Genauso klingt der Tod.*

Doch er war nicht tot und merkte, dass er wieder auf den Beinen stand. Als er sich suchend nach Silk umsah, fiel sein Blick auf ein Bild, das sich wie ein Fleck in sein betäubtes Hirn saugte: Der Gefreite Truby, wie er dicht hinter ihm auf dem Boden lag, seine untere Körperhälfte eine formlose, glänzend rote Masse mit perlmutterartig schillernder Oberfläche, aus der etwas dunkel Leuchtendes und Dampfendes herausquoll. Truby, wie er sich aufzurichten versuchte, dabei die Hände aufs Deck stemmte und an sich hinunterblickte, um nachzusehen, weshalb er nicht auf die Beine kam. Wieder und wieder versuchte er, sich vom Boden wegzudrücken, als könnte er nicht fassen, dass da unten kein Körper mehr war, sondern nur noch dieses heillose Durcheinander aus Fleisch und Eingeweiden, das ihn am Deck festleimte.

Auch Silk starrte zu Truby hin, die Miene ausdruckslos wie die eines Schlafenden. Sein Ärmel hing in Fetzen herunter, Blut lief über seinen Arm und tropfte von den Fingerspitzen.

Und zwischen Rooke und Silk fuhr der Gefreite Truby unermüdlich fort, sich mit den Händen hochzudrücken, ein schrecklich verständnisloses Lächeln auf dem Gesicht.

*

Rooke hatte keinerlei Erinnerung an die Spiere, die auf ihn gestürzt war und ihm einen so heftigen Schlag auf den Kopf versetzt hatte, dass er das Bewusstsein verlor. *Sie haben Glück, dass Sie noch leben*, sagten sie Wochen später im Krankenhaus von Portsmouth zu ihm, doch er selbst fand, der Tod wäre besser gewesen als die Schmerzen in seinem Kopf, die so stark waren, dass ihm immer wieder schwarz vor Augen wurde und sich ihm der Magen umdrehte.

Oder war das auf die Erinnerungen an das zurückzuführen, was am fünften Tag des Septembers des Jahres 1781 auf dem Deck der *Resolution* geschehen war?

Während seiner monatelangen Genesungszeit saß Anne Stunde um Stunde an seinem Bett und hielt seine Hand auf der Bettdecke zwischen ihren beiden Händen. Der Schmerz in seinem Schädel und die Erinnerung an das Donnern der Kanonen wollten einfach nicht vergehen, und Annes Hand, die sanft die seine hielt, war das Einzige, was ihn davon abhielt, sich davonzustehlen.

Als er schließlich so weit genesen war, dass er das Bett verlassen konnte, wurde es ihm im Haus zu stickig und zu eng, und er fing an, Spaziergänge zu machen. Langsam und mit wankenden Schritten ging er durch die Gassen und verwinkelten Straßen der Stadt. Er nahm niemals denselben Weg nach Hause, machte weite Bögen, statt dieselbe Strecke zurückzugehen. Er brauchte das Gefühl, *fort* zu sein.

Die meisten Spaziergänge führten ihn dorthin, wo sie ihn

auch in seiner Kindheit hingeführt hatten, zu den Befestigungswällen, wo sich der Eingang zum Hafen verengte. Wie ein alter Mann stieg er jetzt vorsichtig Schritt für Schritt neben dem Round Tower hinunter.

Als er das erste Mal wieder dorthin gekommen war, hatte er nach seiner Kieselsammlung gesucht. Ihm war zwar klar, dass sie nach einer Zeit von über zehn Jahren nicht mehr da sein konnte, doch als er sich bückte, um in das Loch in der Mauer zu schauen, und feststellen musste, dass es leer war, stiegen Tränen in ihm auf. Es musste an der Verletzung liegen, mutmaßte er, dass er das Gefühl hatte, alles verloren zu haben, und es zu spät war, um es wiederzufinden.

Der Strand war unverändert, und Rooke hatte ihn wie früher für sich allein. Er setzte sich auf die kalten, vom Meer rund geschliffenen Steine, betrachtete den Himmel, das Wasser. Flache Wellen wölbten sich auf, glitzerten in der milchigen Sonne, eine glatte, gespannte Oberfläche, die über die Kiesel rann und sich auf ihnen zerteilte, sie dunkel färbte und sich dann glucksend zurückzog.

Draußen in Richtung der Motherbank und der Isle of Wight hing zwischen den Wolken und dem Meer oft ein strahlend weißer Streifen, der sich leuchtend gegen das dunkle Wasser abhob.

Rookes Leben war in einem Schwebezustand wie ein Körnchen Staub in einem Wasserglas. Er hing in einem kalten, öden Raum. Er hatte geglaubt, er werde eine Zukunft finden, hatte eine Zeit lang sogar eine gefunden, die ihm neckisch zugezwinkert hatte. Jetzt war nichts mehr da, nur die Schmerzen in seinem Kopf und in seinem Herzen, das in die widerwärtigen Eingeweide des Lebens geblickt und das Böse dort gerochen hatte.

Die Luft strömte hin und her, das Wasser kam herein und zog sich wieder zurück, wie das durch den Einfluss des Mondes schon immer gewesen war, seit es Luft und Wasser gab, und wie es weiterhin sein würde, solange Luft und Wasser existierten. Während er dort auf den Steinen saß und langsam steif wurde, ließen die Schmerzen in seinem Kopf nach. Eine wohltuende Trance umfing ihn, in der die Zeit einfach verstreichen konnte.

Er hatte sich an einen engen, trockenen Ort in sich selbst zurückgezogen, wie eine oberhalb der Wasserlinie klebende Strandschnecke. Es genügte zuzusehen, wie die Wellen sich aufwölbten und brachen und sich der leuchtende Lichtstreifen in der Ferne zu einer schmalen Linie über dem Horizont zusammenzog.

Ein Nebelbausch schwebte langsam übers Meer herein, der Abend senkte sich leise über die Stadt in seinem Rücken herab. Er zwang sich aufzustehen und ging durch die dunkelnden Straßen zurück zu dem engen Wohnzimmer und der Dachkammer, die nun seine Welt waren.

*

Zwei Jahre nach jenem Tag an Bord der *Resolution*, an den er sich nicht erinnern wollte, endete der Krieg. *Enden* war das Wort, das die Leute gebrauchten, doch jedermann wusste, dass eigentlich *verloren* gemeint war. Dieser bunt zusammengewürfelte Haufen barfüßiger Rebellen hatte es doch tatsächlich geschafft, die Macht von Seiner Majestät König Georg dem Dritten zu brechen. Das war eine Demütigung, die man einfach nicht beim Namen nennen konnte. Die Soldaten und die Matrosen des Königs wussten nicht, wie sie ihr Leben im Schatten des unausgesprochenen Wortes *Niederlage* weiterführen sollten.

Als er eines Tages in der Nähe des Hard im Hafen von Portsmouth Silk begegnete, nahm Rooke bei seinem Freund eine Veränderung wahr. Zwar konnte er einen nach wie vor mit irgendeinem Unsinn zum Lachen bringen, wenn er zum Beispiel von dem Tag erzählte, als er im Royal Oak seine Kappe hatte liegen lassen. Doch etwas in ihm war von der Niederlage und dem, was er gesehen hatte, überschattet. Und von dem halben Leben bei halbem Sold, für das er den Ausdruck *Zappelnlassen* benutzte. Es lag etwas Bitteres in der Art, wie er es aussprach. Ein auf halben Sold gesetzter Mann hungerte nicht direkt, er lebte aber auch nicht richtig.

Auf einen blutigen Krieg und eine Zeit ergiebiger Krankheiten: Jetzt verstand Rooke diesen makabren Trinkspruch nur zu gut. Das Selbst, das damals lachend sein Glas erhoben und gemeinsam mit den anderen diese Worte geschmettert hatte, kam ihm nun erschreckend dumm und gefährlich vor.

Etwas an der Freundschaft zwischen Rooke und Silk hatte sich verändert. Sie hatten beide mit angesehen, wie der Gefreite Truby sich verwundert mühte, auf die Beine zu kommen, und das hatte zwischen ihnen eine Verbindung geschaffen, die tiefer ging als nur eine gute Kameradschaft.

An jenem kühlen, bewölkten Tag dort unten am Hard erwähnten sie diese ungeheuerliche Sache zwar nicht, drückten einander jedoch so fest die Hand, dass es schmerzte.

Silk wollte nach Cheshire zurück, wo er zu Hause war. Während Rooke in das hagere Gesicht blickte, unterdrückte er die Frage, ob es tatsächlich stimmte, dass Silks Vater Tanzlehrer war.

Als Rooke gesundheitlich einigermaßen wiederhergestellt war, besserte er seinen halben Sold mit ein wenig Nachhilfeunterricht in Mathematik und Astronomie, Griechisch und

Latein auf, wobei er sich maßlos über die Begriffsstutzigkeit dieser Dummköpfe aufregte. Wenn Anne ins Wohnzimmer kam, nachdem die Schüler gegangen waren, sah sie ihn mit finsterem Blick in den Kamin starren. Anders als ihre Mutter seufzte oder bemitleidete sie ihn nie, sondern rief vielmehr aus: *O Dan, wozu war der Schlag auf deinen Kopf bloß gut, wenn er dir nicht dazu verholfen hat, so dumm zu werden wie wir anderen?*

Dann streckte er ihr auffordernd den Schürhaken entgegen, damit sie noch einmal draufschlug, bis die erwünschte Wirkung erzielt wäre, und dankte Gott für diese Schwester.

Doch wenn er morgens in der Dachkammer unter den Schindeln in dem Bett erwachte, das eigentlich nur für ein Kind bestimmt gewesen war, dachte er an die vergeudete Zeit, die hinter ihm lag, und an die vor ihm liegenden Jahre. Er war jetzt dreiundzwanzig, und wie bloß könnte er jemals wieder ein Leben finden?

*

Daniel Rooke war noch ein Kieselsteine sammelnder Junge gewesen, als Kapitän Cook in New South Wales gelandet war, einer Gegend, die auf dem Globus so weit entfernt lag, wie es weiter fast nicht mehr ging. Ihre Entlegenheit sollte sich als ihr größter Vorzug erweisen. Seine Majestät war zu der Ansicht gekommen, dass New South Wales bestens dafür geeignet war, den Überschuss aus seinen überfüllten Gefängnissen aufzunehmen.

Mitte 1786, als Rooke vierundzwanzig war, schrieb ihm Dr. Vickery, dass man für die geplante Expedition möglicherweise einen Astronomen brauchen könne. Rooke antwortete noch am selben Tag.

Dr. Vickery erklärte Major Wyatt, dem Kommandeur von Rookes Regiment – einem reizbaren Mann, dessen kleinen, wissenden Augen nichts entging –, warum ein Astronom zusammen mit den Sträflingen und den Seesoldaten nach New South Wales reisen sollte. Er prophezeie, sagte er zu Wyatt, dass der Komet von 1532 und 1661 im Jahre 1788 wiederkehren werde. Dies werde ein ebenso bedeutsames Ereignis sein wie die von Dr. Halley vorhergesagte Wiederkehr jenes Kometen, der inzwischen dessen Namen trage. Anders als der Halley'sche werde der von ihm, Dr. Vickery, vorhergesagte Komet jedoch nur von der südlichen Hemisphäre aus sichtbar sein. Das Königliche Observatorium sei bereit, Leutnant

Rooke die nötigen Instrumente zur Verfügung zu stellen, wenn Major Wyatt ihn vom gewöhnlichen Dienst befreie.

Rooke hatte den leisen Verdacht, dass Major Wyatt von der Bedeutsamkeit des Kometen von 1532 nicht so ganz überzeugt war und auch nur eine äußerst vage Vorstellung davon hatte, wer Dr. Halley gewesen war. Doch Wyatt gedachte nicht, sich mit dem Hofastronomen anzulegen.

Rooke sagte sich, dass New South Wales ein weißes Blatt war, das nur darauf warte, beschrieben zu werden. *Vierfüßer, Vögel, Ameisen und ihre Behausungen*: In den sechzehn Jahren, die seit der Landung der *Endeavour* verstrichen waren, hatten sie unter der antipodischen Sonne ungestört ihren Geschäften nachgehen können. Nun bot sich ihm die Gelegenheit, sie mit eigenen Augen zu sehen und vielleicht der einzige Astronom zu sein, der die Wiederkehr von Dr. Vickerys Kometen registrierte.

Zehn Jahre zuvor hätte Rooke eine solche Chance nur für recht und billig gehalten. Diese Aussicht bot ihm die Chance, seine Intelligenz zu gebrauchen, mit der er gesegnet worden war. Damals hätte er es für ganz selbstverständlich gehalten, ein Teil des geölten Getriebes dieser harmonisch ineinandergreifenden Maschinerie zu sein.

Nun aber traute er dieser Maschinerie nicht mehr. Er glaubte auch nicht, dass er es jemals wieder tun würde. Das Leben mochte Versprechungen machen, doch mittlerweile wusste er, dass es nicht nur gab, sondern auch nahm.

Selbstverständlich würde er nach New South Wales gehen. In einem Winkel tief in seinem Inneren, wo noch immer ein Funken Wissbegierde glimmte, freute er sich sogar darauf. Er kaufte sich Notizbücher und Kontorbücher und verspürte zum ersten Mal seit langem wieder ein freudiges Gefühl, als er mit der Hand über die leeren Seiten strich, die er mit den Daten dieses unbekannten Landes füllen würde: über das Wetter, die Sterne, vielleicht auch die *Vierfüßer* und sogar die *Behausungen der Ameisen*.

Am selben Tag wie Dr. Vickerys Schreiben traf ein Brief von Silk ein, in dem er seinen Freund beschwor, sich freiwillig zu melden. Zwischen den Zeilen des Briefes spürte Rooke das neue Leben, das diese unerwartete Gelegenheit seinem Freund eingehaucht hatte. Silk selbst hatte sich bereits freiwillig gemeldet und war auch schon befördert worden. Oberleutnant Silk war nun Hauptmann Silk. Doch der Dienstgrad war inzwischen offenbar nicht mehr der Maßstab dessen, worum es ihm ging. *Mr. Debrett, Buchhändler vom Piccadilly, London, hat es mir zugesichert*, schrieb Silk. *»Alles was Sie uns über New South Wales liefern können, werden wir veröffentlichen.« Das waren seine Worte, und ich gedenke ihn nicht zu enttäuschen!*

Rooke erkannte, dass Silk in seinem Herzen genauso wenig Soldat war wie er selbst. Auch er war auf der Stelle getreten und hatte auf eine Gelegenheit gewartet, seiner inneren Berufung folgen zu können. Rooke wurde nun klar, dass Silk die Geschichten in der Offiziersmesse nicht nur erzählt hatte, um seine Kameraden zu unterhalten. Silk ging es in erster Linie um das Ausarbeiten der Geschichte – den geschliffenen Ausdruck, das Feilen an ihrer Form. Das Talent, ein Ereignis so umzuarbeiten, dass das Erzählte fast realer wurde als die Wirklichkeit – genau das war Silk so angeboren wie Rooke die Freude am Umgang mit Zahlen.

Ein Nein als Antwort werde ich nicht akzeptieren, schrieb Silk.

*

Anne besaß noch immer den Globus, den Rooke im Alter von vierzehn Jahren gebastelt hatte. Er war zwar verstaubt und irgendetwas war auf Südamerika gespritzt, aber er drehte sich noch.

»Der Abendhimmel ist dort anders als hier«, erklärte ihr Rooke. »Siehst du, wie die Erdachse geneigt ist? Ich werde dort Sterne sehen, die wir von hier aus niemals sehen können.«

Rooke sah, dass seine Schwester die Sache gründlich durchdachte.

»Und den Mond? Wirst du den dort sehen können? Bloß verkehrt herum?«

Er spürte, dass sie unsicher war und Angst hatte, ihn mit ihrer Dummheit zu enttäuschen. Anne war nicht dumm, sondern nur klug genug zu erkennen, wo ihre Grenzen lagen.

Draußen regnete es sachte weiter, ein so leises Geräusch, dass man es bewusst fast nicht mehr wahrnahm. Rooke stand auf und stellte sich hinter seine Schwester, legte die Hände auf ihre Schultern und spürte ihre Wärme an seiner Brust. Sie drehte den wackligen kleinen Globus unablässig im Kreis herum.

»Ich werde jeden Abend den Mond betrachten«, sagte sie, »und mir vorstellen, dass du ihn auch betrachtest.«

Ihre Miene verriet ihm, dass ihr gerade ein lustiger Gedanke gekommen war, als sie sich dann umdrehte und zu ihm hochsah.

»Damit ich ihn genauso sehen kann wie du, werde ich mich natürlich auf den Kopf stellen müssen, aber das, geschätzter Bruder, nehme ich gerne in Kauf!«

Als er zum ersten Mal seit langem wieder die rote Jacke hervorholte, stieg eine Woge der Übelkeit in ihm hoch. In dem Gewebe nahm er noch seinen Angstschweiß wahr, meinte sogar das Schießpulver riechen zu können. Trotzdem zog er sie an – eine neue Jacke wäre ein zu großer Luxus gewesen – und sog tief die Luft ein, um seine Nase daran zu gewöhnen, dass er wieder Soldat war.

Er war dem Tod nur knapp entronnen. Um Haaresbreite, hatte man ihm gesagt. Aber er hatte überlebt und nun dieses Angebot bekommen. Wenn er auch noch nicht wusste, was das bedeuten mochte, so war er doch bereit zu akzeptieren, dass dies die Umlaufbahn war, auf der sich sein Leben weiterbewegen sollte.

ZWEITER TEIL

DER ASTRONOM

*

Beginne so, wie du auch weiterzumachen gedenkst, hatte ihm sein Vater immer gesagt, und so bemühte sich Rooke, an Bord der *Sirius* unübersehbar als Astronom wahrgenommen zu werden. Er brauchte dabei gar nichts vorzutäuschen. Bis er seine Messungen mit dem Sextanten gemacht, die Daten mit denen von Kapitän Barton und Leutnant Gardiner verglichen und den Durchschnitt errechnet hatte, war vom Nachmittag schon ein beträchtlicher Teil verstrichen. Dann ging es an die Berechnung von Längen- und Breitengrad.

Barton, dem Kapitän des Flaggschiffs der Flotte, war dieser junge Soldat, der sich einbildete, er könne navigieren, zunächst ein Dorn im Auge. Wegen seines beängstigend strengen Blicks rechnete Rooke jeden Augenblick damit, wie ein Scharlatan vom Quarterdeck verwiesen zu werden. Doch unter Bartons rauer Schale steckte eine gutmütige Seele, und als er Rookes Talente erkannte, verzieh er ihm, dass er Leutnant bei der Marineinfanterie und nicht bei der Royal Navy war.

Leutnant Gardiner war seit über drei Jahren Bartons rechte Hand und der Offizier, der bislang stets für die zweite Messung und Überprüfung der Ergebnisse des Kapitäns zuständig gewesen war. Ein anderer Mann an Gardiners Stelle hätte vielleicht Groll gegen Rooke gehegt, doch bei Gardiner, einem strammen, sonnengebräunten Seemann, war nicht nur die Statur großzügig bemessen, sondern auch das Herz.

Bei ihrer ersten Begegnung hielt er Rookes Hand mit kräftigem Griff umschlossen und sah ihm fest in die Augen. »Willkommen, Mr. Rooke. Jetzt, wo wir diese Arbeit zu dritt machen, kommt einem der Ozean fast vor wie eine schnurgerade königliche Allee.«

Die Beine auf den Decksboden des schwankenden Schiffs gestemmt, blinzelten die Männer in ihre Sextanten. Die Messwerte, die sie bei ihren Peilungen ermittelten, stimmten mit denen der anderen nie ganz überein. Das lag in der Natur der Sache. Doch im Gegensatz zu den Navigatoren, die Rooke auf der *Resolution* erlebt hatte, klammerten sich Barton und Gardiner nicht kleinmütig an ihre Ergebnisse, als wären die Zahlen auf einem Stück Messing ein Maßstab für ihre Männlichkeit. Gardiner liebäugelte mit der abwechselnd hinter einer Wolke auftauchenden und verschwindenden Sonne, rief ihr zu, *nur nicht so schüchtern, meine Schöne, lass dich ruhig sehen!* Barton gegenüber räumte er freimütig ein, dass Rooke sie mit seiner ruhigen Hand und seinem ruhigen Auge bezirzt habe. *Sie ist eine kleine Schäkerin, Sir, und heute bevorzugt sie eindeutig Mr. Rooke*.

Rooke war an Bord des Flaggschiffs, Silk hingegen auf der *Charlotte* am hinteren Ende der aus elf Schiffen bestehenden Flotte. Folglich sah ihn Rooke nur dann, wenn die Schiffe auf dem Weg nach Süden einen Hafen anliefen.

»So ein Pech«, sagte Silk, als sie sich auf dem Kai in Rio trafen.

»Wirklich schade«, pflichtete Rooke ihm bei und behielt für sich, dass ihm die offene Art der Männer der Kriegsmarine sehr behagte, auch wenn sie nicht so sehr auf geschliffene Formulierungen achteten.

Silk zog ein abgegriffenes Notizbuch hervor.

»Ich habe mit meiner Schilderung begonnen, Rooke. Hör dir das mal an, es ist eine Anspielung auf Kapitän Cooks Bericht, wie ihm die jungen Damen in diesem Hafen Blumensträuße zuwarfen. *Zu unserer großen Betrübnis waren wir so glücklos, Abend für Abend vor ihren Balkonen auf und ab zu schreiten, ohne mit einem einzigen Sträußchen bedacht zu werden, obwohl Nymphen und Blumen gleichermaßen in großem Überfluss vorhanden waren*. Jetzt sag mir bitte ganz offen als Freund, wie du das findest, Rooke.«

»Sehr klug, sehr elegant formuliert«, entgegnete Rooke. »Aber bist du dort wirklich jeden Abend auf und ab geschritten?«

»Ach, Rooke, unser Mann der Wissenschaft! Nennen wir es dichterische Freiheit, mein Freund.«

Die Vorstellung, die reale Welt für nichts weiter als Rohmaterial anzusehen, war Rooke völlig fremd. Seine Stärken waren das Messen, das Berechnen und das logische Ableiten. Silks Stärken hingegen waren das Feilen und das Ausschmücken, bis aus einem Kiesel ein Edelstein geworden war.

*

Kapitän Barton bestimmte den Kurs der Flotte, doch über Barton stand noch der Kommodore, in dessen Händen alle Entscheidungen letztendlich lagen. An James Gilberts schmächtiger Gestalt war alles irgendwie eckig und krumm, beide Ellbogen und beide Schultern in unterschiedlicher Höhe. Mit vorsichtigen Schritten tappte er über das schwankende Deck, den dünnen Körper stets in leichter Schräglage, dazu einen leidenden Gesichtsausdruck. An Bord der *Sirius* sah Rooke den Mund des Kommodore kein einziges Mal zu mehr als einem höflichen Lächeln verzogen.

Vielleicht war die Leidensmiene des Kommodore ja auf die Schmerzen in seiner Seite zurückzuführen, nicht auf sein Naturell. *Sie sind immer da, mal stärker, mal schwächer*, hatte ihnen der Schiffsarzt in der Offiziersmesse gesagt. *Die Nieren, vermute ich, vielleicht aber auch die Gallenblase.* Schiffsarzt Weymark, ein hochgewachsener Mann, lachte und tafelte gerne und trug seinen mächtigen Bauch wie eine Galionsfigur vor sich her; trotz seiner burschikosen Art konnte er aber durchaus auch Mitgefühl empfinden. Um die Schmerzen des Kommodore zu vertreiben, probierte er an ihm jedes Mittelchen aus und brachte jeden Morgen eine Stunde damit zu, ihn zur Ader zu lassen, zu schröpfen und seine Seite abzutasten. Dass alles wirkungslos blieb, bekümmerte ihn sehr.

Wenn der Kommodore zu seinen Offizieren aufs Quarterdeck kam, verstummte Gardiner sofort, und Barton setzte schlagartig eine ernste, professionelle Miene auf. Rooke erinnerte sich zwar noch gut daran, wie sich Dauerschmerzen auf den Gesichtsausdruck auswirkten, aber James Gilbert blieb trotzdem ein Mensch, mit dem man nur schwer warm werden konnte, weil er nichts von dem preisgab, was in ihm vorging.

Während der monatelangen Seereise stiegen der Kommodore und der Kapitän, respektvoll gefolgt von Rooke in seiner Eigenschaft als Astronom, täglich zur Mittagszeit gemeinsam die schmalen, steilen Leitern hinunter in den Bauch des Schiffs. Dort befand sich eine Kajüte, vor der rund um die Uhr ein Wachposten stand. Während die Männer auf ihn zuschritten, trat der Wachposten zur Seite, um sie in den einzigen Ort in diesem überfüllten Schiff einzulassen, der nicht mit Säcken und Fässern, Stapeln und Bündeln vollgestellt war. In dieser Kajüte stand nichts als ein am Boden festgeschraubter Tisch mit einem darauf festgeschraubten Holzkasten, in dem zwischen zwei roten Samtkissen ein Schiffschronometer des Uhrmachers Larcum Kendall lag.

Geschützt wie eine Erbse in der Schote, sollte dieser Behälter mit Greenwicher Zeit mit ihnen um den ganzen Globus reisen. War in New South Wales tiefste Nacht, zeigte das Chronometer die Mittagsstunde in Greenwich an.

Von der Funktionsweise her war Kendalls Zeitmesser der Nachkomme des langsam seine Schwingarme bewegenden Messinginsekts, das Dr. Vickery dem jungen Rooke gezeigt hatte. Der Form nach sah er jedoch wie eine überdimensionale Taschenuhr von der Größe eines Suppentellers aus. Rooke hielt es für einen witzigen Einfall des Uhrmachers, ein solch gigantisches, wie für eine riesenhafte Westentasche bestimmtes Gerät angefertigt zu haben.

Während Barton und Rooke sich dicht neben ihn stellten, falls das Schiff plötzlich schlingern sollte, holte der Kommodore das Chronometer vorsichtig aus seinem Nest heraus und öffnete den Deckel auf der Rückseite, worauf der geschäftige, geheimnisvolle Mechanismus in seinem Inneren mit den Welle um Welle vorwärtsruckenden Zahnrädchen zum Vorschein kam. Dann nahm er den Aufziehschlüssel aus dem Schlitz im Kasten heraus, steckte ihn in die Öffnung auf der Unterseite des Chronometers und drehte ihn. Anschließend schloss er den Deckel und bettete den Zeitmesser wieder zwischen seine Kissen.

Wie die Vorschrift es verlangte, wurde sodann der Wachposten hereingerufen, und alle drei sagten der Reihe nach zu ihm: *Der Zeitmesser ist aufgezogen worden*. Wenn der Wachposten die Worte von jedem von ihnen vernommen hatte – und erst dann –, trat er zur Seite und ließ sie hinausgehen.

Rooke amüsierte sich insgeheim über diese Prozedur. Wäre

Silk dabei gewesen, hätte er den Männern in der Offiziersmesse hinterher eine amüsante Geschichte darüber erzählt und Rooke nachgeahmt, wie er feierlich *Der Zeitmesser ist aufgezogen worden* zu dem mit unbewegter Miene dreinblickenden Wachposten sagte, nachdem dieser den Satz bereits zwei Mal gehört hatte.

Das Aufziehritual brachte noch etwas anderes mit sich. Rooke war der rangniedrigste Offizier, ein Mann ohne Bedeutung, aber in diesen wenigen Minuten in der Kajüte war der Dienstgrad unwesentlich. In dieser kurzen Zeit war der Astronom Rooke dem Kommodore gleichgestellt.

Bei schönem Wetter wäre die ganze Sache eigentlich überflüssig gewesen. Doch falls der Himmel bewölkt war und die Sextanten die Sonne oder den Mond nicht finden konnten oder die Bewegungen des Schiffs zu heftig waren, um Peilungen ausführen zu können, war das Chronometer, das selbst nach monatelanger Fahrt exakt die Greenwicher Zeit angab, das einzige, was sie davor bewahrte, an den Klippen von New South Wales zu zerschellen.

*

Botany Bay erwies sich sogleich als ein zur Besiedlung ungeeigneter Ort, weshalb der Kommodore die Flotte noch ein Stück weiter nördlich dirigierte. Die Fahrt bis nach New South Wales hatte neun Monate gedauert – da kam es auf ein paar Meilen mehr auch nicht mehr an.

Vom Meer aus wirkte es, als hätte der Kommodore einen Fehler gemacht. Rooke und Gardiner lehnten Ausschau haltend an der Reling, während die *Sirius* den Hafen ansteuerte und die Flotte auf etwas zuleitete, das nach nichts weiter als einem Einschnitt in einer hohen gelblichen Klippe aussah. Sie hörten das Schnurren der Schoten, als die Segel gefiert wurden und die *Sirius* auf das schäumende weiße Wasser zwischen den Felsen zuhielt.

Der Kommodore hatte sich jedoch nicht getäuscht. Hinter den Felsen tat sich vor ihnen eine weit nach Westen hin ausgedehnte ruhige Wasserfläche auf. Die *Sirius* glitt an dicht bewaldeten Landzungen und Buchten mit sichelförmigen gelben Sandstränden vorüber. Etwas an diesem riesigen versteckten Hafen mit einer schön geschwungenen Bucht und einer schön geformten Landzunge nach der anderen versetzte Rooke in eine Art Trance. Er hatte das Gefühl, immer tiefer in das Herz dieses unbekannten Landes hineinsegeln zu können. Es war das Vorwärtskommen, das zählte, nicht das Ankommen. Das Wasser unter dem Bug schäumte, und während sie immer weiter in diesen tiefen Einschnitt des Kontinents hineinfuhren, kam es Rooke vor, als ob es ewig so weiter ginge.

Als die *Sirius* gerade eine kleine Felsinsel umrundete, sah Rooke eine Anzahl Männer mit Speeren den Strand entlanglaufen. Der Wind trug immer wieder dasselbe Wort heran: *Warra! Warra!* Rooke hatte nicht den Eindruck, dass es *Willkommen! Willkommen!* bedeutete, sondern eher den Verdacht, es hieße, gelinde übersetzt, so etwas wie *Geht zum Teufel!*

Mit rumpelndem Rasseln und Platschen wurde der Anker hinabgelassen. Als Rooke danach wieder zum Ufer hinblickte, waren die Männer verschwunden.

Sie ankerten vor einer kleinen Bucht, die geschützt zwischen zwei hohen Hügelkämmen lag. An ihrem oberen Ende befand sich eine leicht abschüssige Sandfläche, an der ein kleiner Fluss ins Meer mündete. Dahinter erstreckte sich ein flaches bewaldetes Tal ins Landesinnere.

Die Matrosen ließen das Beiboot zu Wasser. Ein Sergeant

und vier bewaffnete Soldaten stiegen hinein, gefolgt vom Kommodore und Kapitän Barton. Schiffsarzt Weymark kletterte mit einer Behändigkeit hinterher, die man einem korpulenten Mann wie ihm nicht zugetraut hätte. Rooke wartete nicht ab, bis er aufgefordert wurde, sondern stieg schnurstracks hinterher. Er wollte sich die Gelegenheit nicht entgehen lassen, unter den Ersten zu sein, die diesen Ort betraten, der nach dem Wenigen, was man über ihn wusste, genauso gut der Saturn hätte sein können.

Auf dem Sandstrand am Kopfende der Bucht kam es Rooke vor, als kippte der Boden unter ihm weg. Tief sog er die Luft in die Lunge ein. Nach all den vielen Monaten mit nichts als dem neutralen Meereswind war die Luft hier trocken, sauber und warm, roch süß und sauer zugleich und war von einem würzigen Duft nach allen möglichen organischen Dinge erfüllt.

Weymark machte einen Schritt nach vorn, sank dabei in den Sand ein und lachte, dass ihm der Bauch wackelte. Als er den Mund öffnete, um etwas zu sagen, traten plötzlich fünf Eingeborene zwischen den Sträuchern am Rand des Strandes hervor. In dem Boot hinter sich vernahm Rooke leise klickende Geräusche und wusste, dass sie von Musketen herrührten, die gerade angelegt wurden.

»Immer mit der Ruhe!«, hörte er den Sergeant mit angespannter Stimme sagen.

Die Männer waren dunkelhäutig und nackt, ihre Gesichter im Sonnenlicht nur schattenhaft zu erkennen. *Eingeborene*, dachte Rooke, *ich stehe von Angesicht zu Angesicht Eingeborenen gegenüber!*

Sie waren fremdartig und normal zugleich: Männer, die im Wesentlichen so aussahen wie er selbst, die gleichen Schultern, Knie und Geschlechtsteile, mit dem einzigen Unterschied, dass ihre offen sichtbar waren. Ein muskulöser graubärtiger Mann stand an der Spitze der Gruppe, die anderen hinter ihm, jeder mit einem hölzernen Schutzschild und einem Speer in den Händen. Tiefschwarz im Sonnenlicht blickten sie zu ihnen herüber.

»Die Geschenke, Sergeant, wo sind die Geschenke?«

Der Kommodore ging zum Boot zurück und griff ungeduldig nach dem Beutel, den der Sergeant ihm reichte. Er nahm eine Perlenkette heraus und schwenkte sie hin und her, damit sich die Sonne darin spiegelte.

»Kommt, meine Freunde«, rief er. »Seht mal, was ich hier habe, ich wette, das habt ihr noch nie zuvor gesehen!«

Ein erwartungsvoller Ausdruck trat auf sein abgehärmtes Gesicht, und Rooke konnte sich zum ersten Mal vorstellen, dass er einmal ein lebhafter Junge gewesen sein könnte.

Weymark tat es ihm nach und ließ einen Spiegel aufblitzen.

»Seht mal, Sir«, rief er. »Das könnt ihr ganz für euch haben, ihr müsst bloß nahe genug herankommen und es euch holen! Meine Güte, Barton, die sind ja so argwöhnisch wie eine Katze, die an die Sahne will, aber Angst vor dem Milchmädchen hat!«

Er lachte sein dröhnendes Lachen, und Rooke hatte den Eindruck, dass es die Männer mutiger werden ließ. Der Grauhaarige machte einen Schritt nach vorn.

»Ja, genau, Mister Darkie, komm nur her!«

Der Arzt machte ein paar plumpe Hüpfer, worauf der Mann seinen Speer wieder fester umfasste.

Kapitän Barton konnte vor seinen Matrosen schlecht wie Weymark herumhüpfen, doch auch er nahm sich eine Perlenkette und ließ sie herumkreisen.

»Rooke, mein Junge, holen Sie sich auch ein paar Klunker und versuchen Sie Ihr Glück!«, rief er.

Rooke suchte sich einen Spiegel aus und ging damit ein paar Schritte auf den nächststehenden Eingeborenen zu, einen Mann, der ungefähr so alt sein mochte wie er selbst und dessen Blick zwischen Rooke und Barton hin und her schnellte wie der eines Windhunds.

Rooke hob eine Hand zum Gruß.

»Guten Tag!«

Es war, als hätte man einen Stein in einen Busch geworfen und wartete nun gespannt darauf, was für ein Vogel herausgeflogen käme.

Der Mann, den er angesprochen hatte, war gut gebaut, mit einem muskulösem Oberkörper und sehr gerader Haltung. Auf seinem Brustkorb prangten regelmäßig angeordnete wulstige Narben, seine Haut war mit Bemalungen verziert, die wie ein Kleidungsstück wirkten.

Er warf Rooke einen kurzen Blick zu und öffnete leicht den Mund, als wolle er etwas sagen. Das Weiß in seinen Augen leuchtete aufgrund des Kontrasts zu seiner dunklen Haut wie von innen heraus. Mit einer einzigen schnellen Bewegung trat er nach vorn, griff sich den Spiegel und trat wieder zurück. Er hielt den Spiegel dem Mann neben ihm hin, und die beiden begutachteten ihn murmelnd.

Dann verloren sie das Interesse daran. Der Mann ließ den Spiegel in den Sand fallen, so achtlos wie ein Junge in Portsmouth das Kerngehäuse eines Apfels fallen lassen würde. Die Gruppe bewegte sich ein paar Schritte zurück und schien zu warten.

Auf bessere Geschenke? Auf eine weitere Geste?

Weymark machte den nächsten Versuch. Vielleicht war es

als Unterhaltung gedacht, eine Zugabe zu dem Stück mit den Perlen und dem Spiegel. Mit forschen Schritten ging er auf den Ältesten der Gruppe zu, einen drahtigen, grauhaarigen Mann, nahm ihm seinen Schild aus der Hand – *nur leihweise* versuchte er mit Zeichensprache zu erklären – und rammte ihn senkrecht in den Sand. Dann lud er seine Pistole, visierte den Schild aus kurzer Entfernung an, spannte den Hahn und feuerte ab. Die Eingeborenen machten bei der Explosion einen Satz nach hinten.

Der Rauch waberte davon. Der Geruch von Schießpulver lag in der Luft.

Die Kugel war mitten durch den Schild – ein solides Ding aus einer Holzscheibe von etwa zwei Fuß Länge und einem guten Zoll Dicke – hindurchgegangen und hatte ein ausgefranstes Loch und einen langen Riss von oben bis unten hinterlassen. Als der alte Mann den Schild aufhob, zerfiel er in zwei Stücke. Er drückte die beiden Teile wieder zusammen und betastete mit seinen schlanken Fingern die Stelle, an der die Kugel das Holz durchschlagen hatte. Dann hielt er sich den Schild vor den Bauch und machte ein paar Gesten, mit denen er zu fragen schien, ob die Kugel das Gleiche auch mit ihm machen würde.

»Aber selbstverständlich, mein schwarzer Freund«, versicherte ihm Weymark fröhlich. »Die würde dich vom Schädel bis zum Arschloch aufspalten, das kannst du mir glauben!«

Weymark schien das für einen guten Witz zu halten, Kapitän Barton ebenfalls, und Rooke, durch die beiden irgendwie angesteckt, lachte mit.

Die schwarzen Männer hingegen fanden das gar nicht lustig. Mit düsteren Mienen tuschelten sie miteinander.

»Also wirklich, Weymark«, rief der Kommodore aus. »Jetzt haben Sie sie verschreckt. Was haben Sie sich dabei gedacht?«

Der Schiffsarzt nahm die Rüge gleichmütig hin. »Nun denn, Sir, wenn denen meine Scharfschützenvorführung nicht gefallen hat, kann ich's ja mal mit ein bisschen Musik versuchen, damit sie merken, dass ich ein vielseitiger Mensch bin.«

Er spitzte den Mund und begann zu pfeifen. Nur der Schiffsarzt konnte sich dem Kommodore gegenüber so ungezwungen benehmen, dachte Rooke, aber einem Mann, der einem Tag für Tag die Seite abgetastet hat, gesteht man wohl gewisse Freiheiten zu.

Den Eingeborenen schien die Musik des Schiffsarztes genauso wenig zu gefallen wie die Vorführung mit seiner Pistole. Mit versteinerter Miene standen sie einen Augenblick da. Dann ergriffen sie die beiden Hälften des zerborstenen Schildes und verschwanden im Wald.

*

Kurze Zeit später hatte die kleine Bucht einen Namen: Sydney Cove. Sie schien nach einer anderen Logik erschaffen zu sein als die Welt, die Rooke kannte. Es gab dort Bäume wie anderswo auch, allerdings war einer seltsamer als der andere. Manche sahen mit ihrem pfahlartigen Stamm und dem Blätterbüschel zwei Meter über dem Boden wie Wischmopps aus. Knorrige rosa Monster verdrehten ihre arthritischen Finger himmelwärts. Die gedrungenen weißen Bäume unten am Fluss hatten eine Borke, die in papierartigen weichen Fetzen abblätterte.

Rote Papageien flitzten plappernd und pfeifend seitwärts über die Äste. Rooke fragte sich, ob man ihnen wohl das Sprechen oder eine Melodie beibringen könnte wie dem Papagei, den der alte Kapitän Veare in seinem Wohnzimmer in Portsmouth gehalten hatte. Die erste Schwierigkeit bestünde darin, einen von ihnen zu fangen. Die Vögel beobachteten ihn wachsam von der Seite. Vogelleim oder ein Netz. Er hatte weder das eine noch das andere. Er könnte natürlich auch selbst eine Melodie vor sich hin pfeifen, musste aber zugeben, dass diese Wälder von New South Wales etwas hatten, was einen zum Verstummen brachte.

Buxtehude schien hier einer anderen Spezies anzugehören, der Dialog einer Fuge aus einer anderen Welt.

Selbst die Felsen waren anders als alle, die Rooke bisher

gesehen hatte: riesige Platten und Scherben kunterbunt übereinander geschichtet. Wie würde er sie Anne beschreiben? Als er überlegte und sich dabei ihr Gesicht vorstellte, ihren Blick, wenn sie ihm zuhörte – den Kopf geneigt, die Augen aufmerksam auf ihn gerichtet und geduldig wartend, während er nach den richtigen Worten suchte –, fiel ihm das französische Feingebäck ein, das sie beide ein paar Tage vor Abfahrt der Flotte in einer Teestube in der St. George's Street gegessen hatten. Mit den vielen Teigschichten und dem Vanillepudding dazwischen hatte es eine gewisse Ähnlichkeit mit den steinernen Teilen dieser Landschaft.

Es war gar nicht so einfach gewesen, das Gebäck zu essen, weil der Vanillepudding bei jedem Bissen herausgequollen war. Anfangs war es ihm und Anne peinlich gewesen, doch schließlich hatten sie sich beide über ihren Kampf mit dem Kuchen amüsiert. *Meine liebe Anne, ich befinde mich in einem Land, das eine bemerkenswerte Ähnlichkeit mit jenem Gebäck damals bei Pennycook's hat, das man nur essen konnte, wenn einem niemand dabei zusah – ansonsten aber ist es eine trockene und steinige Gegend.*

Er stellte sich vor, wie sie dies in dem kleinen Wohnzimmer las. Er hoffte, es würde sie zum Lächeln bringen.

*

Nachdem die Flotte vor Anker gegangen war, waren die Sträflinge noch am selben Tag in Arbeitstrupps eingeteilt worden und hatten damit begonnen, Bäume und Sträucher zu roden. Zwei Wochen später hatte sich das Kopfende der Bucht in ein Schlachtfeld aus blutenden Baumstämmen, aufgerissener gelber Erde und windschiefen, durchhängenden Zelten verwandelt. Sobald ein ausreichend großes Stück Land gerodet war, wurde die gesamte Kolonie zu einer Ansprache des Kommodore zusammengerufen.

Im Schatten eines ausladenden Baumes hatte man eine Seekiste als Podest für ihn aufgestellt, während die Sträflinge auf dem felsigen Gelände davor zusammengetrieben wurden. Unruhig und miteinander schwatzend standen sie da, die Bedeutung dieses Augenblicks schien sie völlig gleichgültig zu lassen. Die Rotröcke stellten sich in einem unregelmäßigen Kreis um sie herum auf. An die achthundert Sträflinge und zweihundert Marinesoldaten. Nachdem sie sich nun nicht mehr auf den Schiffen befanden, war es gar nicht so leicht, sie zahlenmäßig genau zu erfassen, stellte Rooke fest.

Major Wyatt, der mit seinem vorstehenden Kiefer etwas von einem Karpfen hatte, stand im vollen Glanz seiner Goldtressen da. Sein Blick war schräg nach oben zu dem neben ihm auf der Kiste stehenden Kommodore gerichtet, doch Rooke merkte, dass Wyatts Augen unentwegt hin und her schnellten, um die Sträflinge im Blick zu behalten. Die drei Kapitänleutnats der Marineinfanterie hatte der Major in gleichen Abständen um die Menge herum Aufstellung nehmen lassen. Rooke entdeckte Silk, dem es irgendwie gelang, beim Strammstehen so entspannt auszusehen wie ein Mann, der gleich die Tanzfläche betritt. Hauptmann Gosden, den Rooke erst nach ihrer Ankunft in New South Wales kennengelernt hatte, hätte man seiner Ansicht nach besser zu Hause lassen sollen, statt ihn mit auf diese Expedition zu nehmen. Sein Gesicht war aufgequollen und bis auf ein paar hektische rote Flecken im oberen Wangenbereich leichenblass, außerdem kostete es ihn sichtlich Mühe, sich geradezuhalten. Wie immer hatte er ein Taschentuch in der Hand und den angestrengten Blick eines Mannes, der einen Hustenanfall zu unterdrücken versucht. Silk hatte Rooke mit der Beschreibung von Lennox, dem dritten Hauptmann, als einer menschlichen Bohnenstange amüsiert. Lennox und seine Muskete standen nebeneinander wie zwei lange dürre Militärmaschinen, die darauf warten, ihre Pflicht zu tun.

Rooke schwitzte in seiner roten Jacke. Die Hitze war drückend, und er merkte, wie er von dem blendenden Licht, das von dem stahlblauen Himmel herabstrahlte, leichte Kopfschmerzen bekam. Er kniff die Augen zusammen und beneidete Gilbert, der auf seiner Kiste im Schatten stand.

Barton, Gardiner und die anderen Offiziere der Royal Navy waren in ihren besten blauen Röcken zu der Zeremonie erschienen. Sie waren lediglich Zuschauer und würden bald wieder nach England zurücksegeln. Einen Moment lang wünschte Rooke, er wäre einer von ihnen.

Als Wyatts Kommando über den Platz hallte, nahm Rooke die vorgeschriebene Haltung zum Salut ein – Muskete anlegen, linker Fuß vor. Als er den Finger auf den Abzug legte und sich auf das Krachen der Salve gefasst machte, wurde ihm einen Moment lang übel.

Dass es den Soldaten nicht gelang, die Salutschüsse gleichzeitig abzufeuern, dürfte dem Major mit Sicherheit nicht gefallen haben. Aus einem Baum in der Nähe flog ein Schwarm großer weißer Papageien auf. Kreischend flatterten sie über der am Fluss versammelten Menschenmenge umher. Ihr heiseres Gekrächze verstärkte das von den Schüssen ausgelöste Dröhnen in Rookes Ohren noch.

Er ließ die Muskete sinken und stellte sie senkrecht neben sich ab. Wie froh wäre er gewesen, wenn jener Tag, der siebte Februar 1788, der letzte gewesen wäre, an dem er einen Schuss abgeben musste.

Der Kommodore straffte sich auf seiner Kiste und verlas brüllend, um das Kreischen der Papageien zu übertönen, die königliche Order, durch die er, James Gilbert, von einem Wort zum nächsten zum Stellvertreter König Georgs des Dritten wurde. Genau wie Seine Majestät hatte der Gouverneur von New South Wales nun Macht über Leben und Tod seiner Untertanen.

Jedes Mal, wenn Gouverneur Gilbert den Namen Seiner Majestät aussprach, ertönten in der unruhigen Sträflingsmenge die unverwechselbaren Geräusche des Räusperns und Ausspuckens.

Als die weißen Papageien schließlich davonflogen, trat in dem kleinen Tal Stille ein. Im Namen Seiner Majestät verkündete der Gouverneur die Inbesitznahme des Territoriums namens New South Wales, das nun auch Gestalt und Größe annahm. Es erstreckte sich vom äußersten Norden bei 10 Grad 37 Minuten südlicher Breite bis zum äußersten Süden bei 43 Grad 49 Minuten. Von Osten nach Westen umfasste es das gesamte Gebiet von der Stelle, an der sie gerade standen, bis zum 135. Grad östlicher Länge.

Rooke vertrieb sich die Zeit mit einer interessanten Kopfrechnung. Dreiunddreißig Breitengrade entsprachen einer Entfernung von Nord nach Süd von über zweitausend Meilen. Sechzehn Längengrade entsprachen einer Strecke von etwa achthundert Meilen von Ost nach West. Über den Daumen gepeilt hatte Seine Majestät also gerade ein Grundstück erworben, das doppelt so groß war wie Frankreich, Spanien und Deutschland zusammen.

Gouverneur Gilbert las immer noch vor. »Die Eingeborenen sind stets mit größter Güte zu behandeln«, schrie er, weil die Unruhe unter den Sträflingen immer stärker wurde.

Ein kleiner Gegenstand flog aus der Mitte der Menge in seine Richtung und landete neben ihm in einem Busch.

»Es ist von höchster Wichtigkeit, einen freundschaftlichen Verkehr mit ihnen einzuleiten«, fuhr er unbeirrt fort. »Ohne ihre Kooperation werden der Fortschritt, ja sogar der Fortbestand dieser Kolonie bedroht sein. Seine Majestät hat mich angewiesen, unverzüglich gute Beziehungen zu den Eingeborenen herzustellen und mit ihrer Sprache auf schnellstmöglichem Wege vertraut zu werden.«

Unter diesem Aspekt hatte Rooke New South Wales bislang noch gar nicht betrachtet. Die Kolonie brauchte einen Astronomen, würde aber vielleicht auch einen Sprachforscher brauchen. Tatsächlich hatten sich die Eingeborenen in den zwei Wochen, die seit der Vorführung mit den Perlen und den Spiegeln vergangen waren, bloß ein paar Mal blicken lassen, und das nur ganz kurz. Rooke war zu der Zeit gerade an Bord der *Sirius* gewesen und hatte sie nicht gesehen. Am Ufer auf der gegenüberliegenden Seite des Hafens hatte er einige Male flüchtig ein paar Gestalten erblickt und an mehreren Stellen in der Ferne aufsteigenden Rauch gesehen und Kanus, die sich als dunkle Silhouette vom glitzernden Wasser abhoben. Aber es hatte sich bislang keine Gelegenheit ergeben, die Eingeborenen *mit größter Güte* zu behandeln.

Rooke hatte den Eindruck, dass sich der Gouverneur beeilte, mit seiner Rede zum Ende zu kommen, um die Versammlung auflösen zu können.

»Ich bitte Sie nun, mit mir niederzuknien«, rief er. »Der Reverend wird in unser aller Namen einen Dank aussprechen. Bitte treten Sie vor, Mr. Pullen.«

Aus der Menge ertönte das höhnische Auflachen einer weiblichen Stimme. »Dank? Dank wofür?«

Rooke glaubte die Stimme einer hübschen Frau mit losem Mundwerk zu erkennen, die man bei Rio ins Meer getunkt hatte, um sie zum Schweigen zu bringen. Sie wiegelte die anderen Sträflinge auf, die nun lauthals schrien und pfiffen und die Postenkette der Seesoldaten zu sprengen drohten.

Rooke stellte sich innerlich schon darauf ein, jeden Augenblick seine Pflicht tun zu müssen, doch Wyatt verständigte sich durch ein Zucken der Augenbraue mit Lennox, der daraufhin mitten in die Menge schritt. Die Sträflinge schienen den Hauptmann gut zu kennen. Lennox musste nur kurz mit dem Gewehrkolben um sich hauen, und schon legte sich der Aufruhr wieder, so dass Rooke nichts weiter zu tun brauchte, als seine Muskete fest im Griff zu halten und sich den Anschein zu geben, er sei einsatzbereit.

In Zukunft würde es jedoch des Öfteren solche Situationen geben, dachte er, unzählige solcher Situationen, in denen jeder Mann mit einer roten Jacke handeln müsste. Auf der Seereise hatte er sich von den anderen Seesoldaten abgegrenzt. Er musste so weitermachen, wie er angefangen hatte. Die Landspitze im Westen der Bucht sah aus der Entfernung hoch und abgeschieden genug aus, um dort ein Observatorium zu errichten, und wäre mit Sicherheit auch genau das Richtige für einen, der keine Lust hatte, die Rolle des Sträflingswärters zu spielen. Er würde die Gegend dort so bald wie möglich erkunden und bemüht sein, jedermann klarzumachen, dass Leutnant Rooke mit den himmlischen Körpern viel zu beschäftigt war, um irgendwelche irdischen Pflichten übernehmen zu können.

Inzwischen stand Reverend Pullen auf der Kiste und leierte pathetisch wie immer ein endloses Gebet herunter. Für seine Predigt hatte er einen Vers aus einem Psalm ausgewählt: *Wie soll ich dem Herrn vergelten all seine Wohltat, die er an mir tut.* Rooke fragte sich, ob er diese Bibelstelle wohl bewusst ausgesucht hatte, um die versammelten Männer und Frauen zu provozieren, die keine andere Wahl hatten, als an einem Ort zu sein, an dem kaum mit Wohltaten zu rechnen war. Das Gesicht des Gouverneurs blieb völlig ausdruckslos, während er zuhörte, doch Rooke hatte den Eindruck, dass der schmale Kiefer des Mannes noch angespannter war als sonst.

Als der Reverend einmal innehielt, um Luft zu holen, reagierte der Gouverneur prompt.

»Amen«, verkündete er, worauf Pullen nichts anderes übrigblieb, als zum Segen überzugehen.

Die Versammlung löste sich auf, die Arbeitstrupps wurden zurück an ihre Äxte und Spitzhacken getrieben. Ohne nach rechts und links zu blicken, stahl sich Rooke davon, damit nicht womöglich einer auf die Idee kam, ihm zuzurufen: *Ah, Leutnant Rooke, dürfte ich Sie kurz um Ihre Hilfe bitten?* Um zu dieser verheißungsvollen Landspitze zu gelangen, musste Rooke allerdings das Gelände überqueren, das westlich des Baches gerodet wurde. Major Wyatt nannte es den Exerzierplatz, obwohl es bislang nichts weiter als eine von Baumstümpfen durchsetzte abschüssige Fläche mit grauer Erde war.

Als Rooke mit schnellen Schritten, als hätte er gerade etwas Wichtiges zu erledigen, seinem Ziel zustrebte, hörte er das unverwechselbare Gebrüll des Majors und sah aus dem Augenwinkel, wie dieser mit hochrotem Kopf auf einen Sträfling zustürmte. Nachdem er dem Mann einen heftigen Stoß zwischen die Schulterblätter versetzt hatte, hob der arme Wicht seine Axt und schlug damit auf einen Baum ein, während die anderen Sträflinge beflissen ihr ungeschicktes Hacken und Spalten fortsetzten. Ein großer Kerl in einem gestreiften Sträflingsanzug, der ihm viel zu klein war – die Hosen reichten ihm nur bis zu den Waden und die Ärmel der über dem breiten Brustkorb aufstehenden Jacke knapp über die Ellbogen –, hieb kraftlos mit seiner Spitzhacke auf die Erde neben einem Baumstumpf ein. Seine Schläge waren zwar schnell genug, um ihn vor Wyatts Stock zu bewahren, hinterließen an dem Stumpf, über den er sich beugte, jedoch keinerlei Spuren.

Neben ihm mühte sich ein Mann mit den eingefallenen Wangen eines Zahnlosen, einen anderen Baumstumpf auszuroden. Obwohl die Spitze seiner Hacke bei jedem Schlag an der Wurzel abprallte, kam der Mann nicht auf die Idee, es an einer anderen Stelle zu versuchen, holte mit der Hacke zu einem neuen Schlag aus und fing den Rückstoß mit seinen dürren Armen ab.

Ist das Dummheit, fragte sich Rooke, oder Gleichgültigkeit? Für Major Wyatt war das Ausgraben von Wurzelstöcken ein Schritt auf dem Weg zur Entstehung eines Exerzierplatzes. Für diesen Mann hingegen musste es eine genauso sinnlose Sträflingsarbeit sein wie die Tretmühle in dem Gefängnis, aus dem man ihn herausgeholt hatte.

Gott sei Dank gibt es die Astronomie, dachte Rooke und ging weiter.

Offenbar war er nicht der einzige Offizier, der Pflichten aus dem Weg ging. In einiger Entfernung von den Arbeitstrupps saß Silk auf einem Stein und schrieb mit versonnener Miene etwas in sein Notizbuch. Als er Rooke bemerkte, rückte er einladend ein Stück zur Seite.

»*Die Eingeborenen schienen nicht so recht zu wissen, welchem Geschlecht wir angehörten*«, las er laut vor, »*und brachen, kaum dass sie es begriffen hatten, in unmäßiges Lachen aus*. Diese Begegnung ist dir leider entgangen, Rooke, aber findest du das nicht höchst amüsant? Wir haben einen der Matrosen eine anschauliche Demonstration der Wahrheit geben lassen – der Zufall wollte es, dass er für diese Aufgabe außerordentlich gut ausgestattet war. Die Eingeborenen waren so überrascht, dass sie, wie ich zu meinem Bedauern sagen muss, kurz darauf verschwanden. Ich stehe nun vor dem Problem, den Witz dieser außergewöhnlichen Begegnung zu bewahren und zugleich die richtigen Worte zu finden, die eine jungfräuliche Wange nicht erröten lassen.«

»Ja, sehr amüsant«, sagte Rooke und dachte bei sich: Hoffentlich lässt Silk mich nicht in seinem Buch vorkommen. Silk jedoch nahm die Bedenken, die im Lob seines Freundes mitschwangen, gar nicht wahr.

»Irgendwie seltsam, dass die Eingeborenen uns aus dem Weg gehen, findest du nicht? Gardiner hat mir erzählt, sie seien gestern auf ihn zugekommen, als er vom Boot aus geangelt hat. Nachdem er ihnen ein paar Fische gegeben habe, hätten sie sich ohne ein Wort wieder verzogen.«

»Vielleicht hat es sich herumgesprochen. Das mit der imposanten Ausstattung dieses Mannes, meine ich.«

Doch für Silk war dieses Thema bereits abgeschlossen. »Rooke, mein Freund, wärst du bereit, mir zu helfen?«

»Dir zu helfen?«

»Nein, ich meine nicht beim Schreiben. Aber ich kann nicht überall gleichzeitig sein. Du wirst bestimmt Dinge hören, von denen ich nichts mitbekomme. Wir beide sind doch Freunde.« Er berührte Rooke am Arm.

»Würdest du das tun, alter Knabe? Würdest du mir helfen, aus meiner Erzählung ein funkelndes Meisterwerk zu machen, vor dem sich Mr. Debrett ehrfurchtsvoll verneigen wird?«

Rooke war von dieser unverblümten Bitte um Unterstützung überrascht. Er hatte bislang noch nie das Gefühl gehabt, dass für Silk irgendetwas von echter Bedeutung war. Nichts – außer vielleicht die Sache mit dem Gefreiten Truby auf dem Deck der *Resolution* – schien für ihn mehr als bloßes Material für eine Anekdote zu sein.

Jetzt wurde ihm klar, dass New South Wales für Silk, genauso wie für ihn selbst, nicht einfach nur vier Jahre bei vollem Sold und mit der Chance auf eine Beförderung bedeutete und das Umgehen der unangenehmeren Pflichten ihres Berufes nicht das einzig Zwingende war. Sowohl für Silk als auch für Rooke versprach dieser Ort andere Reichtümer. New South Wales war Teil ihres Schicksals.

*

Das Leben an Bord eines Schiffes war keine gute Vorbereitung auf das Erklimmen einer felsigen Anhöhe, die wie ein französisches Gebäckstück aussah, und nachdem Rooke die Hälfte des Aufstiegs zu dem Felsvorsprung an der Westseite der Bucht bewältigt hatte, legte er eine kurze Pause ein – sowohl um zu verschnaufen als auch, um zum Hafen hinunterzublicken, wo die *Sirius*, die den Großteil des vergangenen Jahres sein Zuhause gewesen war, vor Anker lag. Aus dieser Entfernung sah sie wie ein Miniaturschiff aus.

Über das im Sonnenlicht gleißende Wasser hinweg drang die Schiffsglocke an sein Ohr: Achtelnote – Viertelnote, Achtelnote – Viertelnote, Achtelnote – Viertelnote, Achtelnote. Sieben Schläge. Fünfzehn Uhr dreißig. Das Schiffschronometer an Bord der *Sirius* würde jetzt fünf Uhr dreißig anzeigen.

Die Uhr auf dem Kaminsims im Wohnzimmer in der Church Street würde dieselbe Zeit anzeigen. Das Zimmer würde dunkel und wie immer im Spätwinter klamm vor Kälte sein. In diesem harten leeren Licht und bei der stickigen Hitze war das kaum vorstellbar. Im Obergeschoss würden sie alle unter mehreren Deckenschichten in den Betten liegen und schlafen. Anne würde sich in der Dachkammer unter seinem Federbett zusammengerollt haben. *Ich werde es für dich warmhalten*, hatte sie ihm versprochen. *Und ich verspreche, es dir zurückzugeben, vorausgesetzt, du kommst heil zurück.*

Einen Augenblick lang spürte er ganz intensiv, wie weit weg er von zu Hause war.

Der Gedanke an die Offiziersmesse auf der *Sirius* und ein weiteres Abendessen dort ödete ihn an. Er kannte all die Gesichter dort inzwischen nur zu gut und auch die Stimmen, die nichts anderes als schon unzählige Male gehörte Worte von sich gaben. Auf dem überfüllten Schiff hatte Rooke die Kunst perfektioniert, sich in eine Blase der Mathematik zu hüllen, die niemand so recht zum Platzen zu bringen wagte. Solange nicht genügend Zelte und Hütten errichtet wären, würde er weiterhin Quartier an Bord nehmen müssen. Ein Astronom war jedoch verpflichtet, sämtliche Nachtstunden in der Nähe seiner Instrumente zu verbringen, deshalb würde er so bald wie möglich auf den Felsvorsprung umziehen.

Die Aussicht, die man vom äußersten Punkt der Landspitze hatte, war es wert, die Anhöhe hinaufgeklettert zu sein. Nach Osten hin erstreckte sich die glitzernde, von unzähligen Landzungen und schmalen Buchten gezackte und von ein paar Inseln gesprenkelte Wasserfläche bis zum Meer. Im Westen waren weitere Landzungen, weitere Buchten, weitere Inseln zu sehen.

Ein kleines Stück vor der Stelle, wo der Hügelkamm zum Wasser hin abfiel, gab es ein ebenes, hinten durch eine niedrige Klippe begrenztes Gelände von ungefähr der gleichen Größe wie Major Wyatts Exerzierplatz. Keine Bäume beeinträchtigten den Blick auf den Himmel. Der Hügel, auf dem die Königliche Sternwarte in Greenwich stand, musste einst genauso offen gewesen sein.

Obwohl die Siedlung in Luftlinie keine Meile entfernt lag, hatte man das Gefühl, weit fort zu sein. Rooke konnte das Lager nicht sehen, hörte nur die dumpfen Schläge der Äxte in der Ferne und hin und wieder einen Schrei. Die Person, die er bei diesen Menschen war – Zweiter Leutnant Rooke, geschickt im Umgang mit Zahlen, im Umgang mit Menschen eher weniger –, war eine, in der er wie in einem steifen Anzug steckte. Hier an dieser Stelle zu stehen, an der die äußere Einsamkeit der inneren entsprach, hieß, sich wie befreit zu fühlen.

Ein Mann auf dieser Landspitze würde zwar Teil der Siedlung, jedoch nicht direkt in ihr sein. Anwesend, aber vergessen. Die Astronomie würde ein willkommener Schutzschirm für ein Selbst sein, das er mit keiner der anderen hier gestrandeten Seelen zu teilen gedachte.

Der Wind hatte nachgelassen. Die Sonne näherte sich dem westlichen Horizont, verwandelte den Hafen in eine glatte Fläche aus flüssigem Gold, durchsetzt mit den Konturen der Landzungen und Inseln.

Rooke wollte gerade kehrtmachen und zur Siedlung zurückgehen, als er merkte, dass er beobachtet wurde. Nicht weit von ihm entfernt standen zwei Eingeborene reglos wie Felsen, Männer, deren dunkle Haut sie mit der Landschaft verschmelzen ließ. Sie hatten den Blick abgewandt und schauten aufs Wasser hinaus.

Rooke musste an die Männer denken, die er am ersten Tag gegrüßt hatte, und an ihre Reaktion auf die Pistolenvorführung von Schiffsarzt Weymark. Die Macht, die diese Waffe demonstriert hatte, war vielleicht beredter gewesen, als von Weymark beabsichtigt, dachte Rooke jetzt.

Hier ergab sich eine neue Chance.

»Guten Tag! Guten Tag!«

Er ging ein paar Schritte auf sie zu.

»Es freut mich, Ihre Bekanntschaft zu machen!«

Das war zwar absurd, aber es waren zumindest Worte.

Einer der beiden Eingeborenen verlagerte geringfügig den Speer in seiner Hand. Keiner von ihnen ließ auch nur durch die geringste Veränderung des Gesichtsausdrucks eine Reaktion darauf erkennen, dass ihnen jemand zugerufen hatte, er freue sich, ihre Bekanntschaft zu machen.

Als sie dann langsam auf ihn zukamen, dachte Rooke schon, sie reagierten doch noch auf seinen Gruß. Das war jedoch nicht der Fall. Sie gingen eine Armeslänge entfernt an ihm vorbei, als wäre er vollkommen unsichtbar.

Hallo, wollte er rufen, *hallo, hier bin ich!* Er öffnete sogar schon den Mund, probte im Geiste den Tonfall, den er anschlagen würde: amüsiert, lässig, heiter. Doch etwas an der würdevollen Art ihres Dahinschreitens bewirkte, dass er kein Wort herausbrachte.

An der Stelle, wo die Felsen zum Wasser hin abfielen, stiegen die beiden Männer hinunter. Rooke nahm wahr, dass sie keine Sekunde lang zögerten, um zu überlegen, wie sie hinabsteigen sollten. Ihr Weg war ihnen genauso vertraut, wie Rooke der Abstieg neben dem Round Tower gewesen war.

Kurz darauf trat er ebenfalls an die Felskante und blickte hinunter. Einer der beiden Männer lag jetzt bäuchlings auf einem Felsen, das Gesicht dicht über der Wasseroberfläche, den Speer über der Schulter. Der andere stand knietief im Wasser und stieß plötzlich seinen Speer mit einer solchen Schnelligkeit ins Wasser, dass der Bewegungsablauf für das Auge nicht wahrnehmbar war. Als er ihn herauszog, zappelte ein glänzender Fisch daran. Er streifte ihn ab, brach ihm mit beiden Händen die Wirbelsäule und klemmte ihn unter die Schnur, die er um die Hüfte gebunden hatte. Rooke wollte schon die Hand heben, um eine anerkennende Geste zu machen, doch die Männer wandten sich nur wieder dem Wasser zu.

Warum hatte er nichts gesagt, als sie so dicht an ihm vorübergekommen waren? Ein Mann von einem anderen Kaliber – Gardiner zum Beispiel oder Silk – hätte sich nicht ignorieren lassen. Silk würde jetzt mit ihnen dort unten auf den Felsen sein, sich möglicherweise im Fischfang mit dem Speer versuchen und sich Notizen machen.

Wenn sie wieder hochkämen, würde er keine Scheu zeigen, nahm Rooke sich vor. Er würde sich ihnen in den Weg stellen, damit sie stehen bleiben mussten, und ihnen etwas anbieten, sein Taschentuch vielleicht. Er würde noch einmal *Guten Tag* sagen, direkt in ihre Gesichter hinein. Sie würden nicht so tun können, als wäre er Luft. *Guten Tag*, würde er sagen und ihnen das Taschentuch entgegenstrecken. *Darf ich Ihnen das schenken?*

Doch während er weiter zu den Männern dort unten hinuntersah, zogen sie um die Landspitze herum in Richtung der nächsten Bucht, bis sie außer Sichtweite waren, ohne auch nur ein einziges Mal hochgeblickt zu haben.

*

Rooke war völlig perplex, als sich der Gouverneur seinem Vorschlag widersetzte, ein Observatorium zu errichten.

»Die Sterne werden warten müssen, Mr. Rooke«, blaffte er ihn an. »Dr. Vickery wird sicher Verständnis dafür haben, dass wir uns hier dringlicheren Aufgaben widmen müssen.«

Rooke sah, wie sich die Augenbrauen des Gouverneurs zusammenzogen und dazwischen zwei tiefe Furchen entstanden. Mit so etwas hatte Rooke nicht gerechnet. An Bord der *Sirius* war er ein Astronom gewesen, Seite an Seite mit dem Gouverneur in der Kajüte mit Kendalls Zeitmesser, doch an Land sah die Sache offenbar anders aus.

»Verstehen Sie, Leutnant, ich bin hier für über tausend Seelen verantwortlich, denen ich bislang nichts als ein paar Zelte als Schutz bieten kann.«

Der Gouverneur wandte sich ab.

»Aber Sir, bitte bedenken Sie doch, dass der königliche Astronom uns Instrumente zur Verfügung gestellt hat. Ausgehend von der Annahme, dass diese zur Förderung der Wissenschaft verwendet werden. Insbesondere was den Kometen betrifft, dessen Wiederkehr Dr. Vickery für dieses Jahr vorhergesagt hat. Ein Ereignis, dem er größte Wichtigkeit beimisst.«

Der Gouverneur schien über diese flüssige Rede genauso erstaunt wie Rooke selbst und blickte ihn mit finsterer Miene an.

»Ich möchte dem königlichen Astronomen keinesfalls widersprechen. Das können Sie mir glauben. Aber warum so weit entfernt, Leutnant? Mein Wunsch ist es, dass die Siedlung im Interesse der Sicherheit all ihrer Einwohner zusammenbleibt. Bevor wir keine Beziehungen zu den Eingeborenen hergestellt haben, können wir ihre Absichten nicht einschätzen.«

Der Gouverneur wandte sich erneut ab, doch Rooke war nicht gewillt, klein beizugeben. Er musste diese einsame Landspitze haben. Die Verzweiflung verlieh seinem Geist Flügel, seinem Mund Worte.

»Bei allem Respekt, Sir.« Das war eine nützliche Wendung, die er Silk schon ein paarmal dem Gouverneur gegenüber hatte anwenden hören. »Ein Observatorium muss unbedingt an einem Ort stehen, an dem völlige Dunkelheit herrscht. Um effektiv arbeiten zu können. Wie Ihnen sicherlich bekannt ist.«

Das waren zwei Lügen auf einmal. Die erste war *wie Ihnen sicherlich bekannt ist,* denn der Gouverneur, ein hinlänglich kompetenter Marinemann, wusste vielleicht genug über den Nachthimmel, um ein Schiff von einem Ort zum anderen zu bringen, aber nicht das Geringste über das, was ein Astronom brauchte. Und das mit der *völligen Dunkelheit,* nun ja, das war bestenfalls eine Halbwahrheit. Die Lagerfeuer und die flackernden Lampen in der Siedlung würden die Sicht auf die Sterne wohl kaum beeinträchtigen.

Rooke musterte das schmale Gesicht des Gouverneurs: mürrisch, aber zugleich nachdenklich. Bestimmt würde er gleich von seiner Autorität Gebrauch machen und schlicht und einfach ein Verbot aussprechen.

»Darüber hinaus, Sir«, fuhr Rooke hastig fort und hoffte, dass ihm, während er redete, ein weiteres Argument einfallen würde. »Darüber hinaus, Sir, werden die Berechnungen nicht einfach sein. Insbesondere was den Kometen betrifft. Für jemanden mit meinen Fähigkeiten. Beschränkten Fähigkeiten.«

Rooke merkte selbst, wie gequält seine Worte klangen. Manchmal kam es ihm vor, als verführe er beim Bilden von Sätzen so wie andere Leuten beim Multiplizieren: auf die umständliche Weise, nämlich durch Addieren. Er spürte, dass er errötete, haspelte aber weiter. »Unruhe, Sir. Eine unruhige Umgebung wird meine Leistungen beeinträchtigen. In höchstem Maße. Ruhe und Einsamkeit sind für mich unabdingbare Voraussetzungen.«

Das war keine Halbwahrheit, sondern schlichtweg eine Lüge. Rooke wusste das, und der Gouverneur wusste es auch. In der Kapitänskajüte der *Sirius* hatten niemals Einsamkeit oder Ruhe geherrscht. Am einen Ende des Kartentisches hatte Rooke mit Hilfe von Dr. Vickerys *Nautischem Jahrbuch* und den

Nautischen Tabellen den Längengrad errechnet, an dem sich das Schiff gerade befand. Am anderen Ende des Tisches hatten die Seeoffiziersanwärter ihre Navigationsübungen gemacht. Der Kommodore hatte währenddessen mit seinen Karten und Papieren an seinem persönlichen Schreibtisch am Fenster gesessen. Und in einer anderen Ecke der Kajüte hatte vielleicht gerade eine lebhafte Diskussion zwischen einigen Offizieren stattgefunden, beispielsweise über die geschmacklichen Eigenschaften der unterschiedlichen Fischarten, die von den Matrosen vom Schiff aus geangelt wurden. Wenn sie dann auch Rooke nach seiner Meinung fragten, hatte er ihnen antworten können, ohne sich bei seinen Berechnungen auch nur im Geringsten aus dem Takt bringen zu lassen.

Der Gouverneur, der allein schon durch seine Position isoliert war und dazu noch, vermutete Rooke, durch sein Naturell, verstand vielleicht sogar, dass jemand am liebsten allein war. Diesem Wunsch nachzugeben, könnte jedoch als Bevorzugung angesehen werden, und wenn er einem seiner Männer Sonderrechte gewährte, würde er mit anderen womöglich Ärger bekommen.

Der Gouverneur legte den Daumen unters Kinn und strich sich mit dem Zeigefinger über den Mund. Rooke spürte, wie der Gouverneur eine rasche, aber komplexe Berechnung anstellte, bei der er die Notwendigkeit, diesem sturen, rangniederen Leutnant gegenüber seine Autorität zu demonstrieren, gegen den zukünftigen Nutzen eines kooperativen Leutnants abwog. Rooke spürte einen Anflug von Panik in sich aufsteigen. Gilbert war nichts weiter als ein Kapitän der Navy von nicht weiter bemerkenswerten Talenten, älter als Rooke, aber weniger begabt. Wie war es möglich, dass er zwischen einem Mann und dem ihm gebührenden Leben stehen konnte?

»Also gut, Leutnant Rooke. Meinetwegen sollen Sie Ihre Landspitze haben. Möge der königliche Astronom seinen Kometen bekommen. Aber seien Sie gewarnt, beim ersten Anzeichen von Schwierigkeiten irgendwelcher Art werden Sie zurückbeordert. Die Zahl der uns zur Verfügung stehenden Soldaten ist nicht sehr groß. Irgendwann wird vielleicht jede Muskete gebraucht werden. Und Leutnant«, – er senkte die Stimme – »da wir gerade davon sprechen, bitte sorgen Sie dafür, dass Ihre Waffe stets geladen ist.«

In diesem Moment eilte geschäftig ein Gefreiter herbei, und die Unterredung war beendet.

Als Rooke außer Sichtweite des Gouverneurs war, blieb er stehen und legte die Hand an seine Wange, die vor Angst um das, was er um ein Haar verloren hätte, regelrecht brannte.

Das war knapp, dachte er. *Gerade noch vorbeigeschrammt*. Wieso eigentlich geschrammt? Was für eine Schramme? Es war eine Erleichterung, sich Gedanken über diesen lächerlichen Ausdruck machen zu können statt darüber, was nun wäre, wenn der Gouverneur *Bedaure, Leutnant, aber mein Entschluss ist endgültig, bitte keine weiteren Nachfragen* gesagt hätte.

Er musste stets im Hinterkopf behalten, wie unsicher seine Position war. Mochte ihn hier vielleicht auch sein Schicksal erwarten – den Gouverneur interessierte das nicht. Hätte dieser geahnt, was im Kopf seines Leutnants vorging, würde er ihn darauf hingewiesen haben, dass Rooke kein Mann der Wissenschaft war, *ein vielversprechender Astronom*, sondern nichts weiter als einer von zahllosen Untertanen des Gouverneurs.

*

Man konnte natürlich nicht erwarten, dass ein Observatorium am anderen Ende der Welt so stattlich und mit allem Komfort für einen Astronomen ausgestattet sein würde wie die Sternwarte von Greenwich. Die Minimallösung, die Rooke ersann, war ein kleiner Raum, der oben einen Kegel aus Holz und Segeltuch hatte, ähnlich einem Wigwam. Der Kegel müsste einen langen Spalt haben, um das Fernrohr ausfahren zu können, und die Spitze dürfte nicht ganz in der Mitte sein, damit man den Zenit im Blick hätte.

Auf seiner Skizze sah das Gebilde ziemlich merkwürdig aus, und es würde wohl auch merkwürdig aussehen, wenn es errichtet war, dachte Rooke. Es machte ihm jedoch große Freude, ein Observatorium nach der ursprünglichen Grundidee neu zu erfinden.

Major Wyatt vertrat die Meinung, man könne von ihm nicht erwarten, dass er jedermanns Grillen unterstütze – wobei er offen ließ, ob damit die Grillen des Leutnants oder die des Gouverneurs gemeint waren –, doch schließlich stellte er Rooke ein paar Männer zur Verfügung. Keuchend schleppten sie die Stangen und das Segeltuch für das Zelt, das Rookes provisorische Unterkunft werden sollte, das Bettgestell, den Tisch und die Kisten mit den Instrumenten die Anhöhe hinauf.

Als Rooke dem Zimmermann seine Skizze erläuterte, bezeichnete er den Wigwam etwas hochtrabend als »die Kuppel«. Er versuchte zu erklären, warum die Kegelspitze asymmetrisch sein musste, und verbreitete sich darüber, weshalb die Instrumente senkrecht nach oben ausgerichtet werden mussten. So sehr er sich auch um eine allgemeinverständliche Ausdrucksweise bemühte, nahm er dennoch einen erstaunten Ausdruck im Blick dieses Mannes wahr.

Damit sie schneller vorankamen, ging Rooke den Arbeitern zur Hand. Der Umgang mit einer Spitzhacke war gar nicht so einfach, stellte er fest, und von dem rauen Holzgriff bekam er Blasen an der Hand. Im Gegensatz zu den Sträflingen machte ihm die schwere körperliche Arbeit jedoch Spaß. Während er sich darauf konzentrierte, den Fels genau an der richtigen Stelle mit genau der richtigen Stärke in genau dem richtigen Winkel zu treffen, arbeitete er sich in einen angenehmen Zustand geistiger Leere hinein, in dem er an nichts zu denken brauchte.

Der Raum für die Observationen wurde oben auf der niedrigen Klippe errichtet, damit die Instrumente einen stabilen Felsuntergrund hatten. Die Hütte mit Rookes Wohnbereich wurde unterhalb davon gebaut und war durch Stufen, die in den Fels gehauen wurden, mit dem Observatorium verbunden. Für diese Stufen – die Skizze davon anzufertigen war so einfach gewesen – brauchten die Männer doppelt so lange wie für alles andere zusammen. Das war der Unterschied zwischen Euklids und der tatsächlichen Welt.

Weil es häufig regnete und die Männer zwischendurch zu anderen Pflichten abberufen wurden, dauerte es Monate, bis alles fertig war. Die unregelmäßigen Winkel, in denen die Holzlatten vernagelt wurden, und das wellige getünchte Segeltuch, mit dem die Kuppel bezogen war, ließen das Bauwerk ziemlich improvisiert aussehen. Die asymmetrische Spitze des Wigwams verletzte den Stolz des Zimmermanns, weil es aussah, als wäre ihm ein Fehler unterlaufen. Der Spalt, durch den das Teleskop aus- und eingefahren würde, war an den Rändern ausgefranst, die Abdeckung war ein primitives Ding aus Latten und Leinwand. Grollend zog der Zimmermann ab.

Rooke stellte seinen Klapptisch auf dem Boden seines Wohnbereichs auf und schob seine beiden Stühle davor. Auf dem einzigen Regalbrett, das er hatte, brachte er sein Rasiermesser, Feder und Tinte und seine paar Bücher unter. Sein Feldbett stellte er in die Ecke, breitete die Decke darüber aus, legte den Montaigne, den ihm Anne zum Abschied geschenkt hatte, aufs Kissen und klemmte den Kerzenhalter in einen Spalt in der Wand, um im Bett lesen zu können. In die dunkle Ecke hinter der Tür stellte er seine Muskete, die Beutel mit dem Schießpulver und den Gewehrkugeln hängte er an einen Haken darüber.

Der Zimmermann hatte ihm ein Fenster gebaut, besser gesagt, er hatte in der Wand ein Loch freigelassen und davor einen Fensterladen angebracht. Rooke setzte sich an seinen Tisch und blickte auf den felsigen, mit struppigen Grasbüscheln besetzten Bereich hinaus, der nun sein Vorgarten war. Dahinter fiel das Gelände zum Wasser hin ab, dessen Oberfläche sich in der Nachmittagsbrise kräuselte. Eine Möwe glitt mit einem einzigen kräftigen Flügelschlag vorüber, schoss hinunter und wieder hinauf. Am gegenüberliegenden Ufer stieg über den Bäumen eine Rauchfahne in den Himmel.

Ein kühler Winterwind zog durch die Ritzen in den Holzwänden, und die Dachschindeln waren schon jetzt voller Risse. Die Steine, aus denen der Kamin gebaut war, wurden von bröckelndem Mörtel notdürftig zusammengehalten, und obwohl Rooke sich mit dem Pickel so viel Mühe gegeben hatte, war der Steinboden nicht eben, sondern immer noch voller Buckel. Trotzdem gab es auf der Erde keinen anderen Ort, der ihm je so viel bedeutet hatte. Er gehörte ihm ganz allein, wie das bis auf die Dachkammer in der Church Street noch nie der Fall gewesen war, und er war hier ganz für sich. Wenn er Selbstgespräche führen wollte, könnte er das ungeniert tun. Er hatte schon fast vergessen, was für ein Vergnügen lautes Nachdenken war. Hier war niemand, der ihn beurteilte, niemand, der ihm ins Bewusstsein rief, dass ganz normal zu sein harte Arbeit war.

Er hatte das Gefühl, sein ganzes bisheriges Leben, in all den Jahren seiner Schulzeit und auf See, zusammengepresst gewesen zu sein wie ein mit einem Stauschlauch abgebundenes Körperglied. Jetzt endlich konnte er sich ausdehnen und jeden Raum einnehmen, der ihm behagte. Hier draußen, allein mit seinen Gedanken, konnte er endlich der Mensch werden, der er war.

Er selbst. Er selbst war genauso unerforschtes Land wie dieses hier.

*

Dr. Vickery hatte vorhergesagt, dass sein Komet in der zweiten Hälfte des Jahres 1788 wiederkehren würde. Bis dahin waren es noch ein paar Monate. Der Komet würde die Existenz des Astronomen rechtfertigen, doch in der Zwischenzeit war es wichtig, als ein gewissenhafter Mann der Wissenschaft wahrgenommen zu werden.

Rooke nahm die von der Königlichen Sternwarte zur Verfügung gestellten meteorologischen Instrumente aus ihren Kisten: die Thermometer von der Royal Society, das Barometer, den Windmesser, den speziell angefertigten Trichter mit der Flasche zum Messen der Niederschlagsmenge. Er war froh, dass Dr. Vickery die Instrumente in ihrer neuen Umgebung nicht sehen konnte. Der Hofastronom brauchte nicht zu wissen, dass das Barometer und das Thermometer, die modernsten Geräte ihrer Art in Europa, von einer Schnur unter dem Dachvorsprung einer Hütte herabhingen, die so primitiv war wie ein Schweinestall. Er würde niemals den Regenmesser zu sehen bekommen, der auf dem Stumpf eines Baumes stand, den man möglichst gerade abgesägt hatte, geschweige denn wissen, dass ihm, Rooke, derselbe Stumpf auch als Toilettentisch diente. Er würde die Freude allein genießen müssen, dass sein Leben und seine Arbeit so wenig voneinander getrennt waren und er, wenn er wollte, seine Studien durchführen konnte, während er sich rasierte.

Das Einzige, was Dr. Vickery zu Gesicht bekäme, waren die Aufzeichnungsbücher, in die Rooke die Messwerte eintrug. Sie würden ein Wunderwerk der Übersetzung darstellen. Die Sprache des Durcheinanders, der Schwankungen, der Improvisation würde in Exaktheit übertragen werden. Schade, dachte Rooke, dass Dr. Vickery seine Freude an dieser Umwandlung nicht mit ihm teilen konnte. *Windstärke, Wetter, Luftdruck, Temperatur, Bemerkungen*. Vielleicht ein bisschen zu voreilig setzte Rooke sechs Beobachtungszeiten pro Tag fest, zwischen vier Uhr morgens und acht Uhr abends. Es war wie der Beginn einer großen Unternehmung, die Feder in die Tinte zu tauchen und die ersten Messwerte einzutragen. *24. Juni 1788. Wind SSW, 4 Knoten, Wetter: stark bewölkt & dunstig. Luftdruck: 29. Temperatur: 60. Bemerkungen: Gegen 7 Uhr begann es zu regnen, und wenig später stieg das Barometer*.

Im Observatorium, vier schiefe Stufen oberhalb seines Wohnbereichs, war es selbst für einen schlanken Astronomen sehr eng, und das Segeltuch des Daches knatterte besorgniserregend im Wind. Doch der Felsblock, auf dem der Quadrant stand, war seit der Entstehung der Welt noch nie vom Fleck bewegt worden. Unter seinen Füßen, ohne Dielenbretter oder einen Teppich dazwischen, konnte Rooke es spüren: Die Felsschicht, wie sie durch Zeit und Raum trudelte und ihn selbst und seine Instrumente mit sich riss.

Durch das Teleskop gesehen leuchteten die Sterne mit

ungewohnter Klarheit, blinkten explosiv wie in der Dunkelheit pulsierende Lebewesen. *Jetzt schauen wir in einen Spiegel und sehen nur rätselhafte Umrisse, dann aber schauen wir von Angesicht zu Angesicht*. Paulus muss ein Mann gewesen sein, der flach auf dem Rücken auf dem Boden lag und zu genau einem solchen Himmel hochgeblickt hat wie diesem hier, dachte Rooke.

Er kannte die Sternbilder der südlichen Hemisphäre inzwischen genauso gut wie jene, mit denen er aufgewachsen war. Auf dem ganzen Weg von Portsmouth die Wölbung des Globus hinunter bis nach New South Wales hatte er sie Nacht für Nacht beobachtet, wie sie immer weiter den südlichen Horizont hinaufgekrochen waren. Doch über dem Meer hatten sie nie so hell geleuchtet wie hier.

Gestochen scharf stand der Mond am schwarzen Himmel, seine Meere und Berge so deutlich wie in Kupfer graviert – aus der Perspektive einer Person, die aus dem Fenster eines Wohnzimmers im nebligen Portsmouth blickte, natürlich verkehrt herum.

Rooke hätte dieses Wohnzimmer bis ins kleinste Detail zeichnen können, jede einzelne Falte in der Tischdecke, jeden Fleck auf dem Lehnsessel, die Stelle, wo die Teppichkante ausgefranst war. Er hätte einem sagen können, dass in diesem Augenblick – dort war es jetzt Mittag und natürlich Sommer – sein Vater seine Serviette aus dem Serviettenring zog, seine Mutter das Brot schnitt und es Anne reichte, damit diese es mit Butter bestrich, und Bessie es dann auf die Teller legte, während sie alle versuchten, das Knurren in den Eingeweiden zu unterdrücken, und ungeduldig darauf warteten, dass das Dienstmädchen das Mittagessen hereintrug.

Er brauchte sich das Hungergefühl gar nicht vorzustellen,

denn es war real. Der Gouverneur hatte sie nämlich alle auf halbe Ration gesetzt, bis die angekündigten Versorgungsschiffe aus England eintrafen. Zugleich war es aber auch überhaupt nicht real, sondern eine Geschichte, die ihm jemand vor langer Zeit im Traum über ein paar ganz bestimmte Menschen erzählt hatte.

Durch das Fensterloch drang das endlose Rauschen des Wassers unten im Hafen zu ihm herein. Das Wasser war niemals still, war unablässig im Gespräch mit sich selbst und mit der Küste. Von seinem Feldbett aus hörte Rooke, wie es gegen die Felsen am Fuß der Landspitze klatschte, und wusste genau, was für ein Anblick das war, wenn es schäumend in Risse und Spalten eindrang. Nichts hinderte einen Tropfen dieses Wassers daran, dieselbe Reise, die er unternommen hatte, in entgegengesetzter Richtung zu machen. Solch ein Tropfen könnte sich mit den Meeresströmungen treiben lassen, bis er die Motherbank erreichte und am Round Tower vorüberglitt. Schließlich könnte er auf den Kai spritzen, genau an der Stelle, an der vor einem Jahr das Beiboot der *Sirius* mit Daniel Rooke an Bord abgelegt hatte. Der Tropfen würde auf einem der Steine eine dunkle Hieroglyphe hinterlassen, einen Gruß von der anderen Seite des Globus an die Welt, die Rooke zurückgelassen hatte.

*

Auch nachdem Rooke sein Quartier beim Observatorium bezogen hatte, nahm er mit den anderen Offizieren weiterhin das Sonntagsessen ein. Er betrachtete es als eine Art Zehnt, eine Abgabe aus Dankbarkeit dafür, dass er an den übrigen Wochentagen nicht dort essen musste.

Als er im ersten Winter seit Gründung der Siedlung eines Abends in der Kaserne war – ein langer düsterer Schuppen mit einer langen Mahagonitafel, die fast den gesamten Raum einnahm und für diese Umgebung eigentlich viel zu edel war –, sah er am Kopfende neben Major Wyatt den Gouverneur sitzen. Seine Exzellenz erwies ihren Offizieren hin und wieder diese Ehre, statt allein in der Residenz zu speisen. Major Wyatt bedankte sich stets mit überschwänglichen Worten dafür. Für alle anderen bedeutete die Anwesenheit des Gouverneurs, sich bei ihren Gesprächen im Zaum zu halten.

Rooke setzte sich zwischen Silk und den jungen Leutnant Timpson, da er hoffte, so den Blicken von Major Wyatt und dem Gouverneur zu entgehen. Timpson ging einem mit seinem Gemecker über die weiblichen Sträflinge – seiner Ansicht nach allesamt »liederliche Weiber« – gehörig auf die Nerven. Außerdem zog er ständig ein Medaillon mit dem Bild seiner Liebsten hervor und erwartete, dass jeder es bewunderte und bestaunte. Er war zu jung und zu naiv, um zu wissen, dass die

Geliebte eines Mannes in einem ovalen Rahmen für andere nicht sonderlich interessant war.

Silk fand, dass der junge Leutnant Timpson den Mund besser nicht so weit aufreißen sollte. *Verlass dich drauf*, hatte er zu Rooke gesagt. *Noch vor Jahresende werden wir ihm bei Mrs. Butcher begegnen und nichts mehr von dieser Betsy hören*. Rooke widersprach ihm nicht. Mrs. Butcher hatte offenbar schon in der Marktstadt Devizes ein Etablissement geleitet und wusste ein Haus gut zu führen. Rooke hatte ihre Hütte manchmal gemeinsam mit Silk, manchmal allein aufgesucht und sie sowohl für gastfreundlich als auch für diskret befunden, weil sie einem nicht nur die Auswahl zwischen mehreren hübschen jungen Sträflingsmädchen bot, sondern auch ein Stück Privatsphäre hinter einem Vorhang aus Segeltuch.

Timpsons naive Prüderie mochte zwar lästig sein, doch Rooke war gerne bereit, Betsy zum hundertsten Mal zu bewundern und zuzustimmen, dass sie ein süßes Gesichtchen hatte, wenn er dafür im hintersten und finstersten Winkel des Raumes sitzen konnte.

Der Gouverneur und Wyatt am Kopfende der Tafel blickten angewidert drein, als der Boy zwei gefüllte Teller vor sie hinstellte. Silk durchbrach das allgemeine Schweigen.

»Aha, der tägliche Teufelsbrocken!«, rief er aus.

Rooke fand es sehr gewagt, die Aufmerksamkeit auf das zu lenken, was auf den Tellern lag, doch zu seiner Überraschung hörte er den Gouverneur lachen. Wyatt stimmte in das Lachen ein, und schließlich lachte der ganze Tisch. Nur Silk konnte sich solche Dreistigkeiten erlauben, aber er kam damit gut an: Wem Tag für Tag eine kärgliche Portion gepökelten Rindfleischs älteren Datums und ein Löffel Erbsenbrei vorgesetzt wurde, dem war Ablenkung willkommen.

Die Ansicht Seiner Majestät Proviantlieferant, dass die Kolonisten in New South Wales zumindest einen Teil der benötigten Nahrungsmittel selbst produzieren könnten, hatte sich als zu optimistisch erwiesen. Das Herz des Baumes, der große Ähnlichkeit mit einem Wischmopp hatte, nannten sie zwar Kohl, doch Rooke fand, dass es nicht nur so faserig war wie Tauwerk, sondern auch so schmeckte. Am Bachufer wuchsen allerlei Grünpflanzen, und aus den Blättern eines wildwuchernden Rankengewächses ließ sich, wie man herausgefunden hatte, ein süßlicher Tee bereiten, den Rooke inzwischen ganz schmackhaft fand. Aber das war auch schon alles, was diese Gegend an Wildgemüse hergab.

Man hatte zwar auch Gärten angelegt und bepflanzt, doch in der Erde, die nicht besser war als Sand, dazu noch mit vielen Baumstümpfen durchsetzt und ständig von Sträflingen geplündert, wurde keine Kartoffel oder Rübe größer als eine Murmel.

Hin und wieder kam der Jäger des Gouverneurs mit ein paar Wildtieren zurück, die er im Wald erlegt hatte. Seine Exzellenz teilte das Fleisch großzügig mit den Offizieren, und wie die anderen auch hatte Rooke schon diverse undefinierbare Bratenstücke zähen, aber schmackhaften Fleisches genossen. Kein Teil dieser Tiere blieb ungenutzt, denn Schiffsarzt Weymark bezahlte den Jäger dafür, dass er ihm die Köpfe überließ. Rooke hatte schon einige von Weymarks Aquarellen gesehen, auf denen er die Stelle, an welcher der Kopf des Kängurus oder Opossums mit dem Beil abgehackt worden war, raffiniert mit einem grün belaubten Zweig verdeckt hatte.

Doch das änderte nichts an der Tatsache, dass die Vorräte knapp waren.

Der Offizierskoch gab die Essensportionen möglichst weit

verteilt auf die Teller, damit es nach mehr aussah. Dieser Trick brachte Rooke auf eine interessante Rechnung: Welchen Kreisumfang konnte man mit einer gegebenen Menge Erbsen und Pökelfleisch erzielen?

Doch ob dick oder dünn, wie lang der Kreisdurchmesser und wie interessant das Problem unter Anwendung der Zahl Pi auch sein mochte, die Essensrationen blieben kärglich, weil die versprochenen Versorgungsschiffe einfach nicht kamen.

»Diese Mistkerle haben uns vergessen«, sagte Timpson mit gedämpfter Stimme zu Rooke, strich dabei mit dem Finger über den Teller und leckte ihn ab. »Haben uns hier abgeladen und sich gesagt, Gott sei Dank sind wir die los! Oder aber die Schiffe sind alle havariert. Ich wünschte bei Gott, ich hätte mich nie freiwillig gemeldet.«

Für Timpson war es der allererste Einsatz, und er hatte noch nicht gelernt, sein Heimweh zu verbergen. Beim Essen träumte er gerne laut von seinen Lieblingsspeisen, vor allem von dem Fleischeintopf mit geschmortem Lauchgemüse, den seine Mutter zubereitete. Auch Rooke hatte sich schon dabei ertappt, wie er mit offenen Augen von einem Teller mit neuen Kartoffeln, Butter, Salz und Petersilie träumte, dazu ein schönes frisches Hammelkotelett.

An der gesamten Tafel, an der nach kurzer Zeit jeder Teller weiß glänzte, saß kein einziger Mann, der glaubte, Seiner Majestät jüngste Kolonie werde von Dauer sein. Die Frage war nur, ob sie bis dahin alle gestorben sein würden.

Als sich der Gouverneur nach dem Essen erhob, sah er so spindeldürr und eckig aus, dass er Rooke an Newtons Mathematikerbrücke erinnerte.

»Einen schönen Abend, meine Herren, und besten Dank für die Gastfreundschaft.«

Er blickte auf seinen Teller und zögerte, als bereue er seine Bemerkung, die auch ironisch verstanden werden konnte.

»Ich habe die Absicht, mit einer Gruppe von Männern das Landesinnere zu erkunden, in der Hoffnung, dort irgendetwas zu finden, was für unsere Kolonie von Nutzen sein kann.«

Von Nutzen sein kann. Ihnen allen war klar, was sich hinter dieser gedrechselten Wendung verbarg: *In Sydney Cove wächst einfach nichts, und unsere Vorräte gehen zur Neige*.

»Außerdem bin ich zuversichtlich, dass wir dort auf Eingeborene treffen werden, die eher zu Gesprächen mit uns bereit sind als jene, denen wir hier begegnet sind.«

Rooke musste an die beiden Männer denken, die an ihm vorbeigegangen waren, als wäre er ein Felsen oder ein Strauch. Jeden Morgen trat er als Erstes hinaus und sah nach, ob sie wieder da waren.

Der Gouverneur verzog den Mund zu einem angedeuteten Lächeln.

»Ich frage mich, meine Herren, ob sich unter Ihnen jemand befindet, der gerne mit von der Partie sein möchte.«

Ohne zu überlegen, sprang Rooke auf.

»Leutnant Rooke, Sir, ich komme mit.«

Vögel – Säugetiere – Ameisen und ihre Behausungen. Hier war seine Chance, mehr von New South Wales zu sehen als das Fleckchen, das er bis jetzt kennengelernt hatte. Und falls sich eine Gelegenheit ergäbe, mit den Einheimischen Verhandlungen zu führen, wer wäre besser dafür geeignet als ein Mann, der fünf Sprachen beherrschte?

Ein paar Sekunden nach ihm meldete sich auch Silk.

»Hauptmann Silk steht ebenfalls zu Ihren Diensten, Sir«, rief er aus.

Steht zu Ihren Diensten war eine weitaus bessere Formulierung. Rooke nahm sich vor, sie sich zu merken. *Ich komme mit!* klang wie der Ausruf eines Schuljungen. Er spürte, wie er rot wurde, doch niemand sah zu ihm hin.

»Besten Dank, meine Herren, ich bin Ihnen sehr verbunden.«

Als die Tafel aufgehoben wurde, zögerte Silk noch einen Moment.

»Sapperlot, Rooke, ich dachte, ich wäre das flinkste Schachtelmännchen im Regiment, aber wie ich sehe, sollte ich mir meiner Sache nicht zu sicher sein!«

Rooke versuchte eine Antwort zu formulieren, aber Silk wartete sie nicht ab.

»Dornen, Sonnenbrand, Moskitos und bestimmt auch Schlangen. Vielleicht auch unfreundliche Eingeborene. Aber je schlimmer die Erfahrung sein wird, desto besser wird es sich lesen. Die Eingeborenen sind es, die ich brauche. Ihre Zurückhaltung enttäuscht mich sehr. Bei dieser Expedition ergibt sich vielleicht die Gelegenheit, mit diesen scheuen Gesellen zu plaudern. Und was auch immer sonst dabei herauskommen mag, unsere Beteiligung an dieser Expedition kann uns nur zum Vorteil gereichen.«

Er zwinkerte Rooke zu.

»Die langfristige Perspektive, mein Freund, wir dürfen nie die langfristige Perspektive unserer Zeit hier in New South Wales aus dem Blick verlieren.«

*

Die langfristige Perspektive im Blick zu behalten war in einer Gegend, wo man von New South Wales jeweils nur einen Meter nach dem anderen sah, gar nicht so leicht. Rooke saß mit den anderen Expeditionsmitgliedern im Boot, das die Matrosen in westlicher Richtung durch den Hafen steuerten, und vernahm die Geräusche der Riemen, wenn sie ins Wasser eintauchten und mit einem saugenden Geräusch wieder herausgehoben wurden. Der Gouverneur, der die Ruderbank im Bug ganz für sich allein hatte, blickte angestrengt durch sein Fernrohr. Silk saß dienstbereit hinter ihm und beugte sich ab und zu vor, um auf eine Bemerkung des Gouverneurs, die Rooke von seinem Platz aus nicht verstand, etwas zu erwidern. Eine beflissene Miene auf dem hageren Gesicht, beugte sich auch der neben Silk sitzende Leutnant Willstead immer wieder vor in der Hoffnung, sich einbringen zu können. Willstead war ebenfalls an Bord der *Sirius* gewesen. Während ihrer Fahrt über den Atlantik und über das gesamte Große Südmeer hatte Rooke beobachtet, wie Willstead sich verzweifelt bemühte, Eindruck auf den Gouverneur zu machen. Seinem hageren Gesicht war der Ehrgeiz zu deutlich anzusehen, sein schmeichlerisches Lächeln war zu mechanisch. Silk mochte genauso ehrgeizig sein wie Willstead, doch man merkte ihm das nicht an, und wenn der Gouverneur sich auf seiner Ruderbank umdrehte, um eine Bemerkung über etwas von Interesse zu machen, wandte er sich ausnahmslos an Silk.

Hinter Rooke saßen zwei Soldaten mit einem bulligen, bärtigen Sträfling in ihrer Mitte: dem Jäger des Gouverneurs, der, wie Rooke von Silk wusste, mitgenommen worden war, um ihnen das Abendessen zu schießen. Mit den breiten Schultern und dem sich übergangslos daran anschließenden feisten Nacken sah er selbst wie eine Rindslende aus, dachte Rooke. Er begegnete dem Blick des Mannes: scharf, wissend, misstrauisch.

Leutnant Gardiner von der *Sirius* hatte das Kommando über das Boot. Um nicht das Gleichgewicht zu verlieren, stand er breitbeinig im Heck, während sich die Matrosen in die Riemen legten und das Boot immer weiter in das Hafenbecken hineinsteuerten. Am nördlichen Ufer ragten bewaldete Felsvorsprünge wie hohe dunkle Schiffbugs aus dem Wasser empor, in das die düsteren Bäume ihre Spiegelbilder warfen. Auf der Südseite war das Land niedriger, jede Bucht und jede Landzunge leuchtete vom glänzenden Laub der Mangroven. Hin und wieder kam ein sichelförmiger gelber Sandstrand in Sicht. Auf dem Wasser schaukelnde Möwen drehten die Köpfe zu dem vorüberziehenden Boot, die Pelikane sahen aus, als lächelten sie in sich hinein. Die Strömung trieb das Boot um eine Biegung nach der anderen, die beiden Uferseiten kamen immer näher aufeinander zu, bis aus dem Hafenbecken ein schmaler Fluss geworden war.

Beim Umrunden einer niedrigen Landzunge sahen sie auf einem Grashang an einem Lagerfeuer vier oder fünf Eingeborene sitzen, die reglos zu ihnen herüberblickten. Sie wirkten wie ein Tableau, das über eine Bühne gezogen wird. Aus der Perspektive der Eingeborenen musste die Bootsladung starrender Fremder natürlich wiederum wie ein durch ihr Blickfeld gleitendes Tableau wirken.

»Lassen Sie einwärts drehen, Leutnant«, rief der Gouverneur Gardiner über das Boot hinweg zu. »Lassen Sie rückwärts rudern und auf diese Leute zusteuern.«

Während das Boot immer näher auf die Eingeborenen zukam, erhob sich der Gouverneur von seiner Bank, nahm seinen Hut ab und winkte ihnen damit zu.

»Guten Morgen!«, rief er. »Guten Morgen, Freunde!«

Die Eingeborenen winkten nicht zurück. Während Rooke die Szene beobachtete, begann sich das Tableau zu bewegen: Eine am Lagerfeuer sitzende Frau stand auf, raffte ihr Kind an sich und verschwand im Gebüsch. Nacheinander erhoben sich auch die anderen und folgten ihr. Obwohl sie sich nicht zu beeilen schienen, war die Lichtung, als das Boot dicht genug ans Land herangekommen war, menschenleer.

»Soll ich ans Ufer springen, Sir?«, erbot sich Willstead. »Ich könnte hinüberspringen und sie verfolgen!«

Etwas in Willsteads Stimme schien dem Gouverneur nicht zu behagen.

»Lassen Sie weiterrudern, Leutnant Gardiner«, rief er in scharfem Ton. »Lassen Sie uns hier keine Zeit vergeuden.«

Der Fluss wurde immer schmaler, bis er nur noch ein sich zwischen hohen Abhängen hindurchschlängelnder Bach war, und schließlich war der Weg ganz von flachen, übereinander getürmten Felsplatten versperrt, über die glitzerndes Wasser hinunterrann.

»Endstation, meine Herren!«, rief Gardiner und ließ das Boot rückwärts auf eine Stelle zuhalten, an der eine Felsplatte in tiefes Wasser abfiel.

Willstead und Silk stiegen aus und drehten sich um, damit

sie dem Gouverneur behilflich sein konnten, der seine eckigen Glieder jedoch erstaunlich behände über das Dollbord hob.

»Vielen Dank, meine Herren, aber ich komme schon zurecht, wie Sie sehen.«

Er blickte zu den steilen Ufern rechts und links hinauf, wo die Felsen an manchen Stellen von vergangenem Hochwasser glattgerieben worden waren, und setzte sich schon in Bewegung, während er noch über die Schulter Befehle erteilte.

»Vielen Dank, Leutnant Gardiner, in drei Tagen erwarte ich Sie genau an dieser Stelle. So, Hauptmann Silk, darf ich Sie bitten, an meine Seite zu kommen? Wir beide werden vorangehen. Leutnant Willstead, würden Sie die Güte haben, uns zu folgen? Leutnant Rooke, seien Sie so freundlich, die Nachhut zu bilden und Aufzeichnungen über unserer Marschroute zu machen. Sergeant, Sie und die Gefreiten werden den Wildhüter begleiten.«

Rooke lachte laut auf, weil er dachte, der Gouverneur hätte einen seiner seltenen Witze gemacht, doch dieser wandte sich auf seine kantige Art zu ihm um und durchbohrte ihn mit einem kalten Blick. Rooke hielt sich schnell die Hand vor den Mund und tat so, als müsse er husten.

Wildhüter! Dieses Wort ließ ihn an die vornehme Gesellschaft denken, mit der Lancelot Percival James an der Akademie herumgeprahlt hatte: Fasane und Rotwild in einem kunstvoll angelegten und dem Auge schmeichelnden Park, fröhliche Bauersleute, die sich an die Mütze tippten, wenn der Gutsherr an ihnen vorüberritt.

Doch New South Wales war kein Landsitz. Seiner Majestät Untertanen mussten auf einer kleinen trostlosen Lichtung am Rande des Unbekannten ausharren. Das Land ringsumher schien völlig unfruchtbar zu sein und keinerlei Nahrung zu bieten, weder Nutzpflanzen noch genießbare Tiere, und der Wildhüter war ein Krimineller, dem man ein Gewehr überlassen hatte.

Die Gruppe formierte sich und marschierte hinter dem Gouverneur her. Rooke am hinteren Ende sah die wippenden Tornister seiner Vordermänner, die ständig die Köpfe einziehen mussten, um den elastischen Zweigen der Sträucher auszuweichen. Der Sträfling, der sie alle überragte und dessen muskulöser Oberkörper fast sein abgetragenes kariertes Hemd sprengte, bahnte sich rempelnd einen Weg durch alles, was ihm in die Quere kam. Sein Tornister und der des Gouverneurs, den er ebenfalls trug, wirkten auf seinem Rücken wie Kinderspielzeug.

Der Gouverneur hatte angekündigt, dass sie genau in Richtung Westen gehen würden, doch der Trupp musste ständig nach Norden oder Süden abweichen, um undurchdringliches Dickicht mit umgestürzten und von Gesträuch überwucherten Bäumen oder sumpfige Wasserläufe zu umgehen, die zu breit zum Überqueren waren. Sie kletterten Abhänge hinunter, an denen sie mit den Beinen im Gestrüpp hängenblieben, kämpften sich auf der gegenüberliegenden Seite steile Felshänge hinauf, auf deren anderer Seite sich die nächste Schlucht vor ihnen auftat.

In der einen Hand den Kompass, in der anderen sein Notizbuch, den Bleistift hinters Ohr geklemmt, zählte Rooke am hinteren Ende der Reihe seine Schritte und hielt jede Richtungsänderung schriftlich fest. Auf die leeren Seiten hatte er schon im Voraus Spalten eingezeichnet: *Anzahl der Schritte. Marschrichtung*. Während er nun die Zahlen in die Spalten eintrug, stellte er fest, dass die Worte *Marsch* und *Richtung* mit der Realität eigentlich nichts zu tun hatten.

Wie ein verschwommenes Bild mit lauter namenlosen Dingen zog die Landschaft an ihm vorbei. *Baum. Eine andere Art Baum. Ein Strauch. Eine andere Art Strauch. Weiße Blume. Gelbe Blume. Rote Blume.* Die Namen der Dinge nicht zu kennen, ließ ihn sich wieder wie ein Kind fühlen. Es erinnerte ihn daran, wie er damals auf dem Kiesstrand unterhalb des Round Tower über seiner Kieselsteinsammlung gekauert hatte: *großer Stein, kleiner Stein, heller Stein, dunkler Stein.*

An einem von hohem Schilf gesäumten Bach ließ der Gouverneur Halt machen, um dort das Nachtlager zu errichten. Nachdem Rooke sich hingehockt und den Tornister von seinem verschwitzten Rücken abgenommen hatte, fröstelte er in der abendlichen Kühle, die sich schon über die Wälder senkte.

Er beobachtete, wie der Sergeant dem Sträfling widerstrebend eine Flinte und einen Beutel Schrot reichte. Der Mann nahm das Gewehr – das in seiner riesigen Pranke wie ein Spielzeug aussah – und wog den Schrotbeutel in seiner Hand. Dann lächelte er mit rosigen Lippen durch seinen Bart.

»Wenn Sie was zum Abendessen wollen, Sir, brauche ich aber ein gehöriges Quantum Schrot mehr als das bisschen hier!«, sagte er.

»Halt die Klappe, Mann«, begann der Sergeant, doch der Gouverneur fiel ihm ins Wort: »Geht in Ordnung, Sergeant, Brugden soll kriegen, so viel er braucht.«

Mit zusammengekniffenen Lippen schüttete der Sergeant noch etwas mehr Schrot dazu. Brugden grinste breit und ließ dabei seine kräftigen weißen Zähne sehen.

»Danke, Sergeant«, sagte er. »Meinen allerherzlichsten Dank, Sir.«

Der Sergeant sah ihm nach, wie er mit geschultertem Gewehr und wiegendem Gang den Bach hinabstolzierte und einen langen Schatten übers Gras warf. Während der Überfahrt, dachte Rooke, hätte man diesem Sträfling nicht einmal ein Taschenmesser gegeben, um damit sein Brot zu schneiden. Der missmutig dreinblickende Sergeant sah aus, als hätte er gerade denselben Gedanken.

Der Gouverneur bemerkte, wie Rooke dem sich mit großen Schritten entfernenden Mann nachblickte.

»Man muss sich den örtlichen Gegebenheiten anpassen, Mr. Rooke«, sagte er. »Ich kenne Brugden von zu Hause, er war Wildhüter des Herzogs von Portland, bevor er bedauerlicherweise mit dem Gesetz in Konflikt geriet. Er ist zwar ein rauer Geselle, aber ich habe selbst gesehen, wie er aus hundert Schritt Entfernung eine Ringeltaube trifft.«

»Und was ist, wenn er sich aus dem Staub macht, Sir?«, warf Willstead ein.

Der Gouverneur bedachte ihn mit einem ironischen Blick. »Ja, Leutnant Willstead, was, wenn er sich aus dem Staub macht. Können Sie mir vielleicht sagen, wo er da wohl hingehen sollte?«

Willstead blinzelte nur, ohne eine Antwort zu wissen.

Rooke setzte sich auf einen Baumstamm und holte sein Notizbuch hervor, um die gezählten Schritte und die Kompassdaten auszuwerten. In der Annahme, es könnte ihm in der Wildnis nützlich sein, hatte er vor seiner Abreise in Portsmouth die Church Street mit Schritten ausgemessen, während Anne mit einem Stück Kreide neben ihm hergelaufen war und jeden seiner Schritte markiert hatte. Die durchschnittliche Länge der Schritte von Leutnant Daniel Rooke betrug dreiunddreißig Zoll.

Hier, wo sie abwechselnd durch die Gegend stolperten, kraxelten und auf allen vieren krochen, brauchte er nicht so präzise zu sein. Wie Euklid würde er mit einer Behauptung beginnen und, wo er nun schon einmal am Über-den-Daumen-Peilen war, könnte er die Rechnung auch gleich einfach machen: *Nehmen wir für jeden Schritt sechsunddreißig Zoll.*

Als er alles berechnet hatte, zeichnete er ihre Marschroute in die Kartenskizze ein, die er von der Gegend angefertigt hatte. Eine merkwürdige Zickzacklinie, die eher der Bahn eines Käfers glich als der eines Sonderkommandos der königlichen Streitkräfte.

Als er aufstand, um die Skizze zum Gouverneur hinüberzutragen, stellte sich ihm Silk in den Weg.

»Na, wie viele Meilen sind's, Rooke? Wie weit in westlicher Richtung?«

Rooke deutete auf den Punkt, an dem die Zickzacklinie endete.

»Nach meiner Berechnung befinden wir uns vierfünfachtel Meilen südwestlich von der Stelle, an der wir das Boot verlassen haben«, antwortete er.

»Vierfünfachtel? Alle Achtung, Leutnant, du bist wirklich ein Genie!«

Silk drehte sich zu Willstead um, der sich Schuhe und Gamaschen ausgezogen hatte, auf einem umgestürzten Baum hockte und vorsichtig seine Blasen betastete.

»Schauen Sie mal, Willstead, ist das nicht unglaublich? Rooke kann exakt bestimmen, wo wir uns hier befinden.«

Mit einer gezierten Bewegung tupfte er mit dem Zeigefinger genau auf die Stelle, an der die punktierte Linie endete.

Willstead warf nur einen flüchtigen Blick auf das Blatt.

»Grandios«, sagte er. »Gratuliere, Rooke.«

Er versuchte gar nicht zu verbergen, dass ihn seine Blasen mehr interessierten als eine Linie auf einem Blatt Papier. Silk musterte ihn mit starrem Mund und leicht eingezogenem Kinn. Genau dieselbe Miene setzte er auch auf, wenn Rooke eine Frage zu ausführlich beantwortete. *Unmut* war das passende Wort dafür, dachte Rooke, wenn Silk auch zu freundlich und zu gentlemanlike war, um sich zu mehr als diesem kaum wahrnehmbaren Anspannen einiger Gesichtsmuskeln hinreißen zu lassen.

»Vielen Dank, Rooke«, sagte er betont herzlich, wie um Willsteads Gleichgültigkeit wettzumachen. »Ich finde es beruhigend, so genau zu wissen, wo ich mich befinde.«

Dabei ließ er den Blick über die Sträucher schweifen, die sich hangabwärts an sie heranschoben, worauf Rooke sich fragte, ob die Bemerkung wirklich lobend oder womöglich leicht spöttisch gewesen war.

Rooke ließ die beiden stehen und schritt mit dem Kompass in der Hand am Ufer des Baches entlang. *Den Verlauf des Baches ermitteln*, erläuterte er einem imaginären Fragesteller. *Das letzte Tageslicht ausnutzen*. Als er die Zweige eines Strauchs beiseite bog, um ans Wasser zu gelangen, flatterte vor seinen Füßen eine Ente auf. Erschrocken machte er einen Satz nach hinten. Die Ente flatterte weiter und schlitterte quakend aufs Wasser. Ihr Quaken klang wie Gelächter. *Heck heck! Heck heck heck!*

An einem dermaßen fremdartigen Ort kam man sich so schutzlos vor, als hätte sich einem die Haut abgeschält.

Rooke tat so, als erkunde er den weiteren Verlauf des Baches nach Norden hin, obwohl er in Wirklichkeit einfach nur die Umgebung in Augenschein nehmen wollte. In dieser Gegend, wo alles völlig neu war, kam er sich fast wie ein Blinder vor, so, als könne man ohne bestimmte Kenntnisse nicht richtig sehen. Ohne seinen Tornister und sein Notizbuch hoffte er, dass seine Augen zwischen all diesen Bäumen und Sträuchern Unterschiede wahrzunehmen begannen.

Das Gras am Bachufer wirkte im schwächer werdenden Licht der tief stehenden Sonne ganz zart, das Grün so hell, dass es fast durchsichtig schien. Längs des Baches neigten sich die Tannenbäume zum Wasser hin. *Tannen*: So wurden sie hier von allen genannt. Doch als er einen der Nadelzweige abbrach, erkannte er, dass diese Tannennadeln schachtelhalmartig gegliedert und an der Spitze verdickt waren. Welches Blatt, welche Nadel schob sich wie ein Fernrohr Segment für Segment nach außen?

Rooke hatte sich Fremdheit gewünscht. Diese Gegend jedoch war in einem solchen Maße fremd, dass sie unbegreiflich war.

Kurz vor Einbruch der Dunkelheit kam der Wildhüter mit einem erlegten Opossum und zwei Papageien zurück. Der Ausflug in den Wald hatte ihn mit neuer Energie erfüllt.

»Keine große Auswahl an Wild, Sir«, hörte Rooke ihn zum Gouverneur sagen. »Aber was sich bewegt, Sir, wird von mir erschossen!«

Brugden strotzte vor Zufriedenheit und sah stolz zu, wie sich einer der Soldaten an Federn und Fell zu schaffen machte. Der Eintopf, den das Fleisch dieser Tiere ergab, sah zwar nicht sonderlich appetitlich aus, war aber trotzdem eine willkommene Ergänzung zu der kleinen Ration harten alten Brots.

Nach dem Essen war Rooke wie alle anderen froh, sich in seine Decke wickeln zu können. Von dem gnadenlosen Auf und Ab des vergangenen Tages zitterten ihm noch immer die Glieder, tausende Insekten hatten ihn gestochen, und die Decke bot kaum Schutz gegen die nächtliche Kälte.

Doch als er schließlich kurz vor dem Einschlafen war, ging

ihm folgender Gedanke durch den Kopf: *Es gibt auf der Erde keinen Ort, an dem ich lieber wäre.*

*

Auf ihrem Marsch weiter in Richtung Westen hatten sie sich von dem Fluss entfernt, stießen nach zwei Tagen aber wieder darauf. Längs des Ufers war schon ein ausgetretener Pfad zu erkennen, der von Füßen stammte, die vor ihnen hier gewesen waren.

»Ah«, rief der Gouverneur aus. »Endlich treffen wir vielleicht auf ein paar Eingeborene!«

Rooke fragte sich, wie die Unterhaltung mit ihnen wohl beginnen würde. Man ging auf sie zu und sprach sie an, vermutete er. Damals, an jenem ersten Tag am Strand hätte er es weniger mit Geschenken, sondern mit mehr Worten versuchen sollen. Die zweite Gelegenheit, sie anzusprechen, hatte er verpasst, als die beiden Eingeborenen an seiner Hütte vorbeigegangen waren.

Eine dritte Gelegenheit würde er sich nicht entgehen lassen. Er ging die Szene im Geiste durch: wie er die Muskete ablegte und dann mit leeren, ausgestreckten Händen auf sie zuging. Er würde nicht warten, bis der Gouverneur etwas anordnete, sondern die Initiative ergreifen. Aber was dann? Wie würde er das Gespräch beginnen?

Da gar keine Eingeborenen auftauchten, ergab sich auch keine Gelegenheit, diese Frage zu klären, doch einhundertvierunddreißig Schritte später stießen sie auf Bäume mit frischen Einkerbungen, aus denen roter Saft quoll. Zweihundertsieben Schritte weiter gelangten sie zu einer Ansammlung von Eingeborenenhütten und einem schwelenden Lagerfeuer.

»Sie können nicht weit weg sein«, stellte Willstead fest.

»Stimmt genau, Leutnant«, entgegnete der Gouverneur. »Schade, dass wir nicht wissen, in welche Richtung sie gegangen sind.«

Hinter den Bäumen und Sträuchern rings um das Lager hätte sich eine ganze Armee verstecken können.

»Wo sind sie bloß?«, fragte der Gouverneur gereizt. »Warum verstecken sie sich vor uns?«

Willstead fühlte sich berufen, ihm eine Antwort zu geben.

»Ich nehme an, dass sie abwarten, wie wir uns verhalten, Sir. Wenn sie merken, dass wir friedliche Absichten haben, werden sie sicherlich herauskommen.«

Doch der Gouverneur war zu gereizt, um sich mit Mutmaßungen zufriedenzugeben.

»Aber wann, Mr. Willstead? Wann wohl werden sie sich endlich dazu herablassen, mit uns zu sprechen?«

Während sie weitergingen, verbreiterte sich der Fluss; auf beiden Seiten erstreckte sich eine sanft gewellte, offene Graslandschaft, kein Gestrüpp und keine Wälder mehr, sondern einzeln stehende Bäume. Hier, wie nirgends sonst, war die Vorstellung von einem Gutsherrenpark nicht mehr ganz so lächerlich.

Der Gouverneur ließ Halt machen.

»Hauptmann Silk, die Pflanzkelle, wenn ich bitten darf.«

Er grub eine Handvoll dunkler Erde aus, drückte sie mit der Hand zusammen, begutachtete den krümeligen Ball eingehend und roch daran. Ob er ihn wohl auch kosten wollte? Silk, der mit der Kelle in der Hand in würdevoller Haltung neben ihm stand, warf Rooke einen belustigten Blick zu.

»Leutnant Rooke«, sagte der Gouverneur und drehte sich um, worauf Silk schnell wieder eine ernste Miene aufsetzen musste, »seien Sie so gut und notieren Sie die Lage dieser

Stelle. Ich habe den Eindruck, dass die Erde hier sehr fruchtbar ist.«

Rooke zog sein Notizbuch und seinen Kompass hervor, führte damit von einem nahe gelegenen Hügel Peilungen aus, zeichnete eine Linie, die den Fluss darstellen sollte, und veranstaltete im Übrigen ein mächtiges Brimborium, um ihren Standort zu ermitteln.

»Besten Dank, Leutnant«, sagte der Gouverneur und rang sich huldvoll ein verkniffenes Lächeln ab.

*

Als Brugden am Abend jenes Tages erneut das Gewehr und einen Beutel Schrot ausgehändigt bekam, verkündete er prahlerisch, er werde dieses Mal mit etwas Besserem als einem Opossum zurückkommen.

»Machen Sie sich keine Sorgen, Gentlemen«, rief er Rooke und Willstead zu, als er sich auf den Weg machte. »Wenn dort draußen irgendetwas Essbares zu finden ist, wird es mir nicht entwischen. Was sich bewegt, wird garantiert erschossen!«

Das Gewehr über der Schulter, stolzierte er davon.

»Sorgen habe ich mir eigentlich nicht groß gemacht«, brummte Willstead Rooke zu. »Aber diesem Burschen werden meiner Ansicht nach viel zu große Freiheiten gewährt.«

Mit unverhohlenem Missfallen blickte er Brugden nach.

Als sie eine halbe Stunde später alle am Lagerfeuer saßen, hörten sie in der Ferne den Widerhall eines Schusses.

»Abendessen, schätze ich«, meinte Silk.

Doch wenig später kam etwas mit lautem Getöse den Hang hinuntergestürzt, und dann brach auch schon Brugden aus den Sträuchern hervor, die Kappe schief über einem Ohr, den Bart voller Blätter, ein Auge dick angeschwollen.

»Die Scheißkerle haben mich mit Steinen beworfen«, brüllte er, »'tschuldigen Sie, Sir, aber diese verfluchten Scheißkerle haben mich mit Steinen beworfen!«

Er streckte den Arm vor, auf dem eine angeschwollene rote Schürfwunde zu sehen war.

Sein Arm interessierte den Gouverneur nicht.

»Was ist passiert, Brugden?«, herrschte er ihn an. »Los, erzählen Sie, aber ein bisschen plötzlich!«

Rooke meinte daraufhin, in der Miene des Sträflings etwas Durchtriebenes zu bemerken. Ihm erschien er als ein Mann, der stets auf seinen eigenen Vorteil bedacht war.

»Ich habe überhaupt nichts getan, Sir«, sagte er. »Ich bin einfach nur durch die Gegend gezogen, hatte schon ein paar Krähen erlegt und wollte gerade auf so ein Opossum zielen, da knallte mir ein Stein ins Kreuz und ein anderer hier auf den Arm. Das Gestrüpp war so dicht, dass ich nichts sehen konnte, nicht das Geringste, Sir!«

Nicht nur Rooke, auch der Gouverneur schien in diesen Worten verdächtig viel Protest wahrzunehmen.

»Und dann? Haben Sie geschossen? Raus mit der Sprache, Mann!«

Hinter seinem dichten Bart konnte Brugden seinen Gesichtsausdruck gut verbergen.

»Sie sind auf mich zugekommen, mit Speeren und Knüppeln. Ich dachte, mein Leben ist in Gefahr, Sir.«

»Also haben Sie sie doch gesehen! Haben Sie auf sie geschossen?«

Brugden wich seinem Blick aus, rieb sich die verletzte Stelle an seinem Arm und eine andere am Hals. Sein Auge war inzwischen fast zugeschwollen.

»Ja, Sir«, sagte er trotzig. »Ich hab mitten in sie rein gefeuert, Sir. Hätte ich das nicht getan, Sir, wär ich jetzt ein toter Mann.«

Der Gouverneur blickte zu Boden und sah aus, als unterdrücke er mit Mühe einen Wutausbruch.

»Sie haben also geschossen. Haben Sie jemanden verletzt? Ist jemand zu Boden gestürzt?«

»Weiß nicht, Sir, ich hab geschossen und bin weggerannt. Keine Ahnung, was passiert ist, ich hab einfach die Flinte abgefeuert, und dann bin ich gerannt, was das Zeug hält. Ich hatte einen Heidenbammel, Sir.«

»Wie Sie sich vielleicht erinnern, hatte ich Sie gewarnt, Brugden.«

Die Stimme des Gouverneurs war so leise, dass Rooke sich vorbeugen musste, um die Worte zu verstehen.

»Ich hatte Sie gewarnt, ich hatte es Ihnen gesagt, und jetzt sage ich's Ihnen noch einmal. Das Überleben dieser Kolonie und all ihrer Mitglieder hängt in hohem Maße davon ab, dass zu den Eingeborenen freundschaftliche Beziehungen aufrechterhalten werden. Verstehen Sie das, Mann? Wir sind zu wenige, und nur Gott weiß, wie viele sie sind.«

»Ja, Sir«, sagte Brugden.

Wie ein kleines Tier in einem Dickicht aus schwarzem Haar formten seine Lippen das Wort und tauchten wieder unter.

Brugdens Geschichte trübte die allgemeine Stimmung. Rooke sah, wie der Gouverneur etwas zu Silk sagte, Silk wiederum etwas zum Sergeant sagte und sich einer der Soldaten als Wachposten aufstellte. Der Sergeant sammelte diskret die Gewehre ein, lud sie im Schatten jenseits des Lagerfeuers, brachte sie dann wieder zurück und legte sie in einer Reihe nebeneinander.

Rooke dachte, eigentlich müsste er jetzt wohl Angst haben.

Auf die anderen schien das zumindest zuzutreffen. Brugden blickte verdrossen drein, stöhnte jedes Mal auf, wenn er sich bewegte, und blinzelte durch sein zugeschwollenes Auge. Willstead zog sich seine Strümpfe und Schuhe wieder an und setzte sich auf einen Baumstamm neben dem Feuer, wo er sich wiederholt räusperte wie einer, der gleich eine Hochzeitsrede halten will. Silk schlug mit übertriebenen Gesten nach den Moskitos.

»Meine Güte, die sind ja so groß wie Sperlinge! Dabei sollte man eigentlich annehmen, die Kälte schrecke sie ab«, rief er aus. »Rooke, du hattest doch sicher gehofft, auf bislang der Wissenschaft unbekannte Kuriositäten der Natur zu stoßen, doch so wundersam du diese Viecher auch finden magst, mein Freund, ich würde auf das Vergnügen, ihre Bekanntschaft zu machen, ehrlich gesagt gerne verzichten.«

Rooke kam das Ganze wie Theater vor – die erleuchtete Lichtung um das Lagerfeuer herum war die Bühne, auf der die Aufführung stattfand, vielleicht mit einem Titel wie *Seiner Majestät Mannen trotzen dem Feind*.

Er kaute seinen Kanten Brot gut durch, um länger etwas davon zu haben. Selbst Krähensuppe wäre ihm jetzt willkommen gewesen. Dort draußen im Wald war etwas passiert, was Brugden ihnen nicht erzählen wollte. Falls die Eingeborenen tatsächlich einen Angriff auf sie planten, würden ihnen die paar Musketen nichts nützen. Angst empfand man, wenn man gegen das, was zu geschehen drohte, etwas unternehmen zu können glaubte. Acht Männer allein in dieser unermesslichen Fremde konnten nur abwarten und hoffen.

Es war eine unruhige, aber ereignislose Nacht. Als sie erwachten, fielen lange ruhige Sonnenstrahlen auf das Gras zwischen den Bäumen. Vögel begrüßten mit schmetterndem

Gesang den Tag. Im Sonnenlicht wirkte die Reihe geladener Musketen regelrecht absurd.

An jenem Tag schlossen sie den ungefähren Dreiviertelkreis ab, den sie bei ihrem Marsch beschrieben hatten, und machten sich wieder auf den Rückweg zu der Stelle, wo sie an Land gegangen waren. Als sie das Boot durch die Bäume hindurch erblickten, drehte der Gouverneur sich zu Rooke um.

»Erstklassige Navigation, Leutnant Rooke. Gratuliere.«

Gardiner hatte das Boot geschickt rückwärts ans Ufer gesteuert. Rooke merkte, dass Gardiner in der Miene des Gouverneurs zu lesen versuchte und zu dem Ergebnis kam, das Gelobte Land der fruchtbaren Erde und der gesprächigen Eingeborenen sei nicht gefunden worden. Er warf Rooke ein verstohlenes Grinsen zu, das besagte: *Besser du als ich.*

Rooke war froh, im Boot sitzen und sich entspannen zu können, statt mit seinem Tornister auf dem Rücken durch die Gegend zu stolpern. Immerhin hatte er nun den Ruf eines *erstklassigen Navigators* erworben. Das würde ihm auf keinen Fall zum Nachteil gereichen. Und dieses lange Herumgetappe durch ein namenloses Land war wie die erste Begegnung mit einem Fremden: Sie weckte Hoffnungen.

Silk hatte seinen Bleistift herausgezogen und lächelte vor sich hin, während er etwas notierte. Willstead hatte einen Sitzplatz neben dem Gouverneur ergattert, doch als dieser etwas sagte, wandte er sich nicht an ihn, sondern an Silk.

»Dieses fruchtbare Gelände am Fluss ist genau das, was ich zu finden gehofft hatte«, hörte Rooke ihn sagen. »Es sieht ganz so aus, als würde es die Kornkammer der Kolonie werden, meinen Sie nicht auch, Hauptmann Silk?«

»In der Tat, Sir«, antwortete Silk. »Sehr vielversprechend, ziemlich aussichtsreich.«

Er warf Rooke einen kurzen Blick zu, doch so dicht neben dem Gouverneur wagte nicht einmal Silk, ihm dabei zuzuzwinkern.

Brugden mit seinem in königlichem Purpur schillernden Auge blickte stumm und verkniffen vor sich hin. Das liegt nicht allein an den Schmerzen, dachte Rooke. Der Mann ist gedemütigt worden und wird das nicht vergessen.

*

Überraschenderweise erschien der Gouverneur auch am nächsten Sonntag zum Essen in der Kaserne. Während die Offiziere ihre Plätze einnahmen, stand er schon da, die Fingerspitzen auf die Mahagoniplatte gestützt, und konnte seine Ungeduld kaum zügeln.

»Meine Herren«, begann er, noch ehe alle richtig saßen. »Meine Herren!«

Major Wyatt schlug mit der Gabel an sein Weinglas und starrte wütend zu Gosden weiter unten an der Tafel, der gerade einen Hustenanfall hatte.

»Ich habe eine sehr wichtige Entdeckung bekanntzugeben, die wir kürzlich auf unserer Expedition gemacht haben«, verkündete der Gouverneur. »Es ist eine äußerst vielversprechende Gegend, bestens zum Ackerbau geeignet. Der Boden ist sehr fruchtbar und wird von einem vortrefflichen Fluss vorzüglich bewässert. Ich habe das Gebiet Rose Hill genannt.«

Rose Hill, dachte Rooke, diese Wildnis, in der noch nie eine Rose gewachsen ist? Wo die Erde lediglich im Vergleich zu dem grauen Sand von Sydney Cove fruchtbar ist?

»Ich habe die Absicht, dort eine zweite Siedlung zu gründen, die von einer kleinen Garnison bewacht werden soll. Hauptmann Lennox hat mir die Ehre erwiesen, diese Aufgabe zu übernehmen.«

Alle Augen richteten sich auf Lennox, der sich daraufhin

erhob, mit seinem langen knochigen Körper eine Verbeugung machte und sich wieder setzte. Rooke fiel auf, dass der Rücken des Hauptmanns die Rückenlehne des Stuhls nicht berührte. Sogar sitzend nahm Lennox eine stramme Haltung ein.

»So bald wie möglich wird Hauptmann Lennox eine Gruppe Soldaten und Sträflinge dorthin geleiten, um den Boden urbar zu machen und Gemüse anzubauen. Ich bin sehr zuversichtlich, dass diese Gegend binnen kurzer Zeit unsere junge Kolonie mit Lebensmitteln versorgen wird.«

Lennox blinzelte ein einziges Mal, ansonsten war sein Gesichtsausdruck undurchdringlich. Der Einzige an der Tafel, der sich bewegte, war Silk. Er hob die Hand und strich sich die Haare aus der Stirn. Während er Rooke einen Blick zuwarf, ging ein so unmerkliches Zucken über sein Gesicht, dass niemand hätte behaupten können, es sei ein Zwinkern gewesen.

Zuversichtlich ist eines der Lieblingswörter des Gouverneurs, dachte Rooke. Ein anderes könnte *Illusion* sein. Aber der Gouverneur wurde schließlich dafür bezahlt, optimistisch zu sein. Falls die Kolonie aufgegeben würde, müsste er auf seine fünfzehnhundert Pfund im Jahr verzichten. Mit fünfzehnhundert Pfund konnte man ziemlich viel Zuversicht haben.

Der Gouverneur hielt seinen leeren Teller in die Höhe.

»Ich kann Ihnen versprechen, meine Herren, dass es so etwas dann nicht mehr geben wird!«

Um den Männern zu signalisieren, dass der Gouverneur soeben einen Scherz gemacht hatte, zwang sich Wyatt zu einem lauten Lachen. Ein paar andere fielen ein. Da Wyatt nichts entging, zog Rooke schnell die Mundwinkel zu einer Art Grinsen nach oben, denn selbst das schlechteste Lächeln war immer noch besser als keins.

Der Gouverneur schien über die Reaktion auf seine witzige Bemerkung erfreut. Er war in den letzten Wochen immer bleicher und schwächer geworden. Sie alle wussten, dass auch er sich nur kärgliche Rationen genehmigte und sogar seinen privaten Mehlvorrat an das Gemeinschaftslager abgetreten hatte.

»Um den Teufelsbrocken mit etwas anderem aufzubessern« – er machte dabei eine kleine Verbeugung zu Silk hin – »habe ich kurzfristig beschlossen, neben Brugden zwei weitere Sträflinge zu Wildhütern zu ernennen. Brugden ist zuversichtlich, dass sie uns regelmäßig mit großen Mengen frischen Fleisches versorgen werden können.«

Rooke sah Brugden vor sich, dort draußen in den Wäldern, mit diesem breiten Brustkorb, die Flinte lässig über der Schulter, als wäre sie Teil seines Körpers. Er würde mit Sicherheit ein effizienter Schlächter sein. Rooke stellte sich den Wald wie eine Wasserfläche vor, auf der sich die Wellen von Brugdens Zerstörung immer weiter ausdehnten und immer breiter wurden. Wenn sie dabei sogar zu dritt waren, würde es in der Gegend bald keine Wildtiere mehr geben.

»Was die Eingeborenen betrifft«, fuhr der Gouverneur fort, »ist es sehr bedauerlich, dass sie nicht gewillt zu sein scheinen, Kontakt mit uns aufzunehmen. Ich bin überzeugt, dass sie, wenn sie es tun würden, zu der Feststellung gelangten, wir brächten ihnen nichts als Wohlwollen entgegen. Leider hat sich bislang keine Gelegenheit ergeben, diesen guten Willen zu demonstrieren. Ich bin jedoch überzeugt« – Rooke bemerkte, dass der Gouverneur kurz stockte, als wäre ihm die Wortwiederholung selbst aufgefallen – »dass diese Situation in Kürze verbessert werden kann.«

Rooke hatte Mitgefühl mit dem Mann, der sich so krampfhaft optimistisch geben musste. Mit jedem gefällten Baum, mit jedem umgegrabenen und bepflanzten Yard Erde wurde eines für ihn immer dringlicher: Den Eingeborenen klarzumachen, dass ihr Territorium von neuen Herren in Besitz genommen worden war. Rooke verstand, dass es gefährlich war, wenn nicht eindeutig geklärt wurde, was die Anwesenheit von tausend Untertanen Seiner Majestät an diesem Ort bedeutete. Eine solche Klärung war ohne eine Sprache, in der sie vonstatten gehen, und ohne Personen, denen die Nachricht übermittelt werden konnte, nicht möglich. Allerdings war zu befürchten, dass das Schweigen unendlich lange fortbestehen würde.

Der Gouverneur würde einen Kampf zwar nicht begrüßen, würde aber verstehen, wenn es dazu käme, dachte Rooke. Krieg war eine Art Konversation. Dieses Schweigen hingegen war weder Krieg noch Frieden. Es war eine Null, von der diese kleine gebrechliche Person, die sich so angestrengt bemühte, vor ihren Offizieren aufrecht zu stehen, gelähmt wurde.

*

Die Freude an der Genauigkeit war, soweit Rooke wusste, noch nie von einem Dichter besungen worden, doch Rooke verspürte jedes Mal, wenn er die nachmittäglichen Messwerte der Instrumente in die vorgesehenen Spalten seines Aufzeichnungsbuchs eintrug, eine kleine freudige Erregung. *14. September 1788, 4 Uhr, Wind: Nordost, 8 Knoten*. Sollte er jemals versuchen, ein Gedicht zu schreiben, würde das Thema die Genauigkeit sein.

Wie aber sollte er Reime auf die Wörter finden, die er dazu verwenden müsste? Vielleicht war das ja der Grund dafür, dass es keine Oden auf Thermometer oder Niederschlagsmesser gab.

Weil er gerade überlegte, ob Silk womöglich Reime dazu einfallen würden, war er im ersten Moment ganz verwirrt, als er erkannte, dass der Mann, der da gerade die Felsen zu seiner Hütte hinunterstieg, nicht Silk war, sondern Gardiner.

Rooke erhob sich, um ihn zu begrüßen. Gardiner würde erst recht nichts einfallen, was sich auf Thermometer reimte, doch die Idee würde ihn zumindest amüsieren.

Normalerweise begrüßte Gardiner ihn herzlich, aber dieses Mal schien er irgendwie abwesend zu sein. Er setzte sich an den Tisch und leerte den mit Wasser verdünnten Brandy in einem Zug.

Gardiner konnte manchmal ein bisschen seltsam sein. Doch als einer, der selbst ein bisschen seltsam war, wusste Rooke, dass er Geduld haben musste.

Als Gardiner schließlich zu sprechen begann, versagte ihm die Stimme. Er räusperte sich und fing noch einmal von vorne an.

»Das ist nicht gut gelaufen, Rooke«, sagte er. »Es war von vornherein eine furchtbar schlechte Idee.«

»Wovon sprichst du eigentlich, alter Knabe?«, fragte Rooke, damit Gardiner etwas schneller auf den Punkt kam. »Ich kriege hier draußen in meinem Horst nichts mit. Du musst es mir schon erzählen.«

Gardiner machte einen tiefen Atemzug, der wie ein Stöhnen klang.

»Du weißt ja, dass der Gouverneur unbedingt mit den Eingeborenen sprechen will, die sich aber beharrlich von uns fernhalten. Um dem abzuhelfen, hat er sich etwas einfallen lassen. Ist auf die schlaue Idee gekommen, einen oder zwei Männer einzufangen. Um ihnen Englisch beizubringen und zugleich ihre Sprache zu lernen. Und um sie gut zu behandeln, damit sie es den anderen erzählen. Und der, den er sich für diese Drecksarbeit ausgesucht hatte, war ich.«

Danach blieb er so lange stumm, dass Rooke schon dachte, das wäre alles, was er ihm hatte erzählen wollen.

»Er hat uns genau vorgeschrieben, wie wir vorgehen sollten«, fuhr Gardiner unvermittelt fort. »Wir sollten mit dem Boot zu der kleinen Bucht hinter North Head fahren. Dort hatte jemand mal eine Gruppe von Eingeborenen gesehen. Wir sollten ein paar Fische mitnehmen und einige der Männer damit weglocken. Du weißt ja, dass sie Fisch über alles mögen.«

Er fuhr sich mit der Hand übers Gesicht.

»Wir haben das Boot also rückwärts in das seichte Wasser gesteuert und die Fische in die Höhe gehalten. Tja, anfangs waren sie so schlau, vorsichtig zu sein. Aber wir haben ihnen zugerufen, sie gelockt und mit den verdammten Fischen gewedelt... Und dann haben wir uns zwei arme Teufel geschnappt, glitschig wie Aale waren sie und gewehrt haben sie sich wie verrückt. Aber ich hatte acht gute Männer dabei, und schließlich hatten wir sie mit unseren Seilen gefesselt.«

Rooke sah es im Geiste vor sich: Das schaukelnde Boot, in dem die Eingeborenen bäuchlings, vom Gewicht der fluchenden Matrosen festgenagelt, auf dem Bootsboden lagen, in dem das Wasser herumschwappte. Er wollte hören, wie es weiterging, wie die Eingeborenen die Matrosen abschüttelten, aus dem Boot sprangen, ans Ufer schwammen und im Wald verschwanden.

»Ich kann nicht glauben, dass der Gouverneur ...«, begann er, doch Gardiner hörte gar nicht zu.

»Sie haben geweint!«, rief Gardiner aus. »Mein Gott, Rooke, wenn du dieses Weinen gehört hättest, dir wäre das

Herz gebrochen. Die anderen, die zurückblieben, als wir wegfuhren, haben geschrien. Und die armen Teufel im Boot haben geweint. Mein Gott. Sie mögen Wilde sein, wir nennen sie jedenfalls Wilde, aber sie haben die gleichen Gefühle wie wir.«

Er sprang auf, als hätte der Stuhl plötzlich Stacheln ausgefahren, und ging zum Fenster hinüber. Rooke konnte nur Gardiners breite Schultern und seinen Hinterkopf sehen. In der Hütte war es vollkommen still. Selbst das Wasser am Fuß der Felsen hielt den Atem an.

Rooke erhob sich halb von seinem Stuhl. Er wusste nicht, was er jetzt tun sollte, wusste nur, dass er Gardiner nicht allein dort stehen lassen konnte. Als er gerade auf ihn zugehen wollte, tat Gardiner einen langen, bebenden Atemzug, der in einem Räuspern endete, zog sein Taschentuch heraus und schnäuzte sich. Dann kam er wieder an den Tisch zurück und goss sich mit zittrigen Händen noch einen Brandy ein.

»Nun denn, sie sind jetzt in der Hütte hinter dem Haus des Gouverneurs. Er hat ihnen Fußfesseln anlegen lassen. Ich bin nur froh, dass ich das nicht mit ansehen musste.«

»Du hast deine Pflicht getan, weiter nichts.«

Wie jämmerlich das klang. Wie konnte er einem vor Schmerz aufgelösten Mann gegenüber von Pflicht reden?

»Du hast es auf die schonendste Weise getan … in der eine solche Aufgabe getan werden konnte … die nun mal getan werden musste.«

»Schonend!«, rief Gardiner empört. »Der Gouverneur wird es natürlich in diesem Licht schildern, da kannst du sicher sein. In London werden sie ihm alle beipflichten. Sehr schonend! Was für ein großartiger Kerl, man sollte ihm am besten noch fünfzig Pfund im Jahr extra geben.«

Rooke glaubte Gardiner ganz gut zu kennen, hätte aber niemals gedacht, dass er zu solch bitteren Gefühlsausbrüchen fähig war. Genauso überraschte ihn, dass er in sich selbst nun ebenfalls Groll aufsteigen spürte. Ihm war gar nicht bewusst gewesen, wie unsympathisch der Gouverneur, dieser griesgrämige, zugeknöpfte Mensch, ihm im Laufe der Zeit geworden war.

»*In die Niederlassung gebracht,* so nennt er das. Die Eingeborenen sind *in die Niederlassung gebracht* worden. Kein Wort davon, dass sie entführt worden sind. Mit Gewalt. Gegen ihren Willen. Sie haben geweint, Rooke. Ich habe ihnen zwar klarzumachen versucht, dass wir ihnen nichts zuleide tun wollen, aber sie haben gejammert und geklagt, als würde ihnen das Herz brechen! Wer wird jemals zugeben, wie es wirklich gewesen ist? Die Wahrheit erzählen?«

»Mit Sicherheit nicht ein paar Leutnants, die sich ins rechte Licht zu rücken verstehen!« Rookes Einwurf war als Aufmunterung gedacht gewesen, doch er hätte genauso gut schweigen können.

»Das war bei weitem der schlimmste Befehl, den ich jemals habe ausführen müssen.«

Gardiners Stimme war leise, beschämt. Rooke dachte: *Und ich? Ist mir jemals ein Befehl erteilt worden, der mich erschüttert, mich beschämt hat?* Ihm fiel nichts ein. Auf der *Resolution* hatte er die Männer nicht sehen können, die von seinen blindlings abgegebenen Schüssen hätten getroffen werden können. In New South Wales hatte er sich mit Hilfe der Astronomie um die soldatischen Pflichten drücken können. Doch das war reines Glück gewesen, weiter nichts. Er spürte, wie sich etwas in ihm zusammenzog bei dem Gedanken, dass ihn nur der Zufall vor dem bewahrt hatte, was Gardiner widerfahren war.

Auf dem Dach klapperte eine lose Schindel, der Ast eines

Strauches scharrte gegen die Wand. Ein Vogel trillerte ein, zwei Mal.

»Ich wünschte bei Gott, ich hätte es nicht getan! Der Gouverneur hätte diesen Befehl gar nicht erteilen sollen, aber ich wünschte bei Gott, ich hätte den Gehorsam verweigert!«

Gardiner hatte diese Worte laut ausgerufen, sie füllten die Hütte und schwebten durch das Fenster ins Freie.

»Um Himmels willen, Mann! Pass auf, was du sagst!«

Sie waren hier zwar unter sich, trotzdem war es nie ganz ungefährlich, solche Worte nach draußen dringen zu lassen. Der Leutnant, der damals im Englischen Hafen am Strick gebaumelt hatte, war nicht so weit gegangen, den Gehorsam zu verweigern. Auch die beiden anderen nicht, denen Rooke nachgeblickt hatte, als sie in die Vergessenheit entsandt worden waren. Die Worte hatten schon genügt. Hier, wo dem Gouverneur lediglich eine Handvoll Offiziere zur Verfügung standen, um ein Chaos zu verhindern, konnte nicht einmal die leiseste Andeutung einer Gehorsamsverweigerung geduldet werden.

»Unsere Pflicht«, begann Rooke, »unsere soldatische Pflicht«, doch sein Freund wollte nicht weiter darüber reden. Gardiner trank seinen Brandy aus und setzte ein Grinsen auf, bei dem sich seine ausgedörrten Seemannslippen spannten.

»Ja, ja, Mr. Rooke, ich weiß. Wir sind hier alle Untertanen des Gouverneurs, und der Teufel soll jeden holen, der etwas anderes behauptet!«

Rooke sagte nichts mehr. In seinem Hinterkopf bildete sich eine Frage, die er gar nicht hören wollte. Sie lautete: *Was hätte ich an seiner Stelle getan?*

*

Am nächsten Morgen ging Rooke in aller Frühe zur Siedlung hinunter. Zwar mit schlechtem Gewissen Gardiner gegenüber, aber er war einfach neugierig auf die gefangenen Eingeborenen. Er überlegte, mit welcher List er es schaffen könnte, einen Blick auf sie zu erhaschen, doch es war gar keine List nötig. Als er gerade den Exerzierplatz überquerte, sah er den Gouverneur mit zwei in Fußfesseln dahinschlurfenden Männern den Hang hinunterkommen. Neben ihm, Notizbuch und Bleistift in der Hand, ging ein lebhaft dreinblickender Hauptmann Silk.

Der größere der beiden Eingeborenen war ein etwa dreißigjähriger Mann von schönem Körperbau, dessen Augen schalkhaft blitzten. Rooke kam bei diesem Blick der Gedanke, dass Silk, wäre er gekidnappt und der Gast irgendeines Stammeshäuptlings geworden, haargenau so umherschauen würde wie dieser Mann – mit Augen, die alles interessant fanden, und dem Lächeln eines Menschen, der gerade das größte Abenteuer seines Lebens erlebt.

Der andere Mann hingegen war von kleiner, gedrungener Statur und wirkte wie der Inbegriff gröblich verletzter Würde. Für ihn war es kein Abenteuer, hier zu sein, dachte Rooke. Für ihn war es eine Demütigung.

Das schmale Gesicht des Gouverneurs hatte sich über Nacht verwandelt: Es war nicht mehr so verkniffen wie sonst und strahlte. So erinnerte er Rooke kaum noch an die Mathematikerbrücke. Er hielt jetzt dem heiteren Gefangenen seine Hand hin und drehte sie um.

»Also, Boinbar. Das hier nennen wir ›Hand‹. Und wie heißt das in eurer Sprache?«

Bo-in-bar. Rooke sah die Silben wie geschrieben vor seinem geistigen Auge und prägte sie sich ein. Sein erstes Wort der Sprache der Eingeborenen.

Silk beleckte die Spitze seines Bleistifts, um sich das Wort der Eingeborenen für »Hand« sofort zu notieren. *Das flinkste Schachtelmännchen im Regiment.* Wie bloß hatte Silk es mit dem Notizbuch in der Hand an die Seite des Gouverneurs geschafft?, fragte sich Rooke. Wenn man in New South Wales einen Sprachforscher brauchte, wandte man sich dann nicht an Leutnant Rooke?

Vielleicht behagte dem Gouverneur ja die Gesellschaft eines Offiziers von der gleichen Körpergröße wie er selbst, dachte Rooke und erschrak sofort über sich selbst. *Hab Geduld,* ermahnte er sich. *Silk ist kein Sprachforscher, und sie werden sich schon noch an mich wenden.*

Der Gouverneur versuchte nun, die Aufmerksamkeit des anderen Mannes auf sich zu lenken: Er hielt seinen Daumen hoch und wackelte damit.

»Warungin? Warungin! Das ist mein Daumen, bei uns heißt das ›Daumen‹, und nun sag mir, wie ihr dazu sagt.«

Wa-rung-in. Zwei Wörter der Eingeborenensprache.

Aber Warungin war weder geneigt, den Gouverneur anzublicken, noch zeigte er Interesse an dessen Daumen. Trotz der Behinderung durch die Fußfesseln ging er aufrecht und starrte geradeaus, als wäre der Gouverneur gar nicht vorhanden.

Diese beiden Männer ähnelten denen, die Rooke in Antigua gesehen hatte, unterschieden sich aber auch von ihnen. Sie waren nicht so groß wie die Sklaven, und ihre Haut war auch nicht von diesem Schwarz, das fast schon ein Blau war. Ihre Haut war von einem wärmeren, eher bräunlichen Schwarz. Sie hatten auch nicht diese wulstigen, in ihrer Fülle so faszinierenden Lippen wie die Afrikaner.

Neben diesen angeborenen Unterschieden gab es andere, von denen Rooke annahm, dass sie auf ihre Lebensweise zurückzuführen waren. Die stolze, aufrechte Haltung dieser beiden Männer aus New South Wales verriet, dass sie sich niemandem unterworfen hatten. Die Isolation hatte sie davor bewahrt, so zu werden wie jene entwurzelten Afrikaner, die Rooke im Englischen Hafen gesehen hatte, ausdruckslose schwarze Rädchen im Getriebe des britischen Weltreichs.

Boinbar sah Rooke offen ins Gesicht, musterte seine rote Uniformjacke, die Messingknöpfe, die goldenen Tressen, das glatte Haar, die weichen Wangen, die blasse Haut. Unter seinem Blick wurde Rooke bewusst, wie merkwürdig man es finden konnte, dass jemand solches Haar und eine solche Haut hatte und den Körper mit Stoff und kleinen glänzenden Gegenständen bedeckte.

Als sich ihre Blicke trafen, spürte Rooke einen Lachreiz in seiner Kehle, weil er im Gesicht des anderen Mannes seine eigene Gespanntheit widergespiegelt sah, dieselbe Neugier auf Unbekanntes und die Bereitschaft, über Unterschiede zu staunen.

Doch im gleichen Augenblick machte der Gouverneur kehrt, um zu seinem Haus zurückzugehen, und fasste Boinbar am Ellbogen.

»Komm, mein Freund, jetzt gibt es etwas zu essen.«

Er führte dabei die Hand zum Mund und machte übertriebene Kaubewegungen, worauf Boinbar ihm bereitwillig folgte. Warungin hingegen musste von Silk gedrängt werden, damit er sich ihnen anschloss. Als er ihn dabei leicht am Arm berührte, zog Warungin ihn brüsk zurück. Wie die muskulöse Verkörperung der Entrüstung schlurfte er mit versteinerter Miene den Weg hinauf.

*

In den folgenden zwei Wochen fand Rooke mehrmals Gründe, in die Siedlung hinunterzugehen, in der Hoffnung, die beiden Eingeborenen zu sehen. Er bekam sie jedoch nie zu Gesicht, und der junge Timpson erzählte ihm, dass sie die meiste Zeit im Haus des Gouverneurs seien, wo ihnen beigebracht werde, auf einem Stuhl zu sitzen und von einem Teller zu essen. Das war auch schon alles, was ihm der arme heimwehkranke Timpson an Informationen liefern konnte, denn alles, was nichts mit seiner Betsy zu tun hatte, interessierte ihn nicht sonderlich.

Rooke hatte sich Einsamkeit gewünscht und sich bewusst einen Grund ausgedacht, außerhalb der Siedlung leben zu können. Und er hatte sich beglückwünscht, sein Ziel erreicht zu haben. Doch nun erging es ihm wie Midas, der sich trotz seines erlangten Reichtums arm gefühlt hatte. Seine isolierte Lage brachte ihn um die Möglichkeit, neben Silk zu stehen und mit den beiden Eingeborenen Worte wechseln zu können.

Rooke überlegte angestrengt, unter welchem Vorwand er beim Haus des Gouverneurs vorsprechen könnte. Das Einzige, was ihm einfiel, war sein Aufzeichnungsbuch. Er könnte um ein Gespräch mit dem Gouverneur bitten und vorgeben, Seine Exzellenz fragen zu wollen, ob sie Änderungsvorschläge habe, bevor er zu viele Seiten gefüllt hätte. Sollte er beispielsweise außer Wind und Wetter vielleicht auch die Fluthöhe dokumentieren?

Ein fadenscheiniger Vorwand, doch wer weiß, wie lange es sonst noch dauern würde, bis er diese beiden neuen Planeten Boinbar und Warungin wieder zu sehen bekäme.

Als er gerade die neuesten Messwerte in die jeweiligen Spalten eintrug und sich vornahm, am nächsten Tag mit dem Aufzeichnungsbuch zur Siedlung hinunterzugehen, hörte er draußen jemanden rufen: Hauptmann Silk, der zwischen den Felsen hindurch zu seiner Hütte hinuntergestiegen kam.

»Rooke«, rief er. »Besuch auf deiner verwunschenen Insel!«

Die letzten paar Meter hüpfte Silk athletisch hinunter, verlor das Gleichgewicht und wäre beinahe gestürzt, konnte sich mit ein paar Trippelschritten aber wieder fangen und war da.

»Mein Gott, du hast dich ja wirklich in den hintersten Winkel zurückgezogen«, rief er aus und versuchte, sein Keuchen zu unterdrücken. »Um dich zu besuchen, muss man ja geradezu eine Ziege sein!«

Weil er es für selbstverständlich hielt, willkommen zu sein, trat er ein, ohne auf eine Aufforderung zu warten.

»Nun, mein Freund, willst du mir nicht etwas Freudebringendes anbieten, mit dem ich mir die Kehle anfeuchten kann?«

Als er dann mit einem Becher verdünntem Brandy am Tisch saß, lehnte er sich auf seinem Stuhl so weit zurück, dass dieser besorgniserregend knarzte.

»Und, was gibt es Neues?«, fragte Rooke.

»Ach, im Haus des Gouverneurs sind wir zutiefst betrübt. Der Gouverneur und ich, meine ich. Es ist wirklich ein schwerer Schlag. Hast du's schon gehört? Die Eingeborenen sind weg. Letzte Nacht haben sie sich aus ihren Fesseln befreit und sich aus dem Staub gemacht.«

»Weg?«

»Traurigerweise ja. Warungin hat sich einfach nicht an unsere Gesellschaft gewöhnen können. Boinbar schien ganz zufrieden – du erinnerst dich, der Größere von beiden, der fröhliche Bursche. Der Gouverneur ist furchtbar enttäuscht. Wir haben mit der Sprache sehr gute Fortschritte gemacht.«

»So?«

Silk ließ eine Kunstpause eintreten, an der Rooke erkannte, dass er ein *Bonmot* vorbereitete.

»Unser Freund Boinbar ist ein richtiges kleines Schlitzohr und war sehr bestrebt, mir die Worte für so wichtige Dinge wie pinkeln und kacken und na du weißt schon beizubringen. *Die Vermehrung der menschlichen Spezies* – so habe ich diesen Begriff für den Gouverneur umschrieben.«

Rooke lachte und stellte sich den Gouverneur vor, wie er mit steifer Miene diese Formulierung aufnahm.

»Über solche äußerst nützlichen Begriffe hinaus haben wir eine umfangreiche Wörterliste zusammengestellt. Wir wissen beispielsweise, dass der Nordwind *boor-roo-way* heißt.«

Er sprach die einzelnen Silben deutlich voneinander getrennt aus.

»Warte, oder hieß der Nordwind *bow-wan*?«

Silk zog sein Notizbuch aus der Tasche und blätterte darin.

»Um die Wahrheit zu sagen, sind wir uns noch nicht so ganz sicher. Aber der Ostwind heißt *goniee-mah*. Die Sonne heißt *co-ing*, eine Maus *bo-gul* und gut heißt *gud-yer-i*. Und wir vermuten, dass die Nachsilbe *–gal* Stamm bedeutet. Oder vielleicht Ort.«

»Stamm, aha. Oder vielleicht Ort.«

Falls Silk in Rookes Stimme einen ironischen Unterton bemerkte, ignorierte er es jedenfalls.

»Durch den Gebrauch der Nachsilbe scheint Boinbar etwas von etwas anderem zu unterscheiden. Sich selbst bezeichnete er als *Cadi-gal* und dann deutete er übers Wasser und sagte so etwas wie *Cammera-gal*.«

»Aha.«

»Wirklich, Rooke, der Gouverneur und ich haben große Fortschritte gemacht, wenn wir auch nicht behaupten können, die Sprache schon fließend zu sprechen. Seine Exzellenz ist jedoch zuversichtlich, dass es weitere Gelegenheiten geben wird. Wir haben sie wie Könige behandelt, Rooke, und sie natürlich nicht merken lassen, wie knapp unsere Lebensmittelvorräte sind. Die beiden haben an einem einzigen Tag verputzt, womit wir eine ganze Woche auskommen würden. Warungin hat nichts anderes als Fisch angerührt, aber Boinbar hat alles probiert und sich zu einer Art Weinliebhaber entwickelt. Wir haben ihm sogar beigebracht, auf den König zu trinken, ein höchst amüsanter Anblick. Wir sind sehr zuversichtlich, dass er schon sehr bald wieder auftauchen wird.«

Silk richtete sich auf und fing an, sich die Begriffe von seiner Liste einzuprägen, deckte dazu die Spalte mit den englischen Wörtern mit einer Hand ab und blickte zur Unterseite von Rookes Dachschindeln hinauf.

»*Co-ing*, die Sonne. *Bo-gul*, Maus«, murmelte er vor sich hin wie ein Schuljunge, der gewissenhaft seine Vokabeln lernt. *Bud-yer-i*, gut. *Budyeri*, gut.«

Nach einer Weile klappte er sein Notizbuch zu und streckte betont lässig ein Bein vor. Rooke wusste, dass gleich etwas kommen würde.

»Der vertraute Umgang mit den Eingeborenen ist für meine kleine Erzählung wirklich von unschätzbarem Wert, Rooke. Die ganze Geschichte ist höchst unterhaltsam. Was mir jedoch fehlt, ist der Anfang. Wie sie hierher gebracht wurden. Gardiner wollte einfach nicht darüber reden. Es ist mit Abstand das bedeutsamste Ereignis, das sich seit unserer Ankunft hier zugetragen hat! Ich brauche Einzelheiten, ich brauche den Bericht eines Augenzeugen, aber Gardiner weigerte sich, mir etwas zu sagen.«

Er beugte sich über den Tisch zu Rooke vor.

»Was weißt du darüber, Rooke? Gardiner hat dir doch bestimmt davon erzählt.«

Rooke fuhr zurück, als wäre er zu dicht ans Feuer gekommen, und benutzte das Wackeln des Tisches als Vorwand, abzutauchen und den Keil zurechtzurücken, den er zur Stabilisierung unter eines der Tischbeine geklemmt hatte. Als er wieder auftauchte, hatte er die richtigen Worte gefunden.

»Naja, nur, dass es ein voller Erfolg war!«

Rooke spürte, wie ihm die Röte in die Wangen stieg. Er war noch nie ein guter Lügner gewesen. Er stand auf und machte sich mit dem Reisig zu schaffen.

»Und sonst hat Gardiner nichts gesagt?«, bohrte Silk nach. »Als die Sache stattfand oder gleich danach? Oder zu einem späteren Zeitpunkt?«

Silk würde einen guten Anwalt abgeben, dachte Rooke.

»Wir unterhalten uns über alles Mögliche«, sagte er und brach dabei ein paar Zweige über seinem Knie entzwei. »Unser gemeinsames Interesse sind natürlich die Himmelskörper.«

Er hörte sich selbst, Leutnant Rooke, so beiläufig wie möglich. Silk beobachtete ihn scharf. Rooke spürte, wie sich die Muskeln um seinen Mund verkrampften, während er angestrengt eine ausdruckslose Miene zu bewahren versuchte.

»Soso«, sagte Silk und strich mit der Hand über die Haare

am Hinterkopf, wo sie sich in einer glänzenden Welle über den Kragen ringelten.

Rooke spürte Silks bohrenden Blick, diesen wortlosen Versuch, ihm mehr zu entlocken. Er fühlte sich unwohl in seiner Haut, während er sich ungeschickt bemühte, Stillschweigen zu bewahren. Er fragte sich, ob Geschichtenschreiber riechen konnten, wenn hinter einer Sache mehr steckte, als man auf den ersten Blick vermutete.

Silk ging es lediglich um eine reizvolle Ergänzung zu seiner Erzählung. Würde er aber in Erfahrung bringen, was Gardiner ihm hier in der Hütte anvertraut hatte, und es öffentlich machen, wäre das eine Katastrophe.

Der Gouverneur würde gezwungen sein, zu handeln. Die Kolonie verfügte nicht über genügend Offiziere, um eine Militärgerichtsverhandlung abhalten zu können, aber Gardiner würde vom Dienst suspendiert werden und in einer Art luftleerem Raum leben müssen, bis ein Schiff eintraf, das ihn nach England zurückbringen könnte, wo er dann vor Gericht gestellt würde.

Und dann? Gardiner hatte den Gehorsam nicht verweigert, sondern nur bedauert, einen bestimmten Befehl ausgeführt zu haben. Er würde nicht gehängt werden. Wahrscheinlich nicht. Für einen Offizier, der einen Befehl in Frage gestellt hatte, gab es in Seiner Majestät Diensten jedoch keinen Platz. Gardiner konnte bestenfalls darauf hoffen, degradiert zu werden. Das wäre etwa so, als würde man einen Arm oder ein Bein verlieren. Er könnte aber auch unehrenhaft entlassen werden wie damals die Rebellen im Englischen Hafen. Wie immer die Sache auch ausgehen mochte, Gardiner würde für den Rest seines Lebens ein Gebrandmarkter sein.

»Wirklich, Silk, du machst mir ein größeres Kompliment,

als ich verdient habe«, sagte Rooke, »wenn du glaubst, ich wüsste Dinge, von denen du selbst nichts weißt.«

Er hörte, wie sich in dem Baum unterhalb der Hügelkuppe die weißen Papageien sammelten. Laut kreischend wie Lebewesen, die starke Schmerzen haben, stoben und flatterten sie umher.

Ich wünschte bei Gott, ich hätte es nicht getan. Rooke hatte diese Worte gehört und Verständnis für sie empfunden. Deshalb hatten sie Macht über ihn, und das war gefährlich. Er musste diese Worte unbedingt aus seinem Gedächtnis löschen.

*

Seit Gründung der Siedlung waren neun Monate vergangen, und damit war der frühestmögliche Zeitpunkt für die Wiederkehr von Dr. Vickerys Komet gekommen. Rooke besaß eine Abschrift von Dr. Vickerys Berechnungen: Der Komet würde zwischen Oktober 1788 und März 1789 wieder auftauchen.

Jede Nacht tastete sich Rooke zur Kuppel hinauf. Er wünschte, er hätte den Raum ein bisschen größer konstruiert. Mit dem Quadranten auf dem Felsblock und dem Fernrohr auf dem Stativ blieb für einen Astronomen nicht mehr viel Platz.

Rooke hatte noch nie einen Kometen gesehen. Er war vier Jahre zu jung, um den Halley'schen Kometen erlebt zu haben, und mangels geeigneter Instrumente oder wegen bewölkten Himmels hatte er auch jene nicht beobachten können, die seither entdeckt worden waren. Obwohl Dr. Vickery ihm Zeichnungen des Halley'schen Kometen gezeigt hatte, konnte Rooke sich nicht vorstellen, dass ein leuchtender Schweif den halben Himmel erhellte, und dachte, die Künstler hätten übertrieben.

Über Sydney Cove, New South Wales, zeigte sich jedenfalls nichts, das den halben Himmel erhellt hätte. Zoll um Zoll suchte Rooke den Bereich ab, in dem Dr. Vickerys Berechnungen zufolge der Komet erscheinen sollte. Er war sehr konzentriert, ging in aller Ruhe zu Werke und überprüfte, ob es auch wirklich der richtige Teil des Himmelsgewölbes war. Als er am dunklen Nachthimmel zum ersten Mal ein verschwommenes Objekt entdeckte, beschlug von seinem heißen Atem das Okular. Er musste die Linse trockenreiben und ein paar tiefe Atemzüge machen, um sich wieder zu beruhigen. Am nächsten Tag schwankte er zwischen Hoffnung und dem Vorsatz hin und her, sich keine Hoffnung zu machen, und als er das Objekt in der darauffolgenden Nacht wiederfand, war er froh, sich keine allzu großen Hoffnungen gemacht zu haben. In Relation zu den Sternen ringsum hatte sich das Objekt nicht bewegt. Es war kein Komet, sondern nur ein nebliger Fleck, von dem er sich hatte foppen lassen.

Die Tage wurden für Rooke zu Nächten, die Nächte zu Tagen. Wenn die Morgenröte verblasste, stieg er die krummen Stufen zu seinem Wohnquartier hinunter, kroch unter die Decke auf seinem Feldbett, um tagsüber zu schlafen und am Abend seine Beobachtungen wiederaufzunehmen.

Als der Oktober in den November überging, waren die Nächte allesamt bewölkt und machten eine Beobachtung unmöglich. Trotzdem blieb Rooke fast die ganze Nacht wach, saß im Dunkeln und hielt Ausschau nach einer Wolkenlücke. Der November ging in den Dezember über, und der Himmel wurde zwar klar, doch ein Komet ließ sich nicht blicken.

Als es Weihnachten wurde, machte Rooke sich ernsthaft Sorgen. Ihm war bislang gar nicht in den Sinn gekommen, dass er den Kometen womöglich niemals finden würde. Er glaubte jetzt, dass er vermessen gewesen und dies nun die Strafe dafür war. Vom gewöhnlichen Dienst war er allein wegen des Kometen freigestellt worden. Das war die Übereinkunft, die Dr. Vickery mit Wyatt getroffen hatte. Nur aus diesem einzigen Grund hatte ihm der Gouverneur gestattet, auf der Landspitze zu bleiben, während seine Muskete in der Ecke stand und verstaubte. Wenn er den Kometen nicht entdeckte, würde das unweigerlich zur Folge haben, dass der Astronom mit seinen Kameraden Dienst tun müsste.

Rooke suchte die Siedlung nur zu den sonntäglichen Mittagsmahlzeiten in der Kaserne auf, bei denen er dann halb schlafend auf seinem Stuhl saß und von den munteren Gesprächen um ihn herum nur wenig mitbekam. Die Versorgungsschiffe seien noch immer nicht eingetroffen, ein Mann sei verhungert aufgefunden worden, und die Untersuchung durch Dr. Weymark habe ergeben, dass sein Magen völlig leer war. Die Gemüsegärten würden jede Nacht geplündert, Brugden legte auf der Suche nach Wildtieren immer weitere Strecken zurück, brachte bei seiner Rückkehr jedoch immer weniger mit. Die Eingeborenen seien dreister geworden. Zwei Sträflinge, die Süßtee sammeln wollten, seien mit Steinen beworfen worden. Ein anderer sei verschwunden, zurückgeblieben war nur sein zerfetzter Hut. Ein Soldat hatte sich im Wald verirrt und sei mit einem Speer, der seine Schulter durchbohrte, in die Siedlung gewankt. Der Gouverneur habe angeordnet, außer Brugden und den anderen beiden Wildhütern dürfe niemand unter irgendeinem Vorwand in den Wald gehen.

Manche glaubten, diese Angriffe wären eine Reaktion auf die Entführung der beiden Eingeborenen. Gosden und Timpson vertraten die Meinung, der Gouverneur hätte dies nicht anordnen sollen. Lennox und Willstead hingegen fanden, dass er mehr Macht demonstrieren sollte. Die Meinungen waren geteilt, doch die Folgen waren klar: Die Wachen waren verstärkt worden, und die Marinesoldaten mussten Doppelschichten schieben.

Rooke befürchtete, der Gouverneur werde ihn von der

Landspitze zurückbeordern. *Wenn sich kein Komet zeigt*, hörte er ihn im Geiste sagen, *muss ich darauf bestehen, dass Sie den normalen Dienst tun.*

Rooke hätte Silk um Rat fragen können, traute einem Mann, dem seine Erzählung so wichtig war, jedoch nicht. Stattdessen wandte er sich an Gardiner. Keiner von beiden hatte je wieder den Tag erwähnt, an dem Gardiner die Worte ausgesprochen hatte, die ihn vernichten könnten. Seither bestand zwischen ihnen beiden jedoch ein spezielles Vertrauensverhältnis.

»Du meine Güte«, rief Gardiner aus. »Wir müssen unbedingt dafür sorgen, dass du diesen Kometen findest, Rooke. Andernfalls lässt dich der Gouverneur den Laden hier dicht machen.«

Beim nächsten Mal brachte er die alte Ausgabe von Thomas Barkers Abhandlung *Über die Beobachtung von Kometen* von Bord der *Sirius* mit, und die beiden setzten sich einvernehmlich an den kleinen Tisch in der Hütte und berechneten noch einmal gemeinsam die wahrscheinliche Laufbahn des Kometen. Hatte Dr. Vickery einen Fehler gemacht? Weder Rooke noch Gardiner sprachen diesen Gedanken laut aus, doch jeder wusste vom anderen, dass er an der Überprüfung der Berechnungen des königlichen Astronomen insgeheim ein diebisches Vergnügen hatte.

Trotz allem tauchte der Komet nicht auf – weder auf der von Vickery vorhergesagten noch auf der von Gardiner und Rooke errechneten geringfügig abweichenden Bahn. Vom Zeitpunkt des Aufgehens der Sterne bei Anbruch der Dunkelheit bis zu ihrem Verschwinden im Morgengrauen spähte Rooke durch das Teleskop. Tagsüber wälzte er sich ruhelos auf seinem Feldbett hin und her, schlief unruhig, obwohl er todmüde war, und wachte am Abend abgeschlagen auf. Nachdem auch der Januar mit ergebnislosem Suchen verstrichen war, blickte ihm aus seinem Rasierspiegel ein abgehärmtes Gesicht entgegen.

Eines Nachmittags kam Gardiner von der Siedlung herauf, als Rooke das Teleskop gerade für die Nachtbeobachtungen herrichtete.

»Lass es bleiben, Mann. Sieh dich doch mal an, ich hab dich noch nie so vergrämt gesehen. Leg mal eine Pause ein und komm mit mir raus aufs Boot. Perfekte Strömung für Weißlinge, das Boot liegt gleich dort unten.«

Er zog Rooke freundschaftlich, aber resolut am Arm, und Rooke ließ sich mitziehen.

Die Sonne stand schon tief, und die hereinkommende Flut ließ das Wasser im Hafen anschwellen, als Rooke im Heck des kleinen Ruderboots Platz nahm, das Gardiner mit leichten Ruderschlägen steuerte. Im Windschatten der nächstgelegenen Insel warf er den Anker aus. Schweigend saßen die beiden Männer im Heck des Bootes, während ihre Angelschnüre im Wasser hingen.

Die Dunkelheit brach herein, die Konturen des Landes zeichneten sich als Silhouette gegen den Himmel ab – reines Licht ohne Farbe –, das Wasser umspielte geheimnisvoll das Boot. Gardiner hatte recht, dachte Rooke, ich habe zu lange in eine dunkle Röhre geschaut.

Plötzlich zog Gardiner an seiner Schnur, und in hohem Bogen flog ein Fisch durch die Luft und landete im Boot.

»Noch drei davon, und wir können auf das verdammte Pökelfleisch verzichten. Oder das undefinierbare Zeug, das Brudgen immer anbringt. Hier, Burschen, kostet das mal.«

Er beköderte den Angelhaken mit einer schleimigen gelben Muschel und warf die Schnur wieder aus.

»Du könntest Dr. Vickery schreiben«, fuhr er übergangslos fort. »Irgendein Wischiwaschi, dir wird schon was einfallen. Und was den Gouverneur betrifft, nun ja, irgendetwas wird sich schon finden. Aber bis dahin würde ich ihm auf jeden Fall aus dem Weg gehen.«

Gardiner fing vier Weißlinge, Rooke zwei. Als er dann wieder zum Observatorium hinaufstieg, hatte sich seine Unruhe etwas gelegt. Er briet seine Fische und aß sie mit den Fingern, zu hungrig und zu müde, sich um die Etikette zu scheren. Anschließend setzte er sich an den kleinen Tisch und schob die Kerze dicht neben das Schreibpapier.

Ehrwürdiger Herr, schrieb Rooke, *ich habe jede Nacht und bei jeder günstigen Gelegenheit nach dem Kometen Ausschau gehalten, ihn bislang aber leider noch nicht zu Gesicht bekommen; der Himmel war in den vergangenen Wochen allerdings auch ständig bedeckt, insbesondere nachts, so dass ich mich frage, ob der Komet nicht womöglich längst vorübergezogen ist, ohne dass ich ihn gesehen habe; ist der Himmel hier wiederum klar, hält das normalerweise ebenso lang an, mit einigen wolkigen Abschnitten, aber nicht übermäßig, oder viele Tage hintereinander*.

Ihm war bewusst, dass der Satz weitschweifig und irgendwie verworren war, trotzdem faltete er den Brief zusammen. Der Himmel allein wusste, wann die Schiffe eintreffen würden, die das Schreiben nach England befördern würden. Rooke hoffte, dass er bis dahin bessere Nachrichten hätte und den Brief zerreißen könnte. Es war nicht nötig, jemanden über einen Misserfolg zu informieren, wenn dann doch noch ein Erfolg eintrat. Ganz wie Gardiner vermutet hatte, fühlte er sich, nachdem er seine Sorgen zu Papier gebracht hatte, tatsächlich erleichtert.

Die kurze Pause im weichen Licht des Hafens hatte seine

Nerven beruhigt. Ausnahmsweise stieg er an diesem Abend nicht zur Kuppel hinauf, sondern streckte sich auf seinem Feldbett aus und sank in tiefen Schlaf.

*

Als der April anbrach, war klar, dass kein Komet mehr auftauchen würde, egal welche Berechnungen ein Astronom auch machte. Rooke war jetzt seit fast einem Jahr draußen auf seiner Landspitze. Er dachte sich eine neue Rechtfertigung aus, um mit seinen Instrumenten dort bleiben zu können, und versuchte, sich keine Gedanken darüber zu machen, wie lange sie ihm nützen würde.

Die nördliche Hemisphäre war an der Stelle, um die sich die imaginäre Erdachse im Norden drehte, durch einen hellen Stern markiert, geradezu, als hätte der Allmächtige ihn als Navigationshilfe bereitgestellt. Am Südhimmel gab es keine solche Hilfe. Für das bloße Auge war der südliche Himmelspol eine dunkle Fläche.

Rooke betrachtete das Nichtvorhandensein eines entsprechenden Sterns im Süden als weiteren Hinweis, dass der Allmächtige, falls es ihn gab, nicht darauf bedacht war, es den Menschen leicht zu machen.

Mit Hilfe des Teleskops waren am südlichen Himmelspol allerdings durchaus Sterne zu sehen, und der Franzose Lacaille hatte sie vierzig Jahre zuvor in einen Sternkatalog eingetragen. Als Schüler an der Akademie in Portsmouth hatte er erfahren, dass Lacaille genau an dem Tag gestorben war, an dem Rooke selbst geboren worden war. Seither hatte er sich mit diesem Mann irgendwie verbunden gefühlt und das Gefühl gehabt, als hätte dieser etwas an ihn weitergegeben. Jetzt nahm er sich vor, dort weiterzumachen, wo Lacaille aufgehört hatte.

Durch das Okular sah er das Sternbild *l'Octans Reflexion,* genauso wie es auf Lacailles Sternkarte eingezeichnet war, und *Sigma Octantis,* einen sehr unauffälligen Stern an der Stelle, an der sich die Erde drehte. Darüber hinaus entdeckte er sogar Sterne, die in Lacailles Karte fehlten.

Mit Lichtpunkten, die nur ein Astronom sehen konnte, würde sich der Gouverneur allerdings nicht zufriedengeben. Seine Exzellenz war kein Wissenschaftler; Wissen um seiner selbst willen hatte für ihn keinen Wert. Nichtsdestotrotz setzte Rooke seine Arbeit mit Quadrant und Mikrometer mit unermüdlichem Eifer fort und zeichnete die Position jeder neuen Entdeckung in die Sternkarte ein.

Das Maßgebende eines Monats waren für Rooke nicht mehr die kleinen Ereignisse und Jahresfeiern der Kolonie. Für ihn zählte jetzt nur noch der monatliche Sternenhimmel, während er Nacht für Nacht am einen Rand des Spaltes in seinem Dach ein Sternbild verschwinden und auf der anderen Seite ein anderes auftauchen sah.

Sterne zu betrachten, die Dr. Vickery und auch Dr. Halley noch nie gesehen hatten und deren Existenz Hipparch und Ptolemäus nicht hätten erahnen können, war ein erregendes Gefühl. Konnte man von etwas sagen, dass es existierte, bevor es überhaupt gesehen worden war? Und wenn sein durchs Teleskop blickendes Auge dasjenige war, das einen bestimmten Stern zum Existieren brachte, machte ihn das nicht zu einem Schöpfer? Irgendwo in seinem Hinterkopf – aus Bescheidenheit wagte er diesen Gedanken kaum zu Ende zu denken – gab es sogar die Möglichkeit, dass er, Daniel Rooke, neu entdeckte Sterne einander zuordnete und sich wie Lacaille für diese neuen Sternbilder Namen ausdenken könnte.

Rooke konnte sehr viel mehr sehen als Lacaille mit seinem

inzwischen veralteten Instrument. Er fragte sich, ob in Zukunft ein Teleskop von heute noch unvorstellbarer Stärke in den dunklen Zwischenräumen zwischen den jetzt schon sichtbaren Sternen sogar noch mehr Sterne zum Vorschein bringen würde, und danach immer noch mehr. In manchen Nächten fühlte er sich von der unermesslichen Weite des Himmels fast überwältigt. War das Firmament wirklich grenzenlos? War nur das, was man sehen konnte, begrenzt?

DRITTER TEIL

DIE NAMEN DER DINGE

*

Als der Trommler des Regiments eines Nachmittags im zweiten Jahr der Kolonie die Felsen heruntergestürmt kam, sah Rooke ihm mit bangem Herzen entgegen. Bestimmt hatte der Junge eine Botschaft in der Hosentasche. *Leutnant Rooke, ich ersuche Sie höflichst, morgen früh um neun im Haus des Gouverneurs vorzusprechen*.

Seine Schonfrist war vorüber, seine Zeit als Erschaffer von Sternen vorbei.

Der Junge, dessen Gesicht von dem schnellen Lauf den Felsvorsprung hinauf gerötet war wie das eines jungen Mädchens, rasselte jedoch nur eine auswendig gelernte Nachricht herunter. *Hauptmann Silk lässt Sie grüßen, Sir, und meint, es dürfte Sie interessieren zu erfahren, dass die Eingeborenen in die Siedlung gekommen sind, und er lässt fragen, ob Sie zu ihm an den Fluss hinunter kommen wollen*.

Als Rooke dem Jungen am Hospital vorbei und den Exerzierplatz entlang folgte, sah er eine Gruppe von drei oder vier männlichen Eingeborenen auf sich zukommen. Dicht hinter diesen Männern ging Silk.

Der Kontrast zwischen den Eingeborenen, die nichts als ihre Haut am Leib trugen, und dem Hauptmann mit Jacke und Kniehose, war wie eine Summe, bei der etwas nicht stimmte. Silk sah irgendwie unwirklich aus, die Tressen und Knöpfe an seiner roten Jacke wirkten wie Flitterkram, der in keinerlei Beziehung zu dem darunter befindlichen Brustkorb stand. Kein Wunder, dass die Eingeborenen einen Beweis gebraucht hatten, dass unter dieser Hülle nicht ein Käfer oder ein Vogel steckte, sondern ein menschliches Wesen.

Während Rooke näherkam, hörte er, wie Silk bei dem Ältesten der Eingeborenen, einem hageren Mann mit grauer Behaarung auf der Brust, eines seiner Wörter ausprobierte.

»*Budyeri? Budyeri*, na komm schon, alter Knabe, beweise mir, dass du Ohren hast!«

Der Mann reagierte nicht.

»Meine Güte, Rooke, die sind so knauserig mit Worten wie ein Geizkragen mit seinem Geld!«, rief Silk aus. »Guten Tag übrigens. Ich dachte, du würdest dir dieses Schauspiel nicht entgehen lassen wollen. Gestern Abend sind sie auf einmal in die Siedlung gekommen, zuerst Boinbar, dann noch weitere, immer grüppchenweise. Warungin muss auch irgendwo sein. Der Gouverneur und ich sind der Meinung, dass sie eindeutig bei uns zu bleiben gedenken.«

Rooke hatte Silk noch nie so aufgekratzt gesehen.

»Komm, Rooke, ich will mir nicht eine Sekunde davon entgehen lassen.«

Er nahm Rooke beim Arm und folgte den Eingeborenen, die weiter durch die Siedlung zogen. Man sah ihnen keinerlei Erstaunen über die Hütten, die Regenfässer oder den Trupp in Ketten gelegter Sträflinge an. Rooke erinnerte dieses Bild daran, wie er einmal den Herzog von Richmond und seine Gefolgschaft gesehen hatte, als man ihnen die Sehenswürdigkeiten von Portsmouth zeigte. Sie waren genauso entlanggeschlendert wie diese Männer hier und hatten dabei huldvoll und leicht gelangweilt nach rechts und links geblickt.

Der Grauhaarige ging zu einer der Hütten hinüber. Ohne anzuklopfen oder auch nur einen Augenblick an der Türschwelle zu zögern, duckte er sich, um unter dem niedrigen Türsturz hindurchzukommen und trat, gefolgt von den anderen, ein.

Silk ging hinüber und blieb an der Tür stehen, um hineinlugen zu können. Rooke stellte sich neben ihn. An der Feuerstelle in der Hütte stand eine Frau, die ihren Säugling fest an sich drückte, während zwei Kleinkinder die Gesichter in ihrer Schürze versteckten. Die Mutter hatte ebensoviel Angst wie ihre Kinder, nur konnte sie sich nirgends verstecken. Die Männer gingen in dem Raum umher, nahmen verschiedene Gegenstände in die Hand – eine Teetasse, eine Gabel, eine Tonpfeife – und legten sie, während sie zueinander leise Kommentare abgaben, wieder zurück. Einer nahm ein Stück Brot vom Tisch und schnupperte daran. Dann tauchte er einen Finger in den Teebecher, leckte ihn ab und verzog das Gesicht. Ein anderer hob einen Porzellanteller hoch, klopfte mit einem langen harten Nagel daran, biss mit den Zähnen hinein und stellte ihn wieder hin.

Dies war das erste Mal in ihrem Leben, dass sie eine Teetasse und eine Gabel zu Gesicht bekamen. Und das einzige Mal, dass sie versuchsweise in einen Porzellanteller beißen mussten. Es würde nie wieder das erste Mal sein. Rooke war sich bewusst, dass er gerade Zeuge von etwas Unwiederholbarem und Unumkehrbarem war. Er erlebte gerade mit, wie zwei verschiedene Welten aufeinanderprallten.

Als die Männer genug gesehen hatten, wandten sie sich zur Tür. Rooke und Silk traten zurück, um sie durchzulassen. Von rechts und von links kamen Leute aus ihren Hütten die Straße hinuntergelaufen.

»Die Wilden sind da!«, hörte Rooke einen Mann aus dem Fenster rufen. »Komm schnell gucken, Meg!«

Breitbeinig, die Muskete über der Schulter und mit etwas Pelzigem, das ihm von der Hand baumelte, stand Brugden, der Wildhüter, mitten auf der Straße und sah den Eingeborenen entgegen. Als sie ihn erblickten, wichen sie zur Seite, ob seinetwegen oder aus purem Zufall, konnte Rooke nicht sagen.

Sie gingen zur Hütte eines Mannes hinüber, den Rooke kannte, Barber – Barbier – mit Namen und von Beruf. Auf einem Stuhl vor seiner Tür saß ein frisch eingeseifter Soldat mit einem Handtuch über den Schultern. Barber, der gerade mit dem Rasiermesser durch den weißen Schaum strich, hielt mitten in der Bewegung inne und starrte zu den herankommenden nackten Männern hin. Der Grauhaarige neigte den Kopf und bedeutete ihm mit einer kleinen Handbewegung, ruhig weiterzumachen. Barber strich daraufhin flink mit dem Messer über das Gesicht seines Kunden und hielt dabei mit der anderen Hand – mit geziert abgespreizten Fingern – dessen Nasenspitze fest, damit er den Kopf nicht bewegte.

Rooke beobachtete die Eingeborenen, während diese aufmerksam die ganze Prozedur verfolgten. Ihnen war keinerlei Beunruhigung oder Besorgnis anzumerken. Fast kam es ihm vor, als wären die Weißen Schausteller, die den Schwarzen zu deren Unterhaltung eine Vorführung gaben.

Der Barbier schien es ähnlich zu empfinden. Als er mit der Rasur fertig war, zog er mit dem eleganten Schwung eines Artisten blitzschnell das Handtuch vom Nacken des Soldaten. Der frisch Rasierte sprang vom Stuhl auf und setzte sich nun ebenfalls vor dem Publikum in Szene, klopfte sich in clownesker Weise auf die Wangen, um den Eingeborenen zu demonstrieren, wie glatt seine Haut war, und forderte sie auf, doch selbst mal zu fühlen, was sie aber nicht taten.

Der Barbier gab einem der Männer mit Handzeichen zu verstehen, dass er sich als Nächster auf den Stuhl setzen solle, und hielt einladend sein Handtuch bereit. Der Mann verstand ganz genau, was er meinte, lachte und strich sich über die schwarze Wolle in seinem Gesicht. Er schien versucht, das Angebot anzunehmen, doch ein anderer Eingeborener prüfte mit dem Daumen die scharfe Stahlklinge und riet ihm offenbar davon ab.

Willstead gesellte sich zu der kleinen Gruppe.

»Meine Güte, das sind wirklich richtige Wilde«, stellte er fest. »Und wie schmutzig sie sind, seht euch mal den Dreck an, der an ihnen klebt.«

Rooke merkte, dass die Männer Willsteads spöttischen Tonfall wahrnahmen. Der Ältere sagte etwas zu den anderen, woraufhin sie alle weiterzogen.

»Ja, Rooke«, sagte Silk und blickte ihnen nach. »Endlich ist es eingetreten! Wurde auch höchste Zeit, denn das literarische Potenzial des Ziegelbrennens und des Straßenbaus habe ich mittlerweile zur Gänze ausgeschöpft. So Gott will, eröffnet sich mit dem heutigen Tag ein neues Kapitel über das Leben in Sydney Cove.«

»Na bravo«, sagte Rooke.

»Jetzt geht's endlich voran, und Mr. Debrett vom Piccadilly wird doch noch seine spritzige Erzählung bekommen.«

Rooke nickte nur deshalb, weil Silk es erwartete. Er selbst konnte nicht verstehen, dass jemand in einem Augenblick, der so unglaublich war wie ein Stern, der sich von seiner Position bewegt hatte, nur daran dachte, daraus eine Geschichte zu machen. Ihm wurde jetzt bewusst, wie unterschiedlich Silk und er in Wirklichkeit waren. Silks eigentliche Triebfeder war, das Fremde vertraut zu machen und in wohlgeformte, geschliffene Sätze umzuwandeln.

Für ihn selbst hingegen bestand der Reiz gerade darin, in diese Fremdheit einzudringen und sich darin zu verlieren.

*

Als Rooke am nächsten Morgen in die silbriggraue Morgendämmerung hinaustrat, sah er oben auf dem Hügelkamm die Umrisse zweier Gestalten, die sich dunkel gegen den Himmel abhoben: unverkennbar zwei Eingeborene, die zu seiner Hütte herunterblickten.

Seit seiner Begegnung mit den Fischern vor etlichen Monaten hatte er sein fröhliches *Guten Tag!* und sein albernes aufgesetztes Lächeln bereut. Er hatte sich inzwischen eine Strategie zurechtgelegt, wie er ihnen ohne Worte zu verstehen geben konnte, dass sie ihm willkommen waren, und probierte das nun aus. Er warf den Männern einen langen Blick zu, der besagte: *Ich habe euch gesehen*. Danach setzte er sich so an die Hüttenwand, dass er ihnen nicht direkt zugewandt war, ihnen aber auch nicht den Rücken zukehrte. Dann wartete er.

Ungeduldig hoffte er, dass sie näherkamen, und konnte kaum dem Drang widerstehen, zu ihnen hinaufzublicken. Zur Ablenkung betrachtete er die von der aufgehenden Sonne im Osten erleuchteten Wolken und versuchte sich vorzustellen, wie eine Wolke von oben aussah. Ob sie wohl gerundet war, wie es den Anschein hatte, oder schien das nur von unten gesehen so zu sein? Nach einer Weile war es kein Ablenkungsmanöver mehr: Rooke dachte tatsächlich nicht mehr an die Männer.

Auf einmal merkte er, dass die beiden Eingeborenen den

Hang heruntergekommen waren und nur noch ein kleines Stück von ihm entfernt standen. Sie blickten noch immer nicht zu ihm hin, schritten aber auch nicht an ihm vorüber. Ohne den Kopf zu bewegen, erkannte Rooke aus den Augenwinkeln, dass einer von beiden Warungin war.

Als sich ihre Blicke schließlich trafen, schien das wie eine Art Signal zu sein. Warungin trat vor und ließ sich in Rookes Nähe nieder. Neben ihm, konnte man fast sagen.

Nach einer Weile streckte Warungin eine Hand aus und sagte etwas. Sagte es noch einmal. Blickte Rooke an, als warte er darauf, dass dieser das Wort nachsprach. Es schien mit einem *b* zu beginnen, klang aber irgendwie zähflüssig. Rooke versuchte, die ineinander verschwommenen Silben zu wiederholen, verhaspelte sich jedoch dabei.

Warungin sagte das Wort noch einmal. Das war kein beiläufiges Geplauder. Es war regelrecht Arbeit, der Versuch, einem anderen Mann ein Wort beizubringen, das dieser nicht zu hören vermochte. Rooke probierte es erneut, sang dabei die Laute mehr nach wie eine kleine Melodie, als dass er sie sprach.

»Boourral«, hörte er sich sagen, ein undeutliches Gebrabbel wie von einem Kleinkind. Warungin sagte das Wort noch einmal, und Rooke versuchte es wieder.

»Bere-wal.«

Warungin nickte knapp, als dächte er: *Besser kriegt er's sowieso nicht hin*.

Dann hielt er sich pantomimisch ein Fernrohr vors Auge und tat so, als würde er hindurchblicken. Er muss solch ein Gerät schon einmal in der Hand gehalten haben, dachte Rooke. Vermutlich während seiner Gefangenschaft, als ihn der Gouverneur mit Stühlen, Tellern und Weingläsern vertraut gemacht hatte. In der einen Hand hielt Warungin nun also das imaginäre Fernrohr, mit der anderen machte er Bewegungen, als bewege er den Tubus zur Scharfeinstellung hin und her, das eine Auge kniff er zusammen, das andere blickte unverwandt durch das imaginäre Rohr. Dann deutete er zunächst auf das imaginäre Fernrohr, machte danach mit der Hand eine Bewegung, als nähere sich ein Objekt aus der Ferne, und sagte dazu wieder das Wort.

Rooke tat jetzt ebenfalls, als hielte er sich ein Fernrohr ans Auge und bewege den Tubus hin und her.

»Berewal.«

Warungin machte mit gebogenen Fingern ungeduldig eine schaufelnde Bewegung, so, als hole er die Ferne näher heran.

Nicht das Objekt war gemeint, sondern das, was dieses Objekt machte! *Berewal* bedeutete nicht *Fernrohr*, sondern so etwas wie *in großer Entfernung*.

»Berewal«, wiederholte Rooke und ahmte Warungins Schaufelbewegung nach, voller Eifer, ihm zu beweisen, dass er doch nicht ganz so dumm war.

Warungin interessierte es allerdings nicht, was für ein begabter Schüler Rooke war, er lächelte ihn weder an, noch nickte er ihm lobend zu. Er deutete jetzt über den Hafen zum Nordufer hinüber, wo die Bäume im goldenen Morgenlicht erstrahlten.

»Cammera-gal«, sagte er ganz langsam und gedehnt, damit Rooke die einzelnen Wortteile hören konnte. Dann legte er eine Hand auf seine Brust, dorthin, wo die Narbenreihe war, und sagte: *»Cadi-gal.«* Und noch einmal: *»Cadi-gal.«*

Die Nachsilbe »gal« kannte Rooke bereits von Silks Wörterliste. *Gal: Stamm oder vielleicht auch Ort*. Warungin schien ihm folglich zu sagen: *Ich gehöre zum Stamm oder Ort namens Cadi*.

Warungin beugte sich vor und legte eine Hand auf Rookes Brust, vorne auf die rote Jacke.

»Berewal-gal«, sagte er.

Er ließ seine Hand dort liegen, als könne aus ihr Erkenntniskraft durch die rote Wolle ins Herz dieses Mannes sickern. Rooke spürte den leichten Druck der Hand auf seinem Körper. Die erste Berührung zwischen zwei so unterschiedlichen Wesen. Er erwartete fast, dass eine Art Funken entstand, so ähnlich wie ein vom Himmel zur Erde herabzuckender Blitz.

Und während Warungins Hand auf seiner roten Wollbrust lag, ging Rooke tatsächlich ein Licht auf. *Berewal* – aus weiter Ferne. *Gal* – Stamm. Warungin brachte ihm den Namen von Rookes eigenem Volk bei: *Berewal-gal*, der Aus-weiter-Ferne-Stamm.

Es freute ihn, einen Namen bekommen zu haben. Es war ein Geschenk. Aber zugleich auch schockierend. Keine der geheimnisvollen Besitztümer oder beeindruckenden Fertigkeiten der weißen Männer – ihre Schiffe, ihre Musketen, die einen Schild in zwei Teile spalten konnten, ihre Fernrohre, ihre Goldtressen – verliehen ihnen ein spezielles Ansehen. Sie waren lediglich ein weiterer Stamm. *Berewalgal*, die Leute aus weiter Ferne.

Rooke hätte am liebsten gleich noch mehr gelernt. Was hieß *Guten Morgen, Guten Tag, bitte, danke, auf Wiedersehen?* Was sagte man für *Würdest du mir deine Sprache beibringen?*

Doch sobald Warungin gemerkt hatte, dass er von Rooke verstanden worden war, erhob er sich, drehte Rooke den Rücken zu und blickte in Richtung Hügelkamm. Ohne dass er ein Zeichen gemacht oder einen Ton von sich gegeben hatte, tauchte dort auf einmal eine Gruppe von Eingeborenen auf, die hintereinander die Felsen hinunterstiegen: zwei weitere Männer, drei Frauen, drei Kinder.

Unten angekommen, blieben sie vor Rookes Hütte stehen, ohne ihn zu beachten. Er hatte das Gefühl, als wäre er für sie genauso wenig bemerkenswert wie alles andere ringsum: Hütte, Fels, Bäume, Mann mit vor dem Bauch gefalteten Händen wie ein Pfarrer beim Gebet. Vermutlich erwarten diese Menschen nicht viel von einem Mann, dem man sogar beibringen muss, wie sein eigener Stamm heißt, dachte Rooke.

Jetzt blickten sie aufmerksam zu Warungin hin, während dieser ihnen etwas darlegte. Er deutete mit dem Kinn auf die Hütte, auf Rooke und zur Siedlung hinunter und ließ dann einen Schwall Wörter ablaufen wie ein Seil mit Knoten darin: ein Stück, kurze Pause, dann das nächste Stück. Rooke lauschte so angestrengt, dass er das Gefühl hatte, seine Ohren würden immer länger. Nicht nur die Wörter waren ihm unverständlich, auch die Satzmelodie unterschied sich von den Sprachen, die er bislang gehört hatte. Jeder Satz begann mit einem betonten Laut, dann fiel die Kurve immer weiter ab. Der Versuch, eine Struktur herauszuhören, war genauso vergeblich, wie wenn man versucht hätte, laufendes Wasser festzuhalten.

Dann setzten oder kauerten sich sämtliche Männer mitsamt ihren Speeren zu dem Mann, der zusammen mit Warungin gekommen war. Rooke machte einen Schritt in ihre Richtung. Ob er sich zu ihnen gesellen sollte? Im gleichen Moment ging eine der Frauen – hager und faltig, mit schlaff herabhängenden Brüsten und spindeldürren Beinen – auf den Eingang seiner Hütte zu. Rooke bedeutete ihr mit übertriebenen Gesten, dass sie doch eintreten solle. *Bitte sehr, herzlich willkommen, ich freue mich, Sie zu sehen!* Er war froh, dass ihn sonst niemand dabei sah. Die Frau reagierte überhaupt nicht auf seine stummen Gebärden. Angesichts ihres würdevollen Gebarens wirkte seine Beflissenheit irgendwie falsch.

Sie betrat die Hütte und blickte sich so gleichgültig um, als wäre all das, was darin zu sehen war, nicht sonderlich interessant. Als sie den anderen Frauen über die Schulter hinweg etwas zurief, ein paar kurze Silben, drängten sie alle hinein. Während sie seine häusliche Einrichtung inspizierten, murmelten sie einander Bemerkungen zu. Eine von ihnen hob einen Zipfel der grauen Decke auf seinem Feldbett hoch, berührte damit ihre Wange und sagte etwas zu den anderen – vermutlich ein Kommentar über das raue Material, dachte Rooke. Sie strichen mit ihren langen schlanken Fingern über die glänzende Tischplatte und betasteten die Messingscharniere zum Einklappen der Tischbeine. Eine Frau schlug seinen Montaigne auf und blätterte darin.

Rooke fragte sich, ob das, was sie zu den anderen sagte, wohl so etwas Ähnliches bedeutete wie: *Seht mal, der hat hier Baumrinde in einem kleinen Quadrat!*

Ob sie überhaupt eine Vorstellung von einem Quadrat hatten? Ob sich unter ihnen ein wilder Euklid befand, der sich über die Geheimnisse des Dreiecks Gedanken gemacht hatte?

Erstaunlicherweise gelang es ihnen selbst in diesem engen Raum, seinem Blick beharrlich auszuweichen. Sie gingen um ihn herum und redeten wohl deshalb so leise miteinander, weil er da war, vermutete er. Zugleich war er für sie aber auch nicht da.

Die Kinder, die sich hinter den Beinen der Frauen versteckten, lugten immer wieder kurz zu Rooke hervor, zogen sich aber sofort zurück, wenn er sie ansah. Jetzt traf sein Blick den eines kleinen Jungen, ein kräftiges Kerlchen von fünf oder sechs Jahren, das sofort wieder hinter dem Rücken seiner Mutter verschwand, gleich darauf aber erneut hervorlinste. Rooke lächelte ihm aufmunternd zu und versuchte sogar zu zwinkern, und allmählich wurde der Junge immer kecker, bis er schließlich blitzschnell auf Rooke zugeschossen kam und mit dem Finger einen der Messingknöpfe an seiner Jacke berührte, so vorsichtig, als könnte er sich daran verbrennen. Nachdem er gemerkt hatte, dass der Knopf nicht biss, verlor er alle Scheu, hüpfte um Rooke herum, zupfte ihn am Ärmel und bombardierte ihn mit Fragen, sinngemäß vermutlich Ähnliches wie: *Was sind das für Dinger? Wofür braucht man die? Wo hast du die her? Kann ich eins davon haben?*

Auch die Frauen wurden nun mutiger, nahmen verschiedene Gegenstände in die Hand und hielten sie in die Höhe, damit die anderen sie sahen, wie Waren auf einem Markt, die sie anpreisen wollten. Schließlich sagten sie etwas zu Rooke und fanden es offenbar urkomisch, die paar Worte auszusprechen, die sie von den Leuten in der Siedlung gelernt haben mussten: »Goodbye! Goodbye! Wie geht's? Mister! Missus!«

»Guten Morgen, meine Damen«, erwiderte Rooke, worauf sie noch mehr lachten. »Mir geht es sehr gut, danke, und wie geht es Ihnen?«

Seine Rasiersachen lagen auf dem Tisch, und eine der Frauen – hochgewachsen, mit üppigen Formen, so prächtig in ihrer Nacktheit, dass Rooke ein bisschen verlegen wurde – nahm sein Rasiermesser in die Hand und klappte es auf. Als er erschrocken einen Satz durch die Hütte machte, um es ihr zu entreißen, schlug die übermütige Stimmung schlagartig um. Rooke versuchte ihnen zu demonstrieren, wie scharf die Klinge war, nahm einen der Zweige, die neben seiner Feuerstelle lagen, und schnitt ihn damit durch. Weil er instinktiv das Gefühl hatte, dass Worte weniger beängstigend waren als Schweigen, gab er dazu Erklärungen ab wie: *Scharf, sehen Sie, sehr scharf, damit kann man alles durchschneiden, ich verwende es zum Rasieren, sehen Sie?*

In der Hütte, in der es mit nur einem Fenster ohnehin nie sonderlich hell war, wurde es auf einmal richtig düster. Rooke sah, dass dunkle, tiefhängende Wolken aufgezogen waren, und dann begann es auch schon zu schütten. Dicke Tropfen trommelten mit einer solchen Wucht auf die Schindeln, dass sie klapperten. Der Geruch von kalter feuchter Erde stieg vom Boden auf.

Rooke ging zur Tür und schaute hinaus. Der Regen klatschte so heftig gegen die Felsen, dass eine Art Gischt entstand. Die Zweige der Sträucher peitschten hin und her, das Wasser unten im Hafen war fast nicht mehr zu sehen, der Regen so dicht wie Nebel. Rooke ließ sich die Hand nassregnen und streckte sie seinen Besuchern hin.

»Wie nennt man das – was heißt bei Ihnen *nass*?«

Die zwei kleinen Mädchen hatten sich bis jetzt im Hintergrund gehalten, doch nun trat eine der beiden vor und berührte mit der Spitze ihres Zeigefingers Rookes Hand. Rooke sah ihr ins Gesicht. Sie war vielleicht zehn oder zwölf Jahre alt, mager und aufgeweckt, mit einem langen, schön geformten Hals und einem beweglichen, ausdrucksvollen Gesicht. Rooke glaubte bei ihr dieselben spontanen Regungen wahrzunehmen, die auch er verspürte: erwartungsvolle Neugier, gedämpft durch Bedachtsamkeit, das Verlangen, das Unbekannte zu erforschen, im Zaum gehalten durch die Angst, dabei etwas falsch zu machen.

Sie sah ihm offen in die Augen und zog dabei eine Schnute,

die zu gleichen Teilen Frustration und Belustigung ausdrückte. Rooke spürte, wie sich sein Mund ebenfalls verzog, und merkte, dass sie ihn aufmerksam musterte – seine Augen, seinen Mund, seine Miene – und genauso in seinem Gesicht zu lesen versuchte wie er in ihrem.

Sie war wie Anne mit zehn oder zwölf Jahren, kam ihm prompt in den Sinn. Mit ihrer dunklen Haut und nackt, wie sie war, hatte sie natürlich überhaupt nichts mit Anne gemein, und trotzdem erkannte er seine Schwester in ihr: alt genug, um einem anderen Menschen bewusst in die Augen blicken zu wollen, und noch jung genug, um keine Angst zu empfinden.

Noch einmal berührte sie seine Handfläche, diesmal mit allen fünf Fingern, strich über die Haut, als wolle sie testen, wie sie sich anfühlte. Über das Regengeprassel hinweg sagte sie etwas zu ihm. Wie ein Tauber sah er ihr auf ihre Lippen, während sie sprach. Dann verstummte sie und wartete, die Zähne auf der Unterlippe, was deutlicher als Worte besagte: *Und? Was sagst du dazu?*

Angestrengt versuchte Rooke, ein paar dieser Laute voneinander zu trennen und wählte zwei, die er deutlich genug herausgehört hatte, um sie nachsprechen zu können.

»Mar-ray«, sagte er zögernd.

Sie strahlte über das ganze Gesicht. Auf den ersten Blick hatte er geglaubt, ihre Augen wären schwarz, doch nun erkannte er, dass sie tiefbraun waren. So offen in die Augen eines anderen Menschen zu blicken, kam ihm genauso gefährlich vor wie ein Sprung aus großer Höhe. Er staunte über sich selbst, dass er sich das traute.

»Marray«, sagte sie erneut und deutete mit dem Kinn auf den Regen. Jetzt erst bemerkte Rooke, dass Warungin und die anderen Männer fortgegangen waren, vermutlich, um

irgendwo Schutz zu suchen. Er machte sich Vorwürfe, dass er nicht daran gedacht hatte, sie hereinzurufen, als es zu regnen begann.

Marray. Was bedeutete das? So etwas Ähnliches wie *nass*?

Er fand es peinlich, so dicht neben ihr zu stehen, ohne etwas zu sagen, während der Regen wie ein Wasserfall von den Schindeln über der Tür herabstürzte und auf die Erde platschte.

»Was für ein Wolkenbruch!«, rief er laut, um das Geprassel zu übertönen. »Hast du schon jemals solch ein Wetter erlebt?«

Sein Gerede klang erbärmlich nach müßigem Geplauder, wie es in den Salons üblich war, stellte er fest. Wenn es angebracht war, bekam er das nur selten hin, doch hier plauderte er auf einmal genauso mühelos wie Silk – vor einer Zuhörerschaft, die aus sechs nackten Frauen und Kindern bestand, von deren Sprache er bislang nur ein einziges Wort verstand.

Mit offenem Blick, furchtlos und selbstsicher wie ein Mädchen, das bereits alle sozialen Fähigkeiten beherrscht, die in ihrer Welt verlangt werden, sah sie ihn an.

»Paye-wallan-ill-la-be.«

Rooke merkte, dass sie bewusst langsam sprach, damit er es einfacher hatte. Er versuchte, die Laute in Silben umzuwandeln, kam jedoch über die ersten paar nicht hinaus. Langsam wiederholte sie jede Silbe, und er sprach sie ihr nach. Es war, als würde man bei der Hand genommen und Schritt für Schritt durch die Dunkelheit geführt.

»Paye-wallan-ill-la-be.«

Selbst als er es endlich geschafft hatte, war es noch immer keine perfekte Kopie. Es fehlte das Verschliffene in der Aussprache des Wortes, es musste halb genuschelt oder verschluckt werden. Er konnte es zwar hören, bekam es aber einfach nicht hin, den Mund so zu bewegen, dass dieser Klang entstand.

Trotzdem lächelten und nickten sie ihm alle zu und riefen Worte aus, die wohl so etwas Ähnliches bedeuteten wie *Gut gemacht! Gratulation!*, vermutete Rooke.

Das war also das Wort, vielleicht auch mehrere Wörter. Doch was bedeutete es, bedeuteten sie? Es musste etwas mit dem Regen zu tun haben, aber was genau? *Was für ein Wolkenbruch! Hast du schon jemals solch ein Wetter erlebt?*

Auf einmal ließ der Regen nach und hörte so plötzlich auf, wie er begonnen hatte. Der kleine Junge drängte sich an Rookes Beinen vorbei ins Freie. Zwei der Frauen folgten ihm in gemächlicherem Tempo. Rooke und das Mädchen sahen ihnen nach. Platschend gingen sie den Pfad hinauf, nun ein Sturzbach, in dem die Strahlen der Sonne funkelten, die schon wieder hinter den Wolken hervorkam.

»Yen-narr-a-be«, sagte das Mädchen. *»Yennarrabe.«*

»Yennarrabe«, wiederholte Rooke.

Sie verzog den Mund, vielleicht weil es in ihren Ohren lustig klang, wie er das Wort aussprach. Sie sagten es noch ein paar Mal im Wechsel. Im Augenblick genügte es, das Echo hin und her zu werfen. Selbst ohne die Bedeutung der Wörter zu kennen, war allein die Tatsache, dass sie Worte miteinander wechselten, eine Art Botschaft: *Ich möchte mit dir sprechen*.

Das Gesicht des Mädchens war so ausdrucksvoll, ihre persönliche Ausstrahlung so stark, dass Rooke instinktiv einen Schritt zurücktreten und den Blick abwenden wollte. Aber er tat es nicht. Die alte Frau schien sich in der Hütte inzwischen wie zu Hause zu fühlen, sie pustete in die Glut, um das Feuer wieder anzufachen, und nahm die Zweige entgegen, die ihr das andere kleine Mädchen aus Rookes Holzkorb reichte.

Mit dem Gefühl, einen waghalsigen Sprung zu machen, legte Rooke seine Hand genau auf die Stelle seiner Brust, wo Warungin ihn berührt hatte.

»Rooke«, sagte er. »Daniel Rooke.«

Das Mädchen begriff sofort und sprach seinen Namen nach, auf Anhieb ziemlich gut. Dann legte sie ihre Hand auf ihren eigenen knochigen Brustkorb und sagte dabei ein paar Silben, denen er nicht ganz zu folgen vermochte.

»Ta-ra«, sagte er zögernd.

Das andere kleine Mädchen neben dem Kamin lachte hinter vorgehaltener Hand und äffte seinen Versuch nach.

Rooke verdrehte die Augen und schnitt eine Grimasse, die besagte: *Ja, ich bin wirklich ein Idiot, aber ein harmloser*.

Er versuchte es noch einmal, und das Mädchen wiederholte das Wort so langsam, bis der formlose Laut in Silben aufgespalten war: *Ta-ga-ran*.

Das Wort, das er herausbrachte, klang immer noch nicht genauso wie ihres. Aber sie strahlte übers ganze Gesicht vor Freude, ihren Namen aus dem Mund dieses Fremden zu vernehmen und diejenige gewesen zu sein, die es ihm beigebracht hatte.

Ihren Namen und die beiden anderen Äußerungen hatte Rooke nun zwar im Kopf, doch als reine Laute ohne Sinnzusammenhang würde er sie bald wieder vergessen haben. Sie bedeuteten nicht *Wind* oder *Wetter* oder *Barometer*, hatten aber etwas mit dem hiesigen Klima zu tun und waren folglich Daten, die er aufzeichnen sollte.

Rooke nahm ein unbenutztes Notizbuch vom Regal und spürte, als er sich an den Tisch setzte, wie das Mädchen ihm zusah. Er tauchte die Feder in die Tinte und schlug das Notizbuch auf. In seiner ordentlichsten Astronomenhandschrift schrieb er auf die erste Seite: *Tagaran, der Name eines Mädchens. Marray, nass. Paye wallan ill la be* – er zögerte –, *starken Regen betreffend.*

Dann las er ihr die Worte stockend und mit dem Finger auf die jeweilige Silbe deutend, noch einmal vor. Sie lächelte, das ganze Gesicht war ein einziges Strahlen.

Plötzlich rief die alte Frau etwas aus. Vielleicht so etwas wie *Kommt, Kinder, Zeit zu gehen*, denn kurz darauf brachen sie und die beiden Mädchen auf. Am Fuße der Felsen drehte Tagaran sich noch einmal um.

»Yenioo! Yenioo!«, rief sie.

»Goodbye! Auf Wiedersehen!«, rief er zurück. Was sonst konnte sie gemeint haben?

»Kommt wieder«, rief er. »Kommt bald wieder, ihr seid hier jederzeit willkommen!«

Aber sie waren schon fort. Seine Worte erreichten nur die im Wind hin und her wogenden Sträucher.

*

Nachdem sie gegangen waren, kam ihm die Hütte, so klein sie auch sein mochte, größer und leerer vor. Auf dem Bett lag sein Montaigne, in dem die Frau geblättert hatte. Die Decke war an der Ecke, wo die große, stattliche Frau sie angehoben und an ihre Wange gehalten hatte, zerknittert.

In der Stille klang das vom Dach tropfende Wasser sehr laut.

»*Marray*, nass«, sagte Rooke laut. »*Paye wallan ill la be*, starken Regen betreffend.«

Dann zog er fein säuberlich eine Linie quer über das Blatt. Sie bedeutete: *Das ist alles, was ich weiß*. Die weiße Fläche darunter wartete auf weitere Eintragungen. Er dachte an Silks

Notizbuch mit der ähnlichen, aber umfangreicheren Wörterliste. *Budyeri*, gut. *Bogul*, Maus.

Eine Sprache war jedoch mehr als eine Wörterliste, mehr als eine Sammlung von Einzelteilen kunterbunt durcheinander wie eine Schachtel voller Muttern und Schrauben. Eine Sprache war eine Maschine. Damit sie funktionierte, musste man wissen, wie die jeweiligen Teile zusammenwirkten.

Für diese Aufgabe brauchte man einen Menschen, der mehr konnte, als Wörter zu sammeln und auswendig zu lernen. Dazu brauchte man jemanden, der es verstand, die Maschine zu zerlegen, um zu sehen, wie sie funktionierte, und sie dann in Gebrauch nehmen konnte: Einen Mann, dem Systematik vertraut war, einen Mann der Wissenschaft.

Während Rooke auf die Wörter blickte, die er sich notiert hatte, wusste er – genauso wie er eine Primzahl auf Anhieb erkannte –, dass er dieser Mann war.

Und alles in seinem bisherigen Leben hatte darauf zugeführt. Er sah es so deutlich vor sich wie eine Landkarte, die Landkarte seines Lebens und seines Charakters. Er war geboren worden mit dem Drang zu verstehen, wie die Dinge funktionierten. Er konnte fünf Sprachen lesen. Das Unbekannte war sein tägliches Brot: Die Astronomie war ein Beruf voller Geheimnisse. Andersartiges hatte für ihn nichts Beängstigendes. Er wusste, dass Fremdartigkeit eine alltägliche Sache war, wenn man sich in ihr heimisch fühlte.

Vor allen Dingen hatte er genau die richtige Veranlagung für eine solche Aufgabe. Die Eigenschaften, die ihn zu einem so schüchternen Menschen machten, waren genau die richtigen Voraussetzungen, um ein guter Zuhörer zu sein.

Rooke wusste es mit derselben Gewissheit, wie er seinen Namen wusste, dass dies in New South Wales genau die richtige Aufgabe für ihn war: Die Sprache der Eingeborenen zu erlernen.

Nachdem er im Geiste so weit gegangen war, spann er den Gedanken noch weiter aus und stellte sich vor, wie er eines Tages seine Jacke bürsten und sich sodann mit dem Notizbuch in der Hand zum Haus des Gouverneurs begeben würde. *Sir*, würde er sagen. Oder vielleicht besser *Eure Exzellenz*. Silk hatte ihm einmal gesagt, dass sich der Gouverneur gerne mit seinem Titel anreden ließ. Vielleicht sollte er Silk bitten, ihn als eine Art Botschafter zu begleiten.

Sir, Leutnant Rooke scheint die Gesetzmäßigkeiten der Sprache der Eingeborenen entschlüsselt zu haben!

Genau genommen würde es gar kein »scheint« geben, aber eine gewisse Bescheidenheit stand einem bloßen Leutnant wohl an. Wenn der Gouverneur ihm erst einmal seine Aufmerksamkeit schenkte, würde Rooke schon seine Stimme finden.

Sir, ich freue mich, Ihnen mitteilen zu können, dass ich nunmehr in der Lage bin, mich mit den Eingeborenen auf eine Weise zu unterhalten, die den Beginn eines fruchtbaren Umgangs miteinander ermöglicht.

Da würde der Gouverneur staunen. Man konnte sich nur schwer vorstellen, wie sich auf diesem Gesicht Begeisterung, Bewunderung und Hochachtung widerspiegelten, aber was könnte er anderes empfinden? Rooke würde dem Gouverneur nicht nur die Mittel präsentieren, mit deren Hilfe dieser seine eigenen Ambitionen in New South Wales würde verwirklichen können, sondern etwas viel Bedeutenderes. Der Gouverneur würde der Erste sein, der von einer Erweiterung des bisherigen Weltwissens erfuhr, von Erkenntnissen, die fast so spektakulär waren wie die Galileos oder Keplers. *Die Erde dreht sich um die Sonne. Die Schwerkraft hat eine unendliche Reichweite.* Die Entdeckungsreise, die er gerade angetreten hatte, war tatsächlich von vergleichbarer Tragweite; es war eine Reise nicht bloß in die Sprache einer bis dahin unbekannten Menschenrasse hinein, sondern in den von ihr bewohnten Kosmos: wie ihr Zusammenleben organisiert war, welche Götter sie verehrten, ihre Gedanken und Hoffnungen, ihre Ängste und Leidenschaften.

Nach einem solchen Wissenssprung würde die Welt nicht mehr dieselbe sein wie zuvor.

*

Das erste Problem war nicht die Bedeutung der Wörter, sondern die Musik: Wie sollte man diese fremden Laute in die gängigen sechsundzwanzig Buchstaben des Alphabets übertragen? Sich die Vorgehensweise zu überlegen, war, wie einen Muskel zu dehnen, der lange nicht beansprucht worden war.

Rooke blätterte die erste Seite des Notizbuchs um. Die ersten Eintragungen waren nur ein Einstieg gewesen, aber so gedachte er nicht weiterzumachen. Die einladend leere zweite Seite teilte er in vier Spalten ein: *Buchstabe. Name. Klang. Englische Entsprechung*.

Freudige Erregung durchfuhr ihn, etwas Körperliches, eine Vorfreude, die mit Appetit vergleichbar war.

Er erinnerte sich an etwas, woran er seit Jahren nicht mehr gedacht hatte, seine alte Ausgabe von William Lilys *Grammatik der Lateinischen Sprache* mit dem abgegriffenen rötlichbraunen Buchdeckel, den dunklen Wolken ähnelnden Wasserflecken und dem sich lösenden Buchrücken – sein Vater hatte den Band auf einem Büchertisch in Southsea entdeckt und billig erworben – und dem Holzschnitt als Frontispiz, der

Menschen darstellte, die mit großartigen Gebärden Obst pflückten.

Entschlossen blätterte er Seite um Seite des Notizbuches um und überschrieb nach dem Muster von Lilys Lateinbuch jede mit einem Buchstaben des Alphabets: *Sprache der Eingeborenen – Englisch*, *Englisch – Sprache der Eingeborenen*.

Anschließend nahm er sich ein zweites Notizbuch und schrieb auf das Vorsatzblatt: *Grammatische Formen der Sprache von New South Wales*. Wörter waren gut und schön, aber mit Wörtern allein blieb man immer ein Kind, das die Namen der Dinge herauskrähte. Die Grammatik war das Getriebe, das die Wörter anwendbar machte.

Am Anfang würde er sich auf Tätigkeiten beschränken müssen, die man einander vormachen konnte: essen, gehen oder laufen, trinken, gähnen, kriechen. Diese Menschen hier mochten einem zwar fremd sein, aber gehen und trinken, essen, gähnen und kriechen mussten sie auch.

Er sollte besser ganz bescheiden anfangen, mit dem Indikativ: *Ich esse. Du isst. Er, sie, es isst*. Weil man ohne Vergangenheitsform oder Zukunft nicht sonderlich viel ausdrücken konnte, sollte er möglichst auch diese Formen herausbekommen: *Ich werde essen, du wirst essen. Ich habe gegessen, du hast gegessen*. Die Befehlsform – *Iss!* – war ebenfalls nützlich, deshalb musste er auch sie herausfinden.

Auf die linke Hälfte der Seite schrieb er den englischen Begriff. Neben jedem Eintrag war Platz für die Entsprechung in der unbekannten Sprache, systematisch ein Wort nach dem anderen. Auf die gegenüberliegende Seite schrieb er die Überschrift *Weitere Flexionsformen desselben Verbs,* in der Hoffnung, noch fehlende Formen in Erfahrung bringen zu können.

Dann legte er die Notizbücher nebeneinander auf den Tisch.

Wortschatz und *Grammatische Formen*. Die Hefte waren wie die Klemmbacken einer raffinierten Maschine. Zusammen würden sie die Schale zu dieser Sprache aufknacken.

Es würde eine außergewöhnliche Aufgabe sein. Nicht einmal Kepler oder Newton hatten vor einer *Tabula rasa* gestanden, sondern auf der Arbeit anderer aufbauen können. Anders als sie würde er das Unbekannte nur mit seinen Ohren, seiner Feder und diesen beiden kleinen Notizbüchern erschließen.

Rooke spürte eine seltsame Enge in seiner Brust. Erst nach einer Weile wurde ihm bewusst, dass man dieses Gefühl wohl hatte, wenn man von einer Vision erfasst war. *Schicksal* war ein großes Wort, aber vielleicht das richtige Wort für das, was vor ihm lag.

*

Die Eingeborenen ließen sich fast eine Woche lang nicht sehen. Rooke beschäftigte sich mit Regenmesser und Barometer und machte in Schönschrift seine Notizen über den südlichen Himmelspol. Er füllte seinen Wasserkessel und sammelte Feuerholz. Doch bei allem, was er tat, hielt er stets aus den Augenwinkeln Ausschau, ob sich oben auf der Hügelkuppe etwas bewegte. Äste und die rasch dahinziehenden Schatten der Wolken narrten ihn. Ein paar Mal kam es vor, dass er sich aufrichtete und schon die Hand zum Gruß hob, dann aber feststellen musste, dass dort oben niemand war.

Als die Eingeborenen dann schließlich wiederkamen, war er fast wütend auf sie. Doch der kleine Junge hüpfte die Felsen herunter, weil er es kaum erwarten konnte, bei Rooke anzukommen, und überschüttete ihn mit einem Schwall Wörter.

Da konnte Rooke nicht länger verschnupft sein. Schließlich hatten sie ihm doch auch gar nichts versprochen!

Mit ihren Säuglingen auf der Hüfte stiegen die Frauen langsam die Felsen hinab, gefolgt von den beiden Mädchen: dem schüchternen und dem mit Namen Tagaran.

»Guten Tag!«, rief er. »Ich freue mich, Sie wiederzusehen!«

Das war eine Floskel, die er schon tausendmal ausgesprochen hatte. Dieses Mal jedoch war sie nicht einfach nur so dahergesagt, sondern wirklich so gemeint.

Die Frauen hatten einen glimmenden Holzstecken mitgebracht und machten sich daran, in der Nähe der Hütte ein Lagerfeuer zu entfachen. So gemächlich, fast selbstvergessen, wie sie sich hin und her bewegten, während sie unentwegt miteinander plauderten, war kaum vorstellbar, dass sie jemals ein Feuer in Gang bringen würden – waren die Holzstücke nicht viel zu groß, das Reisig zu weit von dem glühenden Stock entfernt? Eine der Frauen beugte sich hinunter und blies hinein – so kurz, dass Rooke dachte, es würde wirkungslos sein –, doch gleich darauf prasselte ein Feuer, und die Frauen setzten sich mit ihren Säuglingen auf dem Schoß um es herum, sanken in den Erdboden hinein, als verwurzelten sie sich darin.

Die Kinder kamen in die Hütte, und der Junge schrie Rooke an, weil er zu glauben schien, der fremde Mann würde seine Worte schon verstehen, wenn sie nur laut genug ausgesprochen wurden.

»Schön, schön, mein kleiner Freund«, sagte Rooke, »aber könntest du mir vielleicht ein paar Wörter schön langsam eins nach dem anderen sagen? Kannst du mir sagen, was das hier ist?«

Er deutete auf sein Ohr, doch der Junge hielt sich die Hand vor seine makellosen Zähne und bog sich vor Lachen. Die Mädchen riefen einander etwas zu, einen Kuddelmuddel von Wörtern, aus dem Rooke keine einzige Silbe identifizieren konnte. Diese Kinder waren offensichtlich noch zu klein und zu verspielt, um einem Mann, mit dem man sich Silbe für Silbe unterhalten musste, von Nutzen zu sein.

Das Mädchen Tagaran war an den Tisch getreten, auf dem der aus seinem Behälter genommene Sextant lag. Als sie danach greifen wollte, streckte Rooke erschrocken die Hand aus, weil er befürchtete, das Gerät könnte beschädigt werden. Höflich wie eine Dame in einem Salon wich Tagaran zurück.

Dann drehte sie sich zu ihm hin und sagte etwas, das wie eine Frage klang.

»Sextant«, sagte er. »Das ist ein Sextant.«

Er bildete mit Daumen und Zeigefinger einen Ring, den er sich vors Auge hielt, und spähte durch diesen hindurch nach oben. Sie sah ihm mit ernster Miene zu und folgte seinem Blick zu den Schindeln.

»Nein, nicht dorthin«, sagte er. »Um den Winkel vom Horizont vertikal nach oben zu den Himmelskörpern zu messen. Der Sonne beispielsweise. Oder dem Mond.«

Sie beobachtete, wie seine Worte verhallten.

»Daniel Rooke«, sagte er dann, »zu deinen Diensten, und du« – er deutete auf sie – »du bist Tagaran. Und deine beiden Freunde, wie heißen die?«

Er wies auf den Jungen und das Mädchen, und Tagaran begriff sofort, was er wollte. Sie sagte etwas zu dem Mädchen und deutete dabei auf Rooke, der sich daraufhin verneigte und auf sich selbst zeigte.

»Daniel Rooke.«

Das Mädchen schien ihn aber weder ansehen noch ihm antworten zu wollen. Sie hatte doch wohl nicht etwa Angst vor ihm?

Vielleicht doch. Groß, männlich, ein Fremder und noch dazu mit unbegreiflichen Hüllen bedeckt: Lappen, Wülste, Mulden und Falten aus einem Stoff, der zwar weich wie Haut, aber trotzdem keine Haut war.

Das Mädchen murmelte ein paar Silben mehr oder weniger in ihre Achselhöhle.

»Würdest du das bitte noch mal sagen?«

Tagaran erkannte die Schwierigkeit. *»Wo-ro-gan. Worogan«*, sagte sie.

Sie hatte schon begriffen, dass man für Rooke jedes neue Wort klar und deutlich Laut für Laut aussprechen musste.

Der Junge hatte überhaupt keine Scheu mehr. Ungeduldig hüpfte er vor Rooke auf und ab und konnte es gar nicht erwarten, bis er an die Reihe kam. Dann probierte er es – sagte etwas, aber viel zu schnell. Tagaran erklärte ihm etwas, woraufhin er das Wort wiederholte, allerdings noch immer nicht langsam genug. Schließlich verstand Rooke: *Bon-e-da*.

Er öffnete sein Notizbuch auf der Seite, auf der schon *Tagaran, der Name eines Mädchens* stand, und tauchte die Feder in die Tinte. Tagaran verfolgte jede seiner Bewegungen so aufmerksam wie bei dem Spiel, bei dem man raten muss, unter welchem Becher die Walnuss ist. Rooke notierte: *Worogan, der Name eines Mädchens. Boneda, der Name eines Jungen*.

Tagaran bedeutete ihm, dass sie die Feder ausprobieren wolle, und so half er ihr, sie in die Tinte einzutauchen. Ihre kleine Hand fühlte sich in seiner eigenen knochig und hart an. Sie malte sorgsam fünf kleine Zeichen untereinander auf das Blatt, dann noch zwei weitere daneben.

Als die schwarzen Zeichen auf dem Papier erschienen, stieß der Junge einen Schrei aus, doch selber ausprobieren wollte er es nicht. Worogan wollte nicht einmal nahe genug herankommen, um es sich anzusehen, geradezu als glaubte sie, in der Feder stecke eine gefährliche Macht.

Rooke hatte sich vorgenommen, seine Wörterliste mit *Teile des menschlichen Körpers* zu beginnen. Also deutete er nun auf seinen Kopf und setzte eine fragende Miene auf.

»Könntest du mir bitte sagen, wie ihr das nennt?«, fragte er.

Tagaran begriff sofort.

»Kubbura.«

Sie wiederholte das Wort so oft, bis er imstande war, es aufzuschreiben und das Geschriebene noch einmal vorzulesen. Danach deutete sie so schnell, dass Rooke ihr nur mit Mühe folgen konnte, auf verschiedene Teile ihres Kopfes und ihres Gesichts, so dass er im Nu die Wörter für Mund, Stirn, Augenbraue und sogar Wimper beisammen hatte. In ihrer Sprache wurden offenbar feinere Unterscheidungen gemacht als im Englischen. Außer *kubbura* gab es noch *ngulu*, die Stirn, *kamura*, den oberen Teil des Kopfes, und *kuru*, den Hinterkopf, was Rooke mit *hind head* übersetzte, obwohl es dieses Wort im Englischen nicht gab, nur ein hinterwäldlerisches Nest zwischen Portsmouth und Greenwich mit diesem Namen.

Am liebsten hätte Rooke gleich mit den Armen und den Beinen, den Füßen und den Händen weitergemacht, hatte jedoch den Eindruck, dass Boneda und Worogan von diesen minuziösen Unterteilungen des menschlichen Körpers bereits genug hatten. Aus Angst, sie könnten schon gleich wieder gehen, nahm er ein Stück Brot in die Hand und tat so, als würde er es essen, woraufhin Tagaran prompt ein Wort sagte, dass wie *patadjiumi* klang – vermutlich *du isst*. Er reichte ihr das Brot und bedeutete ihr, es zu essen. Auch sie tat nur so, als ob, und sagte dabei *patadju*, was wohl *ich esse* hieß.

Oh, sie war wirklich schnell von Begriff!

Es war also eine Sprache mit konjugierten Verben, und der Stamm war vermutlich so etwas wie *pata*. Rookes Brustkorb weitete sich, als brauchte er mehr Platz zum Atmen. Mit einem Satz war er über den einfachen Austausch von Wörtern für bestimmte Dinge oder Wörtern für eine Handlung hinausgekommen. Er hatte bereits das erste grammatikalische Prinzip entdeckt, das erste Mittel, um bestimmte Aussagen zu machen!

Er lehnte sich am Tisch nach hinten und strahlte Tagaran an. Tagaran strahlte zurück. Ihr machte dies eindeutig genauso viel Spaß wie ihm.

Dann spielte er den Kindern zur allgemeinen Belustigung die anderen Verben vor, die er sich bereits auf Englisch notiert hatte und von denen ihm das Pendant noch fehlte. Er ging, er trank, er gähnte, er nieste und kniff sich in den Arm.

Rookes Vorführung war offenbar so amüsant, dass sogar Worogan ihre Scheu verlor. Als Rooke schließlich auf allen vieren kroch, konnten sich die Kinder vor Lachen kaum noch halten. Tränen glänzten auf ihren dunklen Wangen, und Boneda japste und bekam kaum noch Luft.

Dann sank Rooke auf dem Boden zusammen. Er hatte selbst so heftig über die Vorstellung gelacht, wie er da auf dem Boden kroch, dass er einen Krampf in der Seite bekommen hatte. Seltsam, dass er in Gesellschaft dieser drei Kinder, mit denen er kaum ein Wort wechseln konnte, am Ende doch noch lernte, herumzualbern und das Kind zu sein, das er in seiner Kindheit nie gewesen war!

Der Nachmittag wurde noch richtig warm. Die Flöhe in Rookes Jacke waren durch die Wärme munter geworden und bissen ihn. Die Kinder sahen ihm aufmerksam zu, wie er erst den einen und dann den anderen Arm aus den Ärmeln zog und sich aus der Jacke schälte. Als ein Floh heraushüpfte, nahmen ihm die Kinder die Jacke ab und wedelten damit hin und her, bis sie den Floh erwischt hatten und zwischen den Fingernägeln zerknackten.

Rooke blickte Tagaran an und machte mit den Fingern eine Bewegung, als würde etwas von der Jacke wegschnellen.

»Burudu«, sagte sie.

Während er noch unter B *burudu – Floh* eintrug, nahm Tagaran die Jacke in die Hand und sagte ein paar Worte, die seiner Vermutung nach *Wie heißt das?* bedeuteten.

»Jacke. Das ist eine Jacke.«

Sie nickte einmal, und tat dann so, als würde sie ein Kleidungsstück ausziehen.

»Minyin bunilbangadyimi jacket?«

Er war überrascht, wie schnell sie das fremde Wort übernommen hatte. Und sie fragte offenbar: *Warum ziehst du die Jacke aus?*

»Um sie von den Flöhen zu befreien«, antwortete er. *»Burudu.«*

»Ah, Burudin!«

Ihre Frage war beantwortet, sie wollte schon zu etwas anderem übergehen, doch als Rooke einen überraschten Ausruf ausstieß, hielt sie inne. Er wusste nun, dass man in dieser Sprache nicht nur die Verben konjugierte, sondern, wie im Lateinischen und Griechischen, auch die Substantive deklinierte. *Burudu* war der Floh, während *burudin* offenbar *wegen der Flöhe* bedeutete, eine Form des Ablativs.

Ob Galileo sich genauso gefühlt hatte, als er sein Fernrohr auf den Nachthimmel richtete und Sterne entdeckte, die noch niemand zuvor gesehen hatte?

Es war wie ein Tanz zwischen ihnen beiden oder wie die Stimmen der Fuge. Rooke trieb die Sache weiter voran, nahm Tagaran die Jacke ab, legte sie sich über die Schultern und streifte sie gleich wieder ab.

»Wie würdest du das wohl beschreiben, was ich gerade gemacht habe?«, fragte er. »Was für Wörter würdet ihr verwenden, wo ihr doch gar keine Jacken habt?«

Er erwartete gar nicht, dass Tagaran ihn verstand, doch sie ahmte das, was er gerade getan hatte, mit ihrer eigenen imaginären Jacke nach: Sie öffnete die beiden vorderen Jackenhälften, zog sie nach hinten, schob die rechte Schulter nach oben und griff mit der linken Hand um den Rücken herum, um an der Manschette des rechten Ärmels zu ziehen.

»Bunilbanga.«

Rooke wiederholte die Laute, setzte sich hin, um sie aufzuschreiben, doch Tagaran unterbrach ihn dabei.

Sie tat jetzt so, als würde sie eine Jacke anziehen.

»Banga«, sagte sie dann und blickte ihn an, um sich zu vergewissern, ob er sie verstanden hatte.

Dann zog sie die imaginäre Jacke wieder aus. Es war, als hätte sie ihr ganzes Leben lang damit zugebracht, Jacken von ihrem schmalen Körper abzustreifen.

»*Buni.*«

Schlagartig ging Rooke auf, dass *banga* ein Wort wie *machen* oder *tun* war, was genau, das könnte er später klären – und *buni* oder *bunil* das Gegenteil oder die entgegengesetzte Bewegung. Wenn er weiter so schnell vorankam, würde er die Sprache in einem Monat beherrschen!

»Bunilbanga jacket«, sagte er nur um des Vergnügens willen, die Wörter in seinem Mund zu spüren. Ein Lächeln verwandelte Tagarans Gesicht, das mit den dichten Augenbrauen, den vorstehenden Wangenknochen und den tiefliegenden Augen in entspanntem Zustand ernst wirkte.

»*Budyeri karaga*«, sagte sie, wobei sie die Wörter deutlich voneinander getrennt aussprach, damit er sie verstand.

Karaga war der Mund. Und *budyeri* war eins der Wörter aus Silks Liste. Sie sagte also *guter Mund*, was wohl nur die Bedeutung *Du sprichst gut* haben konnte.

Er war selbst verwundert, wie sehr er sich über ihr Lob freute.

Als die Sonne langsam unterging, nahmen die Frauen ihre Säuglinge auf den Arm und riefen nach den Kindern. Worogan und Boneda folgten ihnen sofort, und auch Tagaran wollte schon hinterherlaufen, da streckte Rooke schnell die Hand aus, um sie zurückzuhalten.

»Morgen?«

Er legte die Hände abwechselnd übereinander.

»Kommst du morgen wieder?«

Sie machte es ihm nach, sagte etwas und gestikulierte dazu. Er hoffte, sie sagte: *Ja, ich verstehe, ich komme morgen wieder*. Als sie fertig waren mit Gestikulieren, blickten sie einander an. Er öffnete den Mund, um ihr noch etwas zu sagen. Doch was hätte er ihr sagen sollen, und wie sollte sie es überhaupt verstehen?

In diesem Moment rief ihr Worogan von den Felsen her etwas zu, sie drehte sich um und antwortete ihr, und der Augenblick war vorüber.

Er winkte ihnen von der Tür aus nach.

»Goodbye! Auf Wiedersehen!«

Und alle erwiderten sie den Gruß: die Frauen, die Mädchen, der Junge. Selbst als sie schon längst hinter den Felsen verschwunden waren, konnte er Bonedas klare Stimme noch hören: *Goodbye, goodbye, goodbye!*

Abends beim Ausziehen seiner Schuhe konnte er sogar im schwachen Licht des Kamins erkennen, wie schmutzig seine Füße waren. Jeder einzelne Zeh hatte einen dunklen Hof. Das musste von den Schuhen kommen, dachte Rooke. Die Zehen der Eingeborenen – so gerade wie die Finger einer Hand – waren nicht schmutzig. Statt sich in den Schuhen zu sammeln, fiel der Staub wohl einfach von den Füßen ab.

Als er seine Waschschüssel holte und im Kessel Wasser

erhitzte, sann er darüber nach, wie wunderbar doch alles geregelt war. Wenn man über eine Annehmlichkeit wie Schuhe verfügte, verfügte man auch über Schüsseln mit warmem Wasser. Hatte man aber keine Schuhe, war auch kein Schmutz da, für dessen Entfernung man Schüsseln mit warmem Wasser brauchte.

Was hieß bei ihnen *Fuß*? Nächstes Mal würde er Tagaran fragen. Und dann sollte er sie besser auch gleich nach dem Plural fragen, falls der in ihrer Sprache wie im Englischen ebenfalls unregelmäßig war. Er sah sich schon allen Ernstes »Füße!« hinzufügen, nur um zu zeigen, was für ein guter Schüler er war. Ihm war aufgefallen, dass Tagaran und Worogan manchmal bewusst vermieden, einander anzusehen, und stattdessen auf den Boden blickten. Er fragte sich jetzt, ob sie das vielleicht aus Höflichkeit taten, um ihn nicht auszulachen.

Er legte sich auf sein Feldbett und zog die Kerze dicht genug heran, um lesen zu können. *Und wer mich bei einer Unwissenheit ertappet, der kann mir nichts anhaben. Ich gehe, wie es mir einkömmt.*

Montaigne würde es hier bestimmt gut gefallen, dachte er, fast genauso gut wie ihm selbst.

*

»Morgen« war für die Cadigal eindeutig ein sehr dehnbarer Begriff. Eine Woche verging, und wer Rooke als Erster besuchte, war Silk. Seine weltmännische Miene war ausnahmsweise einmal vor Ärger verkniffen.

»Lennox hat in der Garnison von Rose Hill seine Zeit abgeleistet«, sagte er ohne Einleitung. »Mehr als seine Zeit, was er dem Gouverneur auch lautstark zu verstehen gegeben hat.«

Rooke hatte das Gefühl, etwas nicht mitbekommen zu haben.

»Zeit? Lennox?«

»Ja, und Gosden, der arme Teufel, hat Lungentuberkulose, und sein Zustand verschlechtert sich stetig. Hat seit zwei Wochen das Bett nicht mehr verlassen. Folglich bleibt kein anderer Marinehauptmann mehr außer mir! Ist das nicht unglaublich?«

»Wie meinst du …?«

»Rose Hill, Rooke, zum Donnerwetter, in Rose Hill wird ein Hauptmann gebraucht, und falls Seine Exzellenz sich nicht bald an dich oder einen anderen Leutnant wendet, bleibe nur ich. Lennox sagt, er habe mehr als seinen Teil zur Arbeit zur Kornkammer der Kolonie beigetragen. Ich muss ihm zugestehen, dass er damit nicht unrecht hat, denn die Farmen sind unter seiner Verwaltung tatsächlich prächtig gediehen.«

Durch die Tür hindurch konnte Rooke ein Stück des

Weges sehen. Er hoffte inständig, die Eingeborenen würden nicht gerade jetzt zu Besuch kommen.

»Seine Exzellenz findet es ebenfalls bedauerlich«, fuhr Silk fort. »Doch es ist so, wie er sagt, ihm sind die Hände gebunden, er kann nun mal keinen Mann von niedrigerem Dienstgrad dorthin schicken.«

»Na, wer weiß, Silk, vielleicht bringt's dir eine Beförderung ein.«

»Ja«, sagte Silk ohne Begeisterung. »Vielleicht. Ich hoffe es. Ich halte es sogar für wahrscheinlich.«

Rooke wusste, dass er ein Jahr zuvor bei dieser Vorstellung noch Neid verspürt hätte. Der Dienstgrad: Irgendwo ganz weit hinten war ihm klar, dass es von Belang war, doch jetzt ließ ihn das völlig kalt.

»Verweigern kann ich mich nicht, ich kann nur hoffen, dass ich nicht allzu lang dort bleiben muss. Meine Erzählung macht gute Fortschritte, langsam komme ich richtig in Fahrt und muss bei aller gebotenen Bescheidenheit sagen, dass sie teilweise regelrecht – nun ja, ich kann sie nur als *brillant* bezeichnen. In Rose Hill hingegen werde ich leider nicht genügend Material bekommen. Was soll dort Interessantes passieren mit hundert stumpfsinnigen, im Boden wühlenden Sträflingen und zwanzig noch stumpfsinnigeren Soldaten als Bewacher?«

In diesem Moment kam ihm offenbar ein Gedanke, der seine Stimmung etwas aufhellte.

»Es sei denn, die Sträflinge würden einen Aufstand machen oder die Eingeborenen einen Überfall!«

Sein Tonfall verriet, dass er die Vorstellung selbst für absurd hielt.

An diesem Punkt hätte Rooke eigentlich ganz beiläufig einwerfen können: *Ach, übrigens, Silk, wo du gerade von Eingeborenen sprichst – neulich waren welche bei mir zu Besuch.*

Er holte schon Luft, um es zu sagen, ließ es aber bleiben. Was sich kürzlich bei ihm ereignet hatte, war mehr gewesen als nur *ein Besuch von ein paar Eingeborenen*. Er wusste selbst nicht, was genau es war und weshalb er niemandem davon erzählen wollte. Nur, dass es etwas Persönliches war. Zwischen ihm und Tagaran entwickelte sich irgendetwas. Wenn es unter dem wachsamen Blick von Silk wachsen müsste, würde es womöglich eine Totgeburt werden, fürchtete Rooke.

»Ich hoffe für dich, dass es keinen Aufstand geben wird. Auch keinen Überfall«, sagte Rooke. »Und ich hoffe, dass du bald wieder zurückkehren wirst. In die Zivilisation.«

Doch wenn Rooke ganz ehrlich mit sich sein wollte, war es nicht *Hoffnung*, was er empfand, sondern Erleichterung. Er würde seine Halbinsel und was immer sich darauf abspielen würde, für sich allein haben.

Silk nahm nicht wahr, dass seinem Freund Gedanken durch den Kopf gingen, die er nicht laut aussprach. Für ihn war das Thema Rose Hill nun beendet, und er schnitt ein anderes Thema an.

»Du hast bestimmt mitbekommen, dass die *Sirius* für einige Zeit nach Norfolk Island geschickt werden soll, oder? Mit deinem Freund Leutnant Gardiner.«

»Norfolk Island?« Rooke war schockiert. »Gardiner soll dorthin?«

»Allerdings«, entgegnete Silk. »Morgen wird Kapitän Barton die Segel setzen. Weil diese Insel offensichtlich fruchtbarer ist als diese Bucht, soll die *Sirius* einen Teil der Sträflinge dorthin verfrachten, damit hier weniger Mäuler zu stopfen sind … Mir ist klar, dass du Gardiner vermissen wirst, Rooke, aber du meine Güte, du siehst aus, als hättest du gerade ein Gespenst gesehen!«

»Ja«, sagte Rooke. »Das heißt, nein. Das heißt, ich bin überrascht, weiter nichts.«

Gardiner ist Leutnant der Navy, sein Schiff segelt nach Norfolk Island, weiter nichts, versuchte er sich zu beruhigen. Das war in seinem Beruf eine ganz normale Aufgabe und nicht etwa eine Verbannung oder Bestrafung.

Doch wie das manchmal in Träumen geschieht, waren in seinem Kopf zwei verschiedene Gedanken miteinander verschmolzen: Gardiners riskante Freimütigkeit und die wie eine Fahrt ins Exil erscheinende Abkommandierung.

»Auch für mich ist es enttäuschend«, fuhr Silk fort. »Wie du weißt, hatte ich gehofft, aus dem guten Leutnant Einzelheiten über jenen Vorfall herauszubekommen, bei dem er dabei war. Aber genau wie du, Rooke, hat er ein besonderes Geschick, sich zu verdünnisieren.«

Sich zu verdünnisieren. Rooke hatte sich dafür beglückwünscht, dass ihm dies gelungen war, doch die Nachricht über Gardiner machte ihm wieder bewusst, wie schnell es damit vorbei sein könnte. Er hatte sich innerlich schon ziemlich weit von *dienen und gehorchen* entfernt. Er hatte sich eingebildet, sein eigener Herr zu sein, der mit beiden Händen von diesem neuen Ort Besitz ergriff und sämtliche dort vorhandenen Türen selbst öffnete. Doch New South Wales war keine offene Tür, und er war auch nicht sein eigener Herr. New South Wales war der Besitz von König Georg dem Dritten. Nach der Ernennung des Gouverneurs zu dessen Stellvertreter hatte James Gilbert die Oberherrschaft über jeden Mann, ob schwarz oder weiß, jeden Gegenstand, ob groß oder klein, und über alles, was in seinem Königreich stattfand.

Rooke war sich nicht bewusst, sein Handeln geplant zu haben, doch er beabsichtigte offenbar, alles, was sich auf seiner abgeschiedenen Landspitze zutrug, für sich zu behalten: die Besuche, die Notizbücher, das Gefühl, dass ihm ein Geschenk zuteil geworden war. Diese Geheimhaltung konnte allerdings Folgen haben. Er wusste nicht, was für welche das sein könnten, doch während er Silk nachblickte, als dieser den Pfad hinaufstieg, wusste er, dass dieses Paradies wie jedes andere Paradies endlich war.

*

Rooke kannte inzwischen auch die Namen einiger der Frauen, die mit den Kindern auf seine Landspitze kamen. Zumindest glaubte er, dass die Wörter, die er benutzte, ihre Namen waren. Barringan war die stattliche, hochgewachsene Frau, die am ersten Tag in die Hütte gekommen war; ob sie Bonedas Mutter oder seine Tante war, hatte er noch nicht herausbekommen. Die alte Frau, zweifellos eine Autoritätsperson, hieß Mauberry; für Rooke jedoch war sie »die Oma«, weil sie ihn mit ihrer energischen Art und ihrer trockenhumorigen Miene an seine Großmutter erinnerte.

Diese Frauen und ein paar andere, die nur ab und zu mitkamen, grüßten ihn bei ihrer Ankunft, ließen sich dann aber mit ihren Säuglingen ein Stück weit entfernt am Lagerfeuer nieder. Während sie dort saßen, fertigten sie aus gewölbten Muschelschalen Angelhaken und drehten aus Borkenfasern Angelschnüre. Sie hielten die faserige Schnur in die Höhe und nannten ihm dabei den Namen – *dturaduralang* –, hauptsächlich, argwöhnte Rooke, um sich darüber amüsieren zu können, wie er es nachzusprechen versuchte.

Er dachte an seine Schwestern, die als Säuglinge stets wie Päckchen in Kleidungsstücke und Tücher eingewickelt gewesen waren, aus denen, wenn die Kleinen in ihrer Holzwiege lagen, nur das Gesicht und die Finger herausgeschaut hatten. Soweit er wusste, hatten sie niemals nackt auf den bloßen

Oberschenkeln ihrer Mutter gelegen wie diese Kinder hier. Als er es zum ersten Mal gesehen hatte, war er schockiert gewesen, doch inzwischen fragte er sich, ob ein Schoß nicht genau dazu da war, eine lebende Wiege zu bilden, in der ein Säugling selbstvergessen schlummern konnte.

Manchmal ging Warungin an der Spitze der kleinen Prozession, wenn sie die Felsen hinabgestiegen kam. Setzte er sich neben Rooke auf den Erdboden vor der Hütte, blieben die Kinder etwas auf Abstand. Manchmal konnte es eine halbe Stunde dauern, bis Warungin etwas sagte. Wenn Rooke ein paar seiner neu gelernten Wörter ausprobierte oder einen Gegenstand in die Höhe hielt und wissen wollte, wie er hieß, veränderte Warungin ein wenig seine Sitzhaltung, sagte aber nichts. Für ihn schien es nicht peinlich zu sein, wenn man schwieg.

Rooke kam es vor, als blickte er in eine Art Spiegel. Bei seinen Landsleuten war er derjenige, der andere mit seinem ewigen Schweigen unruhig werden ließ. Zu lernen, nichts weiter zu tun, als einfach nur dazusitzen, war irgendwie befreiend.

Gelegentlich brachte Warungin auch ein paar andere Männer mit. Stumm und unbeachtet wie ein Kind saß Rooke dann bei ihnen, während sie so schnell miteinander sprachen, dass er keinen einzigen Laut identifizieren konnte, der zu einem Wort gehörte, das er bereits kannte. Im Beisein anderer hatte Warungin nicht diese schroffe Art, sondern unterhielt die Männer mit langen Geschichten. Er war ein ausgezeichneter Imitator. Mehr als einmal erkannte Rooke Major Wyatt, so perfekt ahmte Warungin dessen Wutausbrüche nach, oder den armen Gosden mit seinem quälenden Husten.

Er fragte sich, ob Warungin zur Belustigung der Männer

wohl auch Mr. Rooke nachahmte, wie er sich beim Versuch, ein neues Wort auszusprechen, die Zunge verrenkte.

Hin und wieder war Warungin auch von sich aus bereit, Rooke Sprachunterricht zu geben. Dann breitete er gleich bei seiner Ankunft alle seine Geräte und Waffen auf dem Boden aus: den Speer mit den Widerhaken an der Spitze, den Speer mit der glatten Spitze, den Fischspeer mit den vier scharfen Spitzen, das schwertartige Wurfholz, an dessen Ende mit Harz eine Austernschale befestigt war. Stück für Stück brachte er Rooke die Namen bei. *Dooul*, der Speer mit den zwei Widerhaken. *Wudang*, die aus Knochen gefertigte Speerspitze. *Yelga*, der Widerhaken eines Speers. *Yara*, das Schärfen der Spitzen eines Fischspeers, der *muting* hieß. Rooke, der stets einen Bleistift in der Hand hielt und sein Notizbuch neben sich liegen hatte, spürte, dass Warungin die Aufschreiberei missfiel. Dennoch wiederholte dieser die Worte geduldig ein ums andere Mal und hielt dabei die jeweiligen Gegenstände in die Höhe, bis sein Schüler begriff.

Sobald Warungin seine Waffen wieder einsammelte und sich zum Aufbruch anschickte, kamen die Kinder herbei. Tagaran, Worogan und Boneda waren fast immer da, manchmal noch zwei andere Mädchen mit Namen Tugear und Ngalgear, die sich verblüffend ähnlich sahen und möglicherweise Schwestern waren. Die Kinder amüsierten sich köstlich über Rookes Versuche, die beiden auseinanderzuhalten, Boneda musste einmal so heftig lachen, dass er sich nass machte. Rooke fand es bemerkenswert, dass dies niemandem peinlich war. Es war einfach nur das krönende Element der Komödie, eine Art Würdigung.

Wenn er neben Warungin saß, kam Rooke sich wie ein Schüler vor, mit den Frauen wechselte er aus Höflichkeit ein paar Worte, die Gesellschaft der Kinder machte ihm Freude, doch richtige Gespräche führte er nur mit Tagaran. Sie besuchte ihn nie allein, doch die anderen Kinder hatten von den Wörterspielen der beiden immer schnell genug. Sie verstanden nicht, weshalb Rooke sich nicht damit zufrieden gab, ein Wort zu verstehen, sondern es sich so oft wiederholen ließ, bis er es aufschreiben konnte. Nach einer Weile verzogen sich die anderen Kinder stets und ließen Rooke und Tagaran allein.

Irgendwann – wann genau, konnte Rooke nicht sagen – hatte Tagaran ihm einen Namen gegeben: *kamara*. Er vermutete, dass es so etwas Ähnliches wie *mein Freund* bedeutete. Er wusste nicht, ob sie die Engländer das Wort *comrade*, Kamerad, hatte sagen hören oder ob beide Sprachen rein zufällig ein ähnliches Wort dafür hatten. Er wusste so vieles nicht.

Tagaran war von den Kindern zwar die Älteste, doch war das nicht der einzige Grund, weshalb sie eindeutig die Anführerin war. Rooke hatte in allen Bereichen des Lebens immer wieder beobachten können, dass es Menschen mit einer starken Persönlichkeit gab, die ihnen eine natürliche Autorität verlieh. Das hatte nichts mit dem Rang oder der sozialen Stellung zu tun: Dem Gouverneur beispielsweise fehlte diese Eigenschaft. Rooke wusste, dass sie ihm selbst auch fehlte, Silk hingegen verfügte darüber, Gardiner ebenfalls.

Und Tagaran auch. Sie hatte eine blitzschnelle Auffassungsgabe, doch es war mehr als nur Intelligenz. Es war auch nicht nur auf ihr energisches Wesen zurückzuführen, die Bestimmtheit, mit der sie den anderen Kindern Befehle zurief. Es war ein furchtloses Sicheinlassen auf die Welt.

Sie wurde es nie müde, ihm Wörter beizubringen oder selbst die englische Entsprechung zu lernen. Wie Warungin konnte sie andere lebensecht parodieren und genoss offensichtlich jedes Mal den Augenblick, wenn sie merkte, dass Rooke sie verstanden hatte.

Als drüben am Lagerfeuer bei den Frauen ein Säugling weinte, sagte sie *breado tunga*, es schreit nach Brot. Als Rooke ihr welches gab – fast sein gesamtes Abendessen, doch dass er jetzt hungern musste, sagte er ihr nicht –, damit sie es dem Kind brachte, zupfte sie den Teig heraus und sagte dabei ein Wort, das seiner Vermutung nach *weich, für ein Kind leicht zu essen* bedeutete, im Gegensatz zu der steinharten Kruste, die sie als *hart, im Sinne von schwer zu zerbrechen* bezeichnete.

Tagaran brachte ihm die Wörter für *Bauch*, *Rücken*, *Haut* und das *Furunkel* auf seinem Arm bei und ein Wort, das entweder *der Finger, die Finger* oder *die Hand* bedeutete. Er lernte die Wörter für *Gras* und für *Sand*, möglicherweise bedeutete es aber auch *Staub* oder *trockene Erde*. Er notierte sich die Wörter, die Tagaran ihm sagte, als sie sein Klappmesser in die Höhe hielt, die vermutlich *Was* oder *Was ist das* bedeuteten, außerdem die Wörter, die sie sagte, als er das Messer auf- und wieder zuklappte – wahrscheinlich *Zeig es mir* oder *Lass mich mal sehen*. Als Boneda einen Holzklotz über den Boden rollte und die anderen Kinder ihn mit Kieselsteinen bewarfen, sagte sie zu Rooke, das sei *karagadyera*. Der Holzklotz? Das Herumrollen? Er war sich nicht sicher, schrieb das Wort aber auf.

Um schneller schreiben zu können, benutzte er nach einer Weile statt Feder und Tinte einen Bleistift. Er kritzelte damit Wendungen wie *Mach die Tür auf* und *Ich stelle es aufs Feuer*, außerdem ein Wort, mit dem entweder *die Achselhöhle* oder vielleicht auch *kitzeln* gemeint war – Tagaran und Worogan waren vor lauter Lachen nicht in der Lage gewesen, es ihm zu erklären. Um mitzukommen, beschränkte sich Rooke darauf, von der englischen Entsprechung nur so viel zu notieren, wie nötig war, um sich später ins Gedächtnis rufen zu können, was gemeint war. Als sie einmal von der Sonne sprachen – Tagaran beschwerte sich, dass er direkt davor stand und sie keine Wärme abbekam –, verwendete er aus Gewohnheit das astronomische Symbol für die Sonne, einen Kreis mit einem Punkt in der Mitte. Als sein Bleistift im Eifer des Notierens zersplitterte, verfolgte sie mit größter Aufmerksamkeit, wie er ihn mit einem Stück Schnur zusammenband.

Eine so hektische Arbeitsweise war Rooke nicht gewohnt. Selbst ein Planet, der recht schnell die Position veränderte, ließ einem genügend Zeit für gewissenhafte Aufzeichnungen. Ohne langes Nachdenken blindlings draufloszuschreiben, war für ihn ein so schwindelerregendes Hochgefühl wie ein Rausch.

Der Sprachaustausch verlief in beiden Richtungen. Ohne dazu Notizbücher oder mit Schnur reparierte Bleistifte zu brauchen, hatten die Eingeborenen bereits nicht nur viele englische Wörter gelernt, sondern sie sogar in ihre Sprache übernommen und ihren Grammatikregeln angepasst. *Bread* – Brot – hieß nun *breado*, nicht einfach nur ein ausgeliehenes Wort, sondern ein zu eigen gemachtes.

Als Rooke eines Tages ganz automatisch genauso verfuhr, hatte er das Gefühl, eine weitere Grenze überwunden zu haben. Zu einer Unterrichtsstunde aufgelegt, hatte Warungin ein Wurfholz – *womera* – mitgebracht. Er zeigte Rooke, wie er kürzlich die mit Harz befestigte Muschelspitze – *kaadian* – ausgewechselt hatte. *Kaadianmadiou*, sagte er, und Rooke schrieb es auf: *kaadianmadiou*, *I kaadianed it – ich habe es kaadianiert.* Erst nachdem er dies aufgeschrieben hatte, wurde ihm bewusst, was er getan hatte. *I kaadianed it* – ein Satz, den es im

Englischen bislang noch nicht gegeben hatte. Er lernte nicht nur eine andere Sprache, sondern erweiterte auch seine eigene. Eine Grenze war überschritten und ausgelöscht worden. Die beiden Sprachen vermengten sich miteinander wie Tinte mit Wasser.

*

Eines Nachmittags kam Tagaran mit Gänsehaut am ganzen Körper in die Hütte gestürmt; Wassertropfen glitzerten auf ihrer Haut und im Haar. Rooke, der gerade am Tisch saß, stand auf, doch sie stieß ihn mit ihrer nassen Hand zur Seite.

»*Ngyinadyiminga!*«

Er begriff sofort, dass sie *Du stehst zwischen mir und dem Feuer!* sagte, und trat zur Seite. Zitternd und mit blauen Lippen drehte sie sich vor den Flammen um sich selbst. Rooke legte Holz nach und blies ins Feuer, bis es hell loderte.

»*Bogidiou*«, sagte sie, und weil *bogi* baden oder schwimmen bedeutete, folgerte Rooke, dass es *Ich habe gebadet* hieß.

»Mein liebes Kind, das ist aber kein Badewetter!«

Tagaran konnte seine Worte unmöglich genau verstanden haben, doch Rooke sah ihr an, dass sie am Tonfall den großen Bruder heraushörte, der glaubt, alles besser zu wissen. Sie warf ihm einen genauso verärgerten Blick zu, wie es Anne getan hatte, wenn er ihr an einem kalten Morgen riet, sich ihr wärmeres, aber hässlicheres Schultertuch umzulegen.

Obwohl das Feuer im Rauchabzug nur so prasselte, hörte Tagaran nicht auf zu zittern, daher nahm Rooke seine Jacke vom Haken und legte sie ihr um die Schultern. Einen kurzen Moment lang spürte er ihre schmalen Schultern unter seinen Händen, spürte das Leben in ihr, ihr atmendes Ich unmittelbar neben sich. Tagaran machte eine Drehbewegung wie bei einem

Menuett, fasste die Jacke am Kragen, zog sie wieder herunter und gab sie ihm zurück.

Sofort bereute er die flüchtige Berührung ihrer Schultern. Tagaran mochte ihm wie eine kleine Schwester vorkommen, aber sie war nicht seine Schwester. Er hätte es ihr gerne erklärt: *Du erinnerst mich an meine kleine Schwester*. Doch reichte das aus, um diese vertrauliche Geste zu rechtfertigen?, fragte er sich sogleich. Wie würde denn er selbst reagieren, wenn sich ein Eingeborener, Warungin zum Beispiel, so dicht neben Anne gestellt und ihr die Hände auf die Schulter gelegt hätte?

Er wich ein Stück zurück.

»Es tut mir leid.«

Vielleicht ließ sich die Situation ja noch retten. Er hängte die Jacke zurück an den Nagel, wobei er sich mehr Zeit ließ, als eigentlich dazu nötig war, und stellte sich an die Tür, so weit von Tagaran entfernt, wie es in der Hütte möglich war.

Nachdem sich Tagaran vor dem Feuer noch einmal um sich selbst gedreht hatte, blieb sie mit dem Rücken zu den Flammen stehen und blickte ihn an. Er sah, wie sie überlegte, während ihr Blick von der an der Wand hängenden Jacke zu dem Mann wanderte, der mit verschränkten Armen am anderen Ende des Raumes stand.

»*Goredyu tagarin*«, sagte sie, wobei sie so tat, als zitterte sie, und dabei Gesten zum Feuer und zu der Jacke hin machte. Offenbar wollte sie Rooke klarmachen, dass ihr schneller warm wurde, wenn sie nackt blieb.

Was, wie ihm nun aufging, auch stimmte. Und es bewies, dass sie mehr über die Logik von nasser Haut und wärmendem Feuer wusste als seine eigene Welt mit ihren unzähligen Kleidungsstücken. Es erklärte auch, weshalb sie sich der Beinahe-Umarmung entwunden hatte. Darüber hinaus versuchte sie ihm noch etwas anderes zu erklären, ging Rooke auf. Sie hatte seine Beklommenheit bemerkt und begriffen, was der Grund dafür war.

Trotzdem war es ihm immer noch peinlich. Zu allem Übel errötete er sogar. Er spürte, wie es ihn heiß durchströmte und ihm die Haut brannte. Er ging zum Tisch hinüber, legte mit geflissentlicher Geschäftigkeit sein Notizbuch und seine Feder zurecht und begann zu schreiben.

Goredyu tagarin, ich mehr (d.h. ich nehme mehr) von Kälte, d.h. die Kälte wegnehmen. Als Tagaran dies sagte, stand sie nackt vor dem Feuer, und ich wollte, dass sie etwas anzog, worauf sie sagte, Goredyu tagarin, was genau bedeutet, ich will länger nackt bleiben, damit mir schneller warm wird, weil man unbekleidet das Feuer besser spürt, als wenn es Kleider durchdringen muss.

Das war zwar ziemlich umständlich formuliert, doch nachdem er all dies geschrieben hatte, war er nicht mehr rot im Gesicht, und Tagaran zitterte nicht mehr.

Sie begleitete ihn zu der kleinen Mulde, die er unterhalb einer Stelle gegraben hatte, an der Wasser aus dem Fels sickerte. Während Rooke den Kessel mit Wasser füllte, kam Boneda angerannt, um zu sehen, was er da machte. Rooke ließ ihn Wasser schöpfen, bis der Kessel voll war. Als er dann in der Hütte den Kessel aufs Feuer stellte, sahen die Kinder sofort, dass er mehr Reisig brauchte – sie wussten genau dasselbe, was ihm schon seine Großmutter gesagt hatte: *kleine Zweige brennen am besten* –, und im Nu hatten sie das Feuer zum Lodern gebracht und das Wasser erhitzt.

Rooke trug den Wasserkessel hinaus und stellte ihn auf den Baumstumpf, auf dem seine Emailschüssel und der Regenmesser standen. In dem gespaltenen oberen Ende eines Stocks, den Rooke senkrecht in den Baumstumpf getrieben hatte, klemmte sein Spiegel, und Rooke begann nun sein Rasierritual, das die Kinder stets fasziniert verfolgten: das Abziehen der Klinge am Streichriemen, das Anrühren von Seifenschaum mit dem Rasierpinsel und wie er wegen des schiefen Spiegels den Kopf schräg halten musste, wenn er mit der Klinge durch den weißen Schaum strich. Worogan deutete auf Rookes Nase, die frei von Seifenschaum war.

»*Minyin bial kanga?*«, fragte sie, warum wäschst du diesen Teil nicht?

Worogan, die ihre anfängliche Scheu verloren hatte, warf Tagaran einen verschmitzten Blick zu. Rooke merkte, dass die beiden sich gerade über etwas lustig machten, vielleicht das Rasieren oder seine Nase betreffend oder einfach nur, um einem Mann, noch dazu einem weißen Mann, gegenüber frech zu sein. Damit die Haut straff war, wenn er mit der Klinge darüberstrich, drückte Rooke die Zunge gegen die Wange und blickte dabei mit zusammengekniffenen Augen in den behelfsmäßigen Spiegel. Er wusste, dass er niemals erfahren würde, worüber sich die beiden amüsierten, lächelte aber trotzdem, hauptsächlich mit den Augen, damit ihm kein Schaum in den Mund lief.

Als er mit der Rasur fertig war, klappte er das Rasiermesser zusammen, wischte sich mit dem Handtuch das Gesicht ab und schüttete das Wasser weg. Tagaran hob den Kessel hoch, schüttelte ihn, um ihm anzuzeigen, dass noch ein Rest Wasser darin war, und bat ihn mittels Gesten um Erlaubnis, es in die Schüssel gießen zu dürfen. Dann tauchte sie ihre schmalen Hände hinein. In der weißen Emailleschüssel wirkte das Braun ihrer Haut noch dunkler. Rooke tauchte ebenfalls eine Hand ins Wasser und fand, dass sie, so rosa und voller Sommersprossen, neben ihrer geradezu unfertig aussah.

Er ergriff Tagarans Hände, wusch sie mit der Seife und befeuchtete anschließend, um ihre Toilette komplett zu machen, das Handtuch und wusch ihr das Gesicht. Sie sah ihm bei alldem aufmerksam zu. Mehr als ihr Gesicht zu waschen wagte er nicht: Das Gesicht war etwas Öffentliches, der Körper hingegen, so kindlich er auch sein mochte, Privatsache.

Er reichte Tagaran das Handtuch.

»Wasch dich, komm, wasch dich selbst.«

Sie nahm das Handtuch und tauchte eine Ecke davon in das warme Wasser ein, wie sie es bei ihm gesehen hatte.

Während er sie betrachtete – jede einzelne Gefühlsregung war in ihrem Gesicht wahrnehmbar: ihre Überraschung über das ungewohnte Gefühl von warmem Wasser auf der Haut, Vorsicht, der Spaß, den diese neue Sache machte –, riskierte Rooke einen kleinen Scherz.

»Wenn du dich oft genug wäschst, wirst du irgendwann weiß werden!«

Er wusste nicht, ob Tagaran die Worte verstehen würde oder seinen Versuch, sie gestisch umzusetzen, wobei er so tat, als wasche er seinen Unterarm, und ihn dann neben ihren hielt, die weiße Haut neben die braune. Er fand das einfach nur lustig, dachte, es sei genau die Art alberne Bemerkung, die ein Kind zum Lachen brachte, und dass sie umso witziger war, weil seine eigene Haut neben ihrer so leichenblass wirkte.

Tagaran rieb mit dem Handtuch ein paar Mal über ihren Unterarm, betrachtete ihn prüfend und schleuderte das Handtuch gekränkt zu Boden.

»*Tyerabarrbowaryaou!*«

Was, wie er vermutete, sinngemäß so etwas hieß wie *Ich will aber nicht weiß werden!*

Schmollend schob sie die Unterlippe vor und nahm eine

Pose ein, die Entsetzen ausdrücken sollte. Rooke erschrak und verfluchte sich für seine Ungeschicklichkeit.

Plötzlich zwinkerte sie ihm zu, und er erkannte, dass ihr Entsetzen nicht echt, sondern nur gespielt war. Rooke hatte seine Bemerkung spaßhaft gemeint, und Tagaran hatte den Spaß weitergetrieben und ihm eine ironische Wendung gegeben.

Als sie sah, dass sich seine Gesichtszüge vor Erleichterung entspannten, gab sie ihre schmollende Pose auf und lachte vor Vergnügen über ihr gemeinsames Spiel. Auch Rooke lachte, erstaunt über die Vielschichtigkeit.

Aber es machte ihm auch bewusst, wie leicht etwas falsch laufen konnte. Er musste aufpassen, ermahnte er sich. So harmonisch der Umgang miteinander auch war, er musste alles vermeiden, was missverstanden werden konnte. Zu viel stand auf dem Spiel, und nicht etwa nur das historische Verdienst, als Erster die Sprache der Eingeborenen zu sprechen.

Der Nachmittag ging zu Ende, es begann zu dämmern. Die Frauen am Lagerfeuer nahmen ihre Säuglinge hoch und riefen nach den Kindern, doch Tagaran und Worogan tuschelten miteinander und blickten dabei in Rookes Richtung. Irgendetwas führten sie im Schilde.

»*Matigarabangun nangaba*«, sagte Tagaran, legte die Hand unter ihren zur Seite geneigten Kopf und deutete mit dem Finger der anderen Hand auf den Fußboden.

Nangaba – Rooke hörte darin ein ihm schon bekanntes Wort: *nanga*, der Infinitiv des Verbs *schlafen*. Er kannte bereits die Formen *nangadiou*, ich habe geschlafen, und *nangadiemi*, du hast geschlafen. Ob *nangaba* die Zukunft war? Wollte Tagaran damit sagen, dass sie und Worogan bei ihm in der Hütte schlafen wollten?

Er ging zum Lagerfeuer hinüber und versuchte, sich bei Mauberry und Barringan zu vergewissern, ob er richtig verstanden hatte. Ja, versicherten sie, Worogan und Tagaran wollten und dürften in der Hütte von Mr. Rooke schlafen. Es gab ein großes Gelächter. Rooke machte sich gar keine Hoffnungen, ihren lautstarken Kommentaren folgen zu können, war sich aber ziemlich sicher, dass es dabei um ihn ging. Vielleicht war es ganz gut so, dass er nichts verstand.

Den Reiz, an einem ungewohnten Ort zu übernachten, kannte Rooke aus seiner eigenen Kindheit. Vielleicht war das bei allen Kindern auf der ganzen Welt so. Selbst er hatte als Junge einmal um die Erlaubnis gebettelt, eine Nacht unter der Markise in dem schmalen Garten hinter dem Haus in der Church Street verbringen zu dürfen.

Bis vor kurzem hatte sich Daniel Rooke noch mit dem Kind verbunden gefühlt, das er einmal gewesen war. Nun jedoch kam ihm der kleine Junge von damals wie ein völlig anderer Mensch vor als der Mann, der gerade einer Gruppe lachender nackter Frauen und ihren pummeligen braunen Säuglingen zum Abschied zuwinkte und der an dieser Szene nichts ungewöhnlicher fand, als wären es seine Nachbarn in Portsmouth gewesen.

Er teilte sein Essen mit den Mädchen, wenn er dabei auch den Eindruck hatte, dass sie es hauptsächlich deshalb aßen, weil es für sie etwas Neues war, nicht, weil es ihnen schmeckte. Ein Brocken altbackenes Brot und ein Stück gebratenes Pökelfleisch waren ja auch wirklich nicht gerade Leckerbissen. Als er dann wenigstens noch Süßtee machte – die ledrigen Blätter in den Kessel gab und sie ziehen ließ –, stießen die beiden Mädchen einen überraschten Ausruf aus und sagten etwas, dem er entnahm, dass sie diese Blätter ebenfalls verwendeten.

Sie nannten ihm den Namen der Pflanze, vielleicht waren es auch die Blätter, die so hießen, oder das Getränk: *warraburra*. Es aus Teetassen zu trinken, fanden sie äußerst lustig und befremdlich.

Schlückchenweise trank Rooke seine eigene Tasse *warraburra*. Er mochte dieses Getränk inzwischen lieber als richtigen Tee, fand das leichte Anisaroma, den leicht scharfen, leicht süßlichen Geschmack erfrischend und hatte den Eindruck, dass man davon einen klaren Geist bekam.

Besuch zu haben, war für ihn eine ganz ungewohnte Freude. Hatte er je zuvor Gastgeber gespielt? Rooke konnte sich nicht erinnern. Er hatte sich von New South Wales alles Mögliche erwartet, nicht aber, dass er dort lernen würde, Gäste zu bewirten.

Wo würden sie in der Hütte wohl schlafen wollen? Am Kamin natürlich. Worogan legte sich gleich auf die davorliegende Matte und rollte sich mit dem Gesicht zur Wärme hin ein. Tagaran hingegen deutete auffordernd auf die Decke auf seinem Bett, und so breitete Rooke sie für die beiden auf dem Boden aus. Worogan zögerte zunächst, doch Tagaran forderte sie auf, noch einmal aufzustehen und sich mit ihr auf die Decke zu legen. Was für ein herrisches Kind sie doch war! Rooke hoffte, dass es niemals nötig sein würde, ihr etwas zu verweigern.

Nachdem die beiden zusammengerollt nebeneinander lagen, setzte sich Rooke an den Tisch und schlug sein Notizbuch auf. Er blätterte bis zum Buchstaben *W* und notierte sich das Wort *warraburra, Süßtee*.

Kurz darauf setzte sich Tagaran wieder auf.

»*Boobanga*«, sagte sie. »*Boobanga kamara!*«

Rooke schloss aus ihren Gesten, dass dies eine Bitte war: *Deck mich mit einer Decke zu, mein Freund!*

Er konnte sich nicht vorstellen, dass ihr, die sie keine Decken gewohnt war, die raue Wolldecke auf ihrer Haut behagen würde, unternahm aber gar nicht erst den Versuch, es ihr zu erklären. Tagaran sollte selbst herausfinden, was für ein Gefühl das war, so wie er damals in jener Nacht unter der Markise festgestellt hatte, dass es angenehmer war, im Haus zu schlafen. Vielleicht hatte sein Vater einst die gleichen zwiespältigen Empfindungen gehabt wie er jetzt: Das Bedürfnis, beschützen zu wollen, sich aber aus innerer Überzeugung zurückzuhalten.

Also nahm Rooke seine zweite Decke vom Bett und deckte die beiden Mädchen damit zu. Er hatte es damals unter der Markise im Garten in der Church Street sehr unbequem gefunden, doch hier ging es nicht um Bequemlichkeit. Es ging darum, dass Tagaran spüren wollte, wie sich die Welt des weißen Mannes anfühlte.

Als die Mädchen still dalagen, wandte Rooke sich wieder seinem Notizbuch zu. Wie sollte er die witzige Szene wiedergeben, die sich am Nachmittag zwischen diesem Kind und ihm abgespielt hatte?

Tyerabarrbowaryaou, schrieb er, *heißt soviel wie Ich will aber nicht weiß werden*.

Das mochte zwar stimmen, aber es gab das Geschehene nicht einmal ansatzweise wieder.

Das sagte Tagaran, fügte Rooke hinzu, *wobei sie mit gespieltem Entsetzen das Handtuch auf den Boden warf, nachdem ich ihr gesagt hatte, dass sie weiß werden würde, wenn sie sich wüsche*.

Das war zwar besser als die bloße Übersetzung, aber es ließ die wesentlichen Dinge dieses Augenblicks weg. Was sich zwischen Tagaran und ihm abgespielt hatte, war weit über *Vokabeln und grammatische Formen* hinausgegangen. Es war das Herz, der eigentliche Kern eines Gesprächs; nicht nur die Worte und nicht nur deren Bedeutung, sondern dass zwei Menschen eine gemeinsame Basis gefunden hatten und anfingen, die wahren Namen der Dinge zu entdecken.

Doch wie schrieb man die Wahrheit in ein Notizbuch, wenn die Wahrheit weit mehr war, als Worte oder Handlungen auszudrücken vermochten? Wenn es ihm nicht einmal auf Englisch gelang, das auszudrücken, was zwischen ihnen geschehen war?

Um diese Begebenheit in irgendeiner Weise auf eine Seite Papier zu übertragen, müsste er es ebenso machen wie Silk, sagte sich Rooke. Er müsste gewillt sein, über das Wörtliche hinauszugehen, die Wörter dürften nicht einfach nur beschreiben, sondern müssten ein Eigenleben erhalten.

Nun ja, er war nicht Silk. Die Worte, die er aufgeschrieben hatte, gaben nichts von dem wieder, was sich dahinter verbarg. Der einzige Grund, sie aufgezeichnet zu haben, war der, dass sie ihm als Gedächtnisstütze dienen würden. Er könnte für den Rest seines Lebens diese Worte lesen und sich in dieses *Hier*, dieses *Jetzt* zurückversetzen. Diese glückliche Zeit.

Rooke nahm seinen Mantel vom Haken, um sich auf seinem Bett damit zuzudecken, und griff nach seinem Montaigne. *Über die Daumen*. Er hatte seine wenigen Bücher schon so oft gelesen, dass er sie fast auswendig kannte, doch was er immer wieder mit Vergnügen lesen konnte, war der Essay *Über die Daumen*.

Nachts kam es ihm in der Hütte stets vor, als triebe er darin verloren am Rande des Weltalls. Die von draußen hereindringenden Geräusche, das Rascheln und Scharren, verstärkten die Stille und das Gefühl von Einsamkeit noch. In manchen Nächten hatte er hier draußen das dumpfe Gefühl, der einzige Mensch auf Erden zu sein.

Mit den auf dem Fußboden liegenden Mädchen wirkte der Raum irgendwie verändert. Die Glut sandte ein ruhiges Leuchten aus. In dieser Nacht kam ihm die Hütte vor wie ein heimeliges, auf den nächtlichen Strömungen dahintreibendes Schiff.

Rooke hatte sich diesen Ort bewusst ausgesucht, weil er so abgelegen war, doch jetzt war er froh, einmal nicht allein zu sein. Vielleicht war er ja gar kein so einsiedlerischer Mensch. Das war etwas, was er bislang noch nicht über sich gewusst hatte. Hatte es schon immer in ihm geschlummert, hatte vielleicht bisher nur die richtige Gelegenheit gefehlt, um zum Leben erweckt zu werden? Oder lag da etwas in der Luft von New South Wales, das ihn veränderte?

Als er gerade erst eine Seite über die Daumen gelesen hatte, bemerkte er, dass sich Tagaran auf einen Ellbogen aufstützte und ihm mit schlaftrunkenem Gesicht leise *kamara* zurief.

»*Minyin bial nangadyimi?*«, fragte er bedachtsam. Warum schläfst du nicht?

»*Nyimang blanket, kamara*«, antwortete sie.

Hatte sie wirklich gesagt, *Mach die Decke aus?* Hatte er es doch gewusst! Rooke stand auf und griff nach der Decke, um sie wegzuziehen. Worogan schlief weiter, doch Tagaran hielt die Decke fest und starrte ihn halb verwundert, halb entrüstet an. In ihrem Gesicht spiegelte sich eine rasche Abfolge von Gedanken wider.

»*Kandulin!*«, sagte sie und deutete auf die Kerze.

Es war also das Licht, weshalb sie nicht schlafen konnte.

Weil es normalerweise nicht vorkam, dass sie sich versprach, machte er einen Spaß daraus, indem er sich zur Decke hinunterbeugte und darauf pustete, als wolle er sie ausblasen. Sie verstand den Scherz und lächelte.

»*Tariadyaou*«, sagte sie leise.

Er erkannte, dass es die Vergangenheitsform und ein Teil eines Wortes war, von dem er annahm, dass es so etwas wie *Fehler* bedeutete. Hatte sie gesagt: *Ich habe einen Fehler beim Sprechen gemacht?*

»Ja«, erwiderte er flüsternd und blickte hinunter in ihr Gesicht, das mit der Decke drumherum überaus kindlich aussah. »Aber Irren ist nun mal menschlich.«

Sein Vater hatte solche Dinge zu ihm gesagt, in demselben sanften Ton, den er nun in seiner eigenen Stimme vernahm. Tagaran konnte diese letzten Worte nicht verstanden haben, dachte er, doch sie schloss die Augen, um zu schlafen.

Rooke kroch wieder unter seinen Mantel und blies die Kerze aus. Er musste über die Vorstellung *die Decke ausmachen* lächeln. Einen Fehler zu machen, war ganz untypisch für Tagaran, aber es war auch untypisch für ihn, einen Fehler in etwas Scherzhaftes umzuwandeln.

Nun ja, es war vielleicht untypisch für Leutnant Daniel Rooke, aber für den Menschen, den Tagaran *kamara* nannte, schien es so natürlich zu sein wie das Atmen. Dieser *kamara* musste schon immer existiert haben, dachte Rooke, doch ohne Tagarans Auftauchen in seinem Leben wäre er wohl noch immer stumm.

Rooke lag auf der Seite und lauschte dem leisen Knacken der zusammenfallenden Glut und den ruhigen, unbewussten Atemzügen der Mädchen. Er konnte erkennen, wie sich die Wölbung ihrer gemeinsamen Silhouette senkte und hob. Ein Arm von Tagaran schaute unter der Decke hervor, die gewölbte Hand mit der Innenseite nach oben gedreht.

Er spürte – ja, was? – vielleicht eine Art Wärme in der Brust? Er vermochte das Gefühl weder zu lokalisieren noch zu benennen, wusste nur, es hing damit zusammen, dass sich Tagaran hier unter seinem Dach befand, mit dieser vertrauensvoll ihm zugewandten Hand.

Das Licht, das die Glut ausgesandt hatte, war erloschen. In der Hütte war es vollkommen finster. Rooke wusste, dass der Vollmond bald aufgehen würde. Wie in so vielen anderen Nächten stand er auf und hüllte sich in seinen Mantel. Heute würde er den Mond nicht mit den Augen des Astronomen betrachten, sondern mit den Augen eines Menschen, der nicht einschlafen kann. Er tastete sich in Richtung Tisch vor, holte die Brandyflasche vom Regal, goss sich fast nur nach Gehör etwas ein und nahm das Glas mit hinaus.

Draußen war alles in tiefes Schwarz gehüllt. Nur der Hafen hatte eine andere, veränderliche Schwärze. Allein ein Astronom, der wusste, wohin man blicken musste, konnte den schwachen Schein am Horizont wahrnehmen. Gewohnt, im Dunkeln zu sitzen, bis an einer bestimmten Stelle am Himmel ein Licht erschien, wartete Rooke. Der Brandy wärmte ihn, minderwertiger Brandy von herbem Geschmack, aber etwas, was er sich nicht oft genehmigte.

Anfangs war vom Mond nur ein Lichtstreifen am Horizont zu sehen. Rooke sah zu, wie der Mond langsam höher stieg, bis von der runden Scheibe nur noch ein kleiner Teil fehlte. Am Horizont dehnte er sich, schien sich flachzumachen und an die Erde zu klammern, als wolle er nicht aufsteigen.

Es war lediglich eine atmosphärische Erscheinung, und eigentlich sehr verwunderlich, dass der menschliche Geist so konstruiert war, dieses Phänomen als etwas Schönes zu empfinden. Die Ursache dieser Erscheinung zu kennen, machte den Anblick nur noch schöner. Während ihm Moskitos um die Ohren surrten, wartete Rooke gebannt auf den Moment, in dem die gedehnte flüssige Masse aufbrechen würde und den Mond allein durch den indigofarbenen Weltraum segeln ließ.

Tagaran hatte ihn an diesem Tag wieder gelobt: *kamara budyeri karaga*, hatte sie gesagt, *kamara spricht gut*. Es gefiel ihm, *kamara* genannt zu werden.

Wenn Rooke etwas nicht gleich begriff, warf sie ihm von der Seite einen ganz bestimmten verschmitzten Blick zu. Bis auf seine Schwester war Tagaran auf der ganzen Welt der einzige Mensch, der ihm zutraute, über sich selbst lachen zu können.

Vielleicht war das so, wenn man eigene Kinder hatte und mit ihnen in einer Atmosphäre unbeschwerter Ausgelassenheit lebte. Rooke ging davon aus, dass er, wie die meisten Männer, irgendwann heiraten würde. Wenn es dazu käme und er Kinder hätte – was er sich im Augenblick noch nicht vorstellen konnte –, würde er sich hieran erinnern. Rooke versuchte sich auszumalen, wie er seinen Kindern diese Geschichte erzählte. *Und einmal haben die beiden Eingeborenenkinder in meiner Hütte übernachtet.*

Rooke dachte, es gab vielleicht gar keine Worte für das, was zwischen ihm und Tagaran geschah. Genauso wie die Sprache der *Cadigal*, die er mühsam Wort für halb verstandenes Wort lernte, lag die Sprache der Gefühle, die er für sie empfand, außerhalb seiner geistigen Fassungskraft. Er musste blind und vertrauensvoll alles Weitere auf sich zukommen lassen.

Vielleicht lag es am Brandy, dass Rooke, während er dort draußen im bleichen Mondlicht saß, ein euphorisches Glücksgefühl empfand.

*

Von Rose Hill schickte Silk Nachrichten an Rooke, in denen zu lesen stand, dass die Kornkammer der Kolonie sogar noch ereignisloser und stumpfsinniger sei, als er befürchtet habe. Das Einzige, was ihm diese Wochen eingebracht hätten, seien Kenntnisse über den Ackerbau, auf die er gerne hätte verzichten können. Wenn der Gouverneur ihn nicht bald wieder zurückrufe, schrieb Silk, bleibe ihm nichts anderes übrig, als sich ein schmerzloses, aber arbeitsunfähig machendes Gebrechen zuzuziehen, um in die Zivilisation von Sydney Cove zurückkehren zu können.

In Silks Händen verwandelte sich sogar nicht vorhandenes Material in Erzählstoff. Bei der Lektüre dieser Briefe fragte sich Rooke, ob Silk für seine Geschichte wohl eine Abschrift davon gemacht hatte. Oder erwartete er etwa, dass Rooke seine Schreiben aufbewahrte?

Er hatte den Boten gerade fortgeschickt, da traf ein weiterer Bote mit der Nachricht ein, Rooke solle zum Exerzierplatz kommen. Ein Sträfling war dabei erwischt worden, wie er im Garten des Gouverneurs Kartoffeln ausgegraben und unter seiner Jacke hatte mitgehen lassen. Er sollte ausgepeitscht werden.

Rooke war klar, dass man in der Siedlung den Diebstahl von Nahrungsmitteln nicht dulden konnte. Niemand konnte dem widersprechen. Doch der Hunger beherrschte allmählich jedermanns Tage. Die Sträflingsfrauen hatten die Küste um die Buchten herum nach Essbarem abgesucht und jede Napfschnecke und Strandschnecke gesammelt, die sie hatten finden können, waren aber immer noch bleich und hager, ihre Augen stumpf. Der einzige Mensch in der Siedlung, der immer noch gut genährt aussah, war der Wildhüter Brugden. Wer bekam dort draußen in den Wäldern schon mit, ob der Jäger seine Beute selbst vertilgte, statt sie für den Gemeinschaftstopf abzuliefern?

Was diesen armen Teufel betraf, der die Kartoffeln stibitzt hatte, nun ja, der menschliche Organismus brauchte nun einmal Nahrung. Sich Essen zu nehmen, wenn es zur Verfügung stand, war – rein wissenschaftlich gesehen – eine korrekte Reaktion auf den Hunger.

Das gnadenlose Urteil, demzufolge diese Tat *Diebstahl* war und Bestrafung verlangte, war eine andere Sache.

Als Diener Seiner Majestät war es die Gerechtigkeit, an die Rooke sich zu halten hatte, doch er wünschte, der Sträfling hätte die Kartoffeln nicht geklaut. Wünschte, der Mann hätte sie nicht unter seiner Jacke zu verstecken versucht und vor allem, dass er nicht erwischt worden wäre.

Der Mann war ein sehr hellhäutiger Typ, sein lockiges Haar glänzte in der Sonne wie Draht, die Haut auf seinem Rücken war so weiß, dass sie fast durchscheinend wirkte. Und sie glänzte: Der arme Kerl schwitzte. Sein Körper wusste, was ihm bevorstand.

Sämtliche Seesoldaten und die meisten Sträflinge mussten anwesend sein, denn welchen Zweck hatte eine Bestrafung, wenn niemand sie sah? Auch Warungin war da, er stand neben dem Gouverneur und blickte sich um. Rooke nahm an, dass dies zu Warungins Erziehung gehörte. Es gab die britische

Zivilisation in Form von Porzellantellern und Trinksprüchen auf den König, und es gab die britische Gerechtigkeit.

Warungin war keinerlei Besorgnis, sondern lediglich Interesse anzusehen. Im Gegensatz zu allen anderen Anwesenden wusste er nicht, was er gleich zu sehen bekommen würde.

Rooke kam plötzlich ein erschreckender Gedanke. Unruhig ließ er den Blick schweifen, während er den Kopf vorschriftsmäßig nach vorne gerichtet hielt. Er hoffte inständig, dass Tagaran nicht hinter einem der Bäume stand und sich fragte, was das für eine ungewöhnliche Versammlung der *Berewalgal* war.

Und wenn sie tatsächlich irgendwo dort stand? Falls er sie mit ihrem typisch wissensdurstigen Blick hinter einem Baum hervorlugen sah – würde er es dann wagen, vor den Augen der anderen Rotröcke aus dem Glied zu treten und zu ihr hinüberzugehen, um ihr irgendwie klarzumachen, dass sie weggehen, die Augen bedecken und die Ohren verstopfen müsse?

In strammer militärischer Haltung stand Rooke mit geschultertem Gewehr an seinem Platz. Er schwitzte schon jetzt in seiner Jacke, das Herz schlug ihm bis zum Hals, und dabei hatte die Sache noch nicht einmal begonnen.

Rooke war nahe genug, um verstehen zu können, was der Gouverneur zu Warungin sagte, während er auf den Dieb deutete, der im grellen Sonnenlicht auf dem freien Platz an dem dreibeinigen Gerüst festgebunden war.

»Schlechter Mensch. Hat Essen gestohlen.«

Während er die Worte formte, blickte ihm Warungin aufmerksam auf die Lippen.

»Dieser Mann hat Essen genommen, das ihm nicht gehörte.«

Warungin nickte, ob er den Satz auch wirklich verstanden hatte, konnte Rooke nicht sagen.

»Deshalb bestrafen wir.« Der Gouverneur war entschlossen, klar und deutlich zu sein. »Jeder Mensch wird gleich behandelt. Wenn er stiehlt, wird er bestraft.«

Es war interessant zu hören, wie diese großartige Idee – das Ergebnis von Hunderten von Jahren britischer Zivilisation – in so deutliche Worte gefasst wurde.

Dann betrat der Auspeitscher den sandigen Platz. Er schüttelte die neunschwänzige Katze aus, entwirrte die Peitschenschnüre und schlug ein paar Mal mit dem Griff auf seinen Handteller.

Sogar die Vögel schienen verstummt zu sein.

Rooke stellte sich die Aufgabe, an seine Rückenmuskeln zu denken. Was für eine geniale Konstruktion die Wirbelsäule doch war: Sie konnte den Körper aufrecht halten, egal, was im Kopf vorging. Dann dachte er an seine Füße. So kleine Balancepunkte, und trotzdem bewahrten sie einen vor dem Umfallen. Er stellte sich eine geschnitzte Nachbildung seiner selbst vor, mitsamt Muskete, Jacke und hölzerner Miene, die auf einem Sockel stand, so schmal wie seine Füße. Würde die Figur umkippen? Er stellte sich vor, wie der Boden gegen seine Schuhsohlen drückte. Oder, besser gesagt, wie sich seine Füße in den Boden drückten. Das war die Schwerkraft. Die ungeheuer starke Hand, die den Kosmos an seinem Platz festhielt. Kepler war nahe davor gewesen, das Gesetz der Schwerkraft zu finden, Newton hatte es formuliert: *Alle Massen ziehen sich gegenseitig an.*

Rooke vollführte eine Art Zaubertrick oder versuchte es zumindest. Er zog sich geistig von dem Ort und der Zeit zurück, in der er sich befand, während sein Körper weiterhin mit starr nach vorne gerichtetem Blick dastand, die Muskete im korrekten Winkel.

Beim ersten dumpfen Aufschlag der Peitschenschnüre auf die Haut schrie der Sträfling laut auf, doch nicht nur er schrie, sondern noch jemand anderes. Rooke sah, wie Warungin nach vorne stürzen wollte und dem Auspeitscher mit verzerrter Miene etwas zubrüllte. Verzweifelt versuchte er, sich vom Gouverneur loszureißen, der ihn festhielt, und blickte wild zwischen den strammstehenden Seesoldaten hin und her. Als er Rooke entdeckte, rief er ihm etwas zu, immer wieder dasselbe Wort. Über den zwischen ihnen liegenden Raum hinweg ging ein Flehen in beide Richtungen.

Leutnant Rooke sah weg. Er drückte den Hals noch mehr gegen seinen Kragen und hielt seine Muskete noch fester im Griff. Er spürte den glitschigen Schweiß auf dem Holz. Sein Kragen schnürte ihm die Luft ab, sein Hut zerdrückte ihm den Kopf, seine Jacke schien aus Eisen. *Aufhören, aufhören, aufhören*, waren die einzigen Worte, die sein Hirn zu produzieren vermochte. *Aufhören* an Warungin, der ihm dieses Wort nicht mehr zurufen sollte. *Aufhören* an den Auspeitscher, der die Peitsche fallen lassen und wegtreten sollte. *Aufhören* an den Gouverneur, der mit ihnen allen Erbarmen haben sollte.

Rooke umklammerte das Gewehr und presste die Zehen in seinen Schuhen zusammen. Er war ein Stein, ein Stück Holz, die Nachbildung eines Menschen.

Wyatt und Weymark hatten Warungin in die Mitte genommen und hielten ihn an den Armen fest. Zwischen den unmenschlich klingenden Geräuschen, die der Sträfling bei jedem Schlag von sich gab, hörte Rooke den Gouverneur unbeirrt weiter seine Erklärungen abgeben.

»Schlecht«, hörte Rooke. »Schlechter Mensch. Dieb.«

Damit Warungin ihn verstand, machte der Gouverneur zur Verdeutlichung ein entrüstetes Gesicht.

»Hat Essen genommen. Essen gestohlen, das nicht sein Essen war.«

Warungin wehrte sich nicht mehr, hatte das Gesicht jedoch abgewandt, um nicht mehr sehen zu müssen, wie der Rücken eines Menschen systematisch zu rotem Brei geschlagen wurde. Rooke sah, wie sich die kräftigen Sehnen an Warungins Hals anspannten. Bei jedem Hieb und bei jedem Schrei des Sträflings zuckte Warungin zusammen.

Das war Gerechtigkeit: unparteiisch, blind, edel. Die grauenvolle Züchtigung war der Beweis für ihre Unparteilichkeit. Wenn es nicht wehtat, war es keine Gerechtigkeit. Das war es, was der Gouverneur klarzumachen versuchte, doch die weihevollen Begriffe verdampften im Licht.

Rooke hörte das schockierende nasse Geräusch, wenn die neunschwänzige Katze auf das aufgeplatzte Fleisch traf, zwanzig Mal, dreißig Mal, fünfzig Mal. Bei jedem Peitschenhieb bog sich der Körper des Mannes gegen die Seile, mit denen er an dem dreibeinigen Gerüst festgebunden war. Der Auspeitscher musste nach jedem Hieb mit den Fingern durch die Peitschenschnüre fahren, um die Fleischfetzen zu entfernen, die sie verklebten.

Nachdem der Sträfling vierundsiebzig Peitschenhiebe über sich hatte ergehen lassen, brach er zusammen und hing schlaff in den Seilen. Marinearzt Weymark hatte die Aufgabe zu beurteilen, ob der arme Kerl vorerst genug bekommen hatte. Er berührte den Mann nur flüchtig am Handgelenk, um seinen Puls zu fühlen, dann nickte er: Ja, er hat genug, schneidet ihn ab.

Somit verblieben hundertsechsundzwanzig Peitschenhiebe für das nächste Mal. Rooke dachte, dass der Gedanke an das, was einem noch bevorstand, möglicherweise schlimmer war als die augenblicklichen Schmerzen.

Auch als man die Seile gekappt hatte und den Mann wegschleifte, war Warungins Mund noch immer seltsam verzerrt. Die braune Haut seines Gesichts schien wie mit Aschestaub grau überzogen. Reglos starrte er zu Boden. Gleich wird er sich übergeben, dachte Rooke.

Der Gouverneur berührte Warungin am Arm.

»Es ist vorbei, mein Freund«, hörte Rooke ihn sagen.

Bei der Berührung riss Warungin den Arm in die Höhe, als wäre die Hand des Gouverneurs glühend heiß.

»Gehen wir in mein Haus zurück, dort bekommst du etwas zu essen«, sagte der Gouverneur.

Warungin erwiderte nichts, sah weder den Gouverneur noch irgendeinen anderen der versammelten *Berewalgal* an. Auch Rooke würdigte er keines Blickes. Als Wyatt ihn losließ, kehrte er ihnen sofort den Rücken zu und ging davon. Rooke sah ihm nach, als er sich entfernte, der Mann, neben dem er im Schneidersitz auf dem Boden gesessen hatte.

Warungin dachte nicht in Begriffen wie *Bestrafung, Gerechtigkeit, unparteiisch*. Für ihn musste es so aussehen, als hätten sich die *Berewalgal* in ihren besten Kleidern versammelt, um einem der Ihren unsägliche Schmerzen zuzufügen. Aus seiner Sicht war diese Zeremonie kein bedauerlicher, sondern ein notwendiger Teil der großen Maschinerie der Zivilisation. Für ihn sah es so aus, als wäre es etwas bewusst Gewolltes. Wenn die großartigen abstrakten Begriffe wegfielen, blieb nur Grausamkeit übrig.

Und Rooke war daran beteiligt gewesen. Er hatte nicht entsetzt aufgeschrien oder war nach vorne gestürzt, um der Sache ein Ende zu bereiten. Als Warungin ihm etwas zurief, hatte Rooke weggeblickt.

Hatte wegsehen *wollen*. Niemand hatte ihn dort festgehalten. Er hatte diese Wahl getroffen, weil er ein Leutnant Seiner Majestät Marinestreifkräfte war – der *Marine Force*.

Da war es ja, wortwörtlich: *Force* – Gewalt – war sein Beruf. Als Soldat war er an dieser Grausamkeit genauso beteiligt gewesen wie der Mann, der die Peitsche geschwungen hatte.

*

Zu Beginn des Sommers wurde Silk endlich von Rose Hill zurückbeordert. Er konnte sich gar nicht beruhigen, wie langweilig es dort gewesen war.

»Hör dir das an, Rooke, aber setz dich besser erst hin, sonst haut's dich vor Aufregung glatt um. Also: *Dod sagt, er rechne dieses Jahr mit einer Ernte von vollen 400 Scheffel Weizen und Gerste.* Hast du je zuvor etwas so Geistsprühendes gehört?«

»Aber du wirst schon was draus machen. Spinne Stroh zu Gold …«

»Oh, hör mir bloß auf! Ich muss allerdings zugeben, dass diese Gegend trotz ihrer Fadheit auch ihre Reize hatte. Man hat eine ziemlich große Fläche gerodet, und ich war wirklich überrascht, wie weit und grandios die Aussicht von der Hügelkuppe aus ist, nachdem ich dort unten in den Wäldern so lange schon keine größere Lichtung mehr gesehen hatte.«

Er tastete in seiner Tasche nach seinem Bleistift.

»Ich muss mir das notieren, es war eine völlig neuartige Erfahrung.«

Während Rooke ihm beim Aufschreiben zusah, dachte er an die dürftigen Einträge in seinem kleinen Notizbuch. Wie sollte er es bloß anfangen, Silk von den Ereignissen auf seiner Landspitze zu erzählen?

»Und wie ist es dir so ergangen, Rooke?«, fragte Silk schließlich. »Gibt's irgendetwas Bemerkenswertes zu berichten?«

Silk war sich so sicher, es gebe *nichts Bemerkenswertes zu berichten*, dass er eigentlich gar nicht mit einer Antwort rechnete.

»Also«, begann Rooke.

Er *musste* es erzählen, sonst würde das, was bis jetzt lediglich etwas Persönliches gewesen war, die gefährliche Macht eines Geheimnisses bekommen. Das Schwierige war, dabei nicht mehr als unbedingt nötig zu erzählen. Darüber zu sprechen, aber so beiläufig und langweilig, dass Silk nicht näher darauf eingehen würde.

Während Rooke noch nach Worten suchte und sie wieder verwarf, spielte Silk mit den Sachen auf dem Tisch herum und stieß dabei auf die blauen Notizbücher, die unter dem Montaigne hervorlugten.

»*Grammatische Formen der Sprache von N. S. Wales*«, las er. »Na, sieh mal einer an, das sieht ja ganz nach einer Studie der Eingeborenensprache aus. Oh, und ein *Vokabular von N. S. Wales*. Darf ich ...?«

Seine Finger hatten eins der beiden Notizbücher schon im Griff, um es aufzuschlagen, doch seine nie versagende Höflichkeit verlangte, dass er zumindest der Form halber um Erlaubnis bat. Rooke verfluchte sich dafür, die beiden Notizbücher nicht richtig versteckt zu haben. Nachdem Gardiner und Silk fortgeschickt und mit anderen Besuchern aus der Siedlung nicht zu rechnen gewesen war, hatte er alle Vorsicht außer Acht gelassen. Erst jetzt wurde ihm bewusst, nie die Möglichkeit in Betracht gezogen zu haben, dass ein anderer seine Einträge lesen könnte, und ihm fielen nicht schnell genug die Worte ein: *Nein, Silk, lass es bitte zu*.

»Ich glaube nicht, dass du darin viel Interessantes finden wirst«, sagte er. »Ich bin mit meinen Untersuchungen noch in einem sehr frühen … Hattest du in Rose Hill eigentlich Begegnungen mit Eingeborenen?«

Einen Moment dachte er, der Trick hätte funktioniert.

»Ah ja, das hatte ich fast vergessen, dir zu erzählen«, sagte Silk und legte das Notizbuch wieder hin, ohne es jedoch loszulassen. »In der Zeit, als ich dort war, wurde eine Hütte angesteckt und ist bis auf die Grundmauern niedergebrannt. Glücklicherweise war sie leer. Kurz darauf wurde ein Mann beim Hacken des Bodens angegriffen, genauer gesagt, ein Speer landete in der Erde direkt vor seinen Füßen; er selbst wurde zum Glück nicht getroffen.«

Rooke registrierte, wie Silks Daumen geistesabwesend über die Kante des Notizbuches strich, genau an der Stelle, wo der blaue Leineneinband abgegriffen war.

»Ich habe das Gefühl, dass sich da etwas zusammenbraut, aber was soll man machen, wenn sich die Angreifer nicht blicken lassen? Der Gouverneur gedenkt, noch weitere zehn Mann mitsamt einer kleinen Kanone hinzuschicken. Die Redoute von Rose Hill ist strategisch hervorragend gelegen. Ein Dutzend Männer würden genügen, um jede Zahl von Eingeborenen abzuwehren.«

Rooke hatte zwar gehofft, Silk vom Thema ablenken zu können, nicht aber mit solchen Nachrichten gerechnet, wie er sie nun hörte. Die kleinen Dramen, die sich in seiner Hütte abspielten, hatten seinen Horizont ganz ausgefüllt. Dort draußen in der größeren Welt von Seiner Majestät Strafkolonie schien etwas zu gähren, und dass er davon nichts mitbekam, war gefährlich.

Während Silk redete, hatte er das Notizbuch wieder in die Hand genommen und glaubte offenbar, inzwischen berechtigt zu sein, einen Blick hineinzuwerfen.

»Ah ja, das habe ich auch, wie du dich vielleicht noch erinnerst. Und das hier, *budyeri*, habe ich zwar anders geschrieben, aber gemeint ist eindeutig dasselbe. Und sieh mal an, da steht *bial*, was *nein* bedeutet. Statt mit i habe ich's allerdings mit zwei e geschrieben, weil ich fand, dass so klarer ist, wie man es ausspricht. Und so viele Seiten! Sapperlot, Rooke, da hast du dich aber ganz schön rangehalten.«

Rooke streckte die Hand nach dem Notizbuch aus, aber Silk blätterte weiter darin herum und gab es nicht her.

»Nur keine Bescheidenheit, Rooke, das ist wirklich eine beachtliche Leistung. Du musst lernen, dein Licht nicht unter den Scheffel zu stellen, mein Freund!«

Er lehnte sich zurück und klappte das Notizbuch zu, ließ es aber nicht los. Rooke redete sich ein, das Unbehagen, das er empfand, weil Silk seine Aufzeichnungen las, sei ein Überrest all der anderen Eigenarten, die er hatte bezwingen müssen. Er würde akzeptieren müssen, dass die Privatsphäre ein Luxus war, den sein Leben nicht zu bieten hatte. Sollte die Zeit, die er mit den Eingeborenen allein hatte verbringen können, nun zu Ende sein, musste er sich wohl oder übel damit abfinden.

»Du erinnerst dich doch gewiss«, sagte Silk, »dass ich gehofft hatte, in meine Geschichte ein Kapitel über die Sprache einfügen zu können.«

Der Ton, in dem er dies sagte, war wohl schärfer, als er beabsichtigt hatte, denn er ließ ein leicht nervöses Lachen folgen.

»Darf ich fragen, was du mit diesen *Grammatischen Formen* zu tun gedenkst? Willst du sie veröffentlichen?«

Silk war einfach zu schnell für Rooke.

»Veröffentlichen? Das hier veröffentlichen?«

»Nun ja, dann würde deine Arbeit eine größere Leserschaft finden, nicht wahr?«

Wie verschieden sie beide doch waren, dachte Rooke. Für Silk hatte Geschriebenes nur dann einen Zweck, wenn man damit eine Leserschaft erreichte. Warum sollte man sich eine solche Arbeit machen, wenn man sie nicht veröffentlichen wollte? Bis vor kurzem hätte Rooke die Dinge genauso gesehen, wäre er von der Vorstellung, dass seine Mühen eine öffentliche Leserschaft fänden, begeistert gewesen.

Als er beschlossen hatte, die Sprache der Eingeborenen zu erlernen, hatte er an nichts weiter gedacht als an eines: die Wörter aufzuschreiben. Jetzt wurde ihm bewusst, wie weit er sich von der einst mit Silk geteilten Welt entfernt hatte. Tagaran schien ihn auf einen völlig neuen Weg geführt zu haben.

»Mag sein, dass ein paar Leute Interesse daran haben. Gelehrte, solche, die vielleicht die Sprachen abgelegener Stämme sammeln. Veröffentlichen – ich weiß nicht so recht, ich fürchte, dafür dürfte die Zahl zu gering sein. An Lesern, meine ich.«

Rooke merkte, wie Silk aufzuatmen schien, geradezu, als hätte er es geschafft, eine schwere Last einen steilen Hang hinaufzuschleppen, und könnte nun den Rest der Schwerkraft überlassen.

»Genau, Rooke«, sagte er. »Da bin ich ganz deiner Meinung. Deine Notizen dürften wohl kaum von großem allgemeinem Interesse sein. Mich bekümmert jedoch, dass ich selbst so wenig von der Sprache aufzeichnen konnte, was teilweise auf meinen Aufenthalt in Rose Hill zurückzuführen ist. Wie du merkst, denke ich sozusagen gerade laut.«

Er zögerte, und Rooke fragte sich, ob dieses Zögern lediglich Getue war.

»Mir fällt gerade etwas ein, Rooke«, sagte Silk, als wäre ihm der Gedanke eben erst gekommen, »mir fällt gerade ein, ob wir, du und ich, vielleicht eine Art Partnerschaft eingehen könnten. Soll heißen, du stellst mir dein Vokabular und deine grammatischen Formen für meinen eigenen Bericht zur Verfügung – natürlich mit Namensnennung – in Form eines Anhangs?«

Ohne Rookes Antwort abzuwarten, redete er schnell weiter.

»Selbstverständlich würdest du einen Anteil des Honorars erhalten, das Mr. Debrett mir zugesagt hat – wir werden uns da schon irgendwie einigen –, einen Anteil vom Gesamthonorar auf einer *Pro-rata*-Basis.«

Er hielt inne. Das einzige Wort, das Rooke denken konnte, war *Nein!*, aber er schwieg. Silk redete schnell weiter.

»Damit meine ich natürlich, wenn dein Anteil bezogen auf die Gesamtzahl der Seiten beispielsweise ein Sechzehntel betrüge, würdest du ein Sechzehntel der Gesamtsumme bekommen … was sagst du dazu, mein Freund?«

»Ja, also, ich weiß, was *pro rata* bedeutet, Silk, besten Dank.«

»Na, so was, Rooke!« Silks Amüsiertheit klang ein wenig gezwungen. »Willst du etwa mit mir feilschen? Sei unbesorgt, wir werden schon zu einer Regelung kommen, mit der du zufrieden bist. Du erhältst einen gerechten Anteil, da kannst du sicher sein.«

In Rookes Innerem loderte etwas weiß auf wie Zunder.

»Es geht mir nicht um meinen Anteil, Silk! Ich habe nicht vor, mit dir um Pfunde, Schillinge und Pennies zu feilschen!«

Diese beiden Notizbücher dokumentierten das Beste von seinem Leben. Vielleicht würde er sie irgendwann einmal weitergeben müssen, aber es würde dabei niemals um Geld gehen.

Silk beugte sich über den Tisch und musterte Rookes Miene. Wie an dem Tag, als er etwas über Gardiner in Erfahrung bringen wollte, spürte Silk instinktiv, dass ihm etwas verheimlicht wurde.

»Also, ich finde, das ist einfach noch nicht genug«, sagte Rooke. »Um es vorzuzeigen, meine ich. Warten wir erst mal ab. Einverstanden?«

Er griff über den Tisch nach den Notizbüchern und bekam eins davon zu fassen. Silk öffnete das andere und blätterte darin.

»Ich werde dich beim Wort nehmen, Rooke«, sagte er geistesabwesend, und Rooke dachte: *Mich beim Wort nehmen? Ich habe ihm doch gar nichts versprochen*. Als Silk eine Seite weiterblätterte, sah Rooke, wie sich dessen schmales Gesicht auf einmal vor Überraschung belebte.

»*Tya*-und-so-weiter... Hehe, Rooke, was ist das denn?«

Rooke blieb nichts anderes übrig, als zu antworten.

»*Tyerabarrbowaryaou*.«

»Danke, und hier steht, was es bedeutet: Ich will aber nicht weiß werden. *Das sagte Tagra*...« Er verhaspelte sich bei der Aussprache des Namens und versuchte es noch einmal. »*Tagaran*, *wobei sie mit gespieltem Entsetzen das Handtuch auf den Boden warf, nachdem ich ihr gesagt hatte, dass sie weiß werden würde, wenn sie sich wüsche*. Was für eine traurige Vorstellung, Rooke. Wie grausam, ihr solch ein makabres Versprechen zu machen!«

»Nein, nein, das war doch scherzhaft gemeint! Wir haben beide gescherzt. Es sollte ein Witz sein. Weil die Weißen sich wegen ihrer Hautfarbe überlegen fühlen.«

Die Weißen. Das klang, als ob er selbst nicht dazu gehörte.

»Es war im Spaß gesagt«, sagte Rooke noch einmal, nahm jedoch die Resignation in seiner Stimme wahr. »Sie ist ein kluges Kind, sie ist nicht so dumm zu glauben … Wir haben uns beide darüber amüsiert.«

Er hatte *in gespieltem Entsetzen* geschrieben, um damit deutlich zu machen, dass ihre Verzweiflung nicht echt gewesen war. Für ihn war es eindeutig ein Scherz gewesen. Welcher Eingeborene, selbst wenn es sich um ein Kind handelte, würde glauben, man könnte durch Waschen weiß werden? Er hatte nicht dazugeschrieben, dass dies ein Scherz gewesen war, genauso wie er auch nicht dazugeschrieben hatte, dass sie atmeten oder dass ihre Herzen schlugen.

Silk achtete gar nicht auf seine Worte.

»Sapperlot, Rooke, da hast du aber wirklich große Fortschritte gemacht, und wie es aussieht, nicht nur bei den grammatischen Formen!« Er hielt das Notizbuch ans Licht, das durchs Fenster hereinfiel, und las. »*Goredyu tagarin, ich mehr (d.h. ich nehme mehr) von Kälte, d.h., die Kälte wegnehmen. Als Tagaran dies sagte, stand sie nackt vor dem Feuer, und ich wollte, dass sie etwas anzog.*«

Das hatte er nun davon, mit der übertriebenen Genauigkeit eines Mannes der Wissenschaft jedes Detail dieser kleinen emotionsgeladenen Begebenheit aufgeschrieben zu haben. Noch dazu war es Dummheit gewesen, alle Buchstaben in seiner schönsten Schrift notiert zu haben, so dass jedes Auge der Welt sie lesen konnte.

»Ein Kind, sagst du? Ich zögere, dir zu widersprechen, mein Freund, aber hör dir das an: *Wana*-und-so-weiter: *Du willst mich nicht haben, du willst nicht mit mir zusammen sein?* Das musst du sein, Rooke, der das gesagt hat, und hier ist die Antwort: *Wana*-und-anderes-weiter: *Ich möchte nicht mit dir zusammen sein.*«

In Silks lebhaftem Gesicht spiegelte sich Überraschung, Bewunderung und – war das möglich? – so etwas wie Neid.

»Sapperlot, du bist uns allen hier weit voraus. Genügen dir Mrs. Butchers Schönheiten etwa nicht? Du bist mir ein ganz schön gerissener Hund!«

Ein gerissener Hund? Rooke verstand nicht gleich, was Silk damit meinte, doch dann ging ihm ein Licht auf. Er hörte die aufgezeichneten Worte noch einmal mit Silks Stimme und hatte dabei ein Bild Tagarans vor Augen – einer lüstern dreinblickenden grotesken Tagaran –, die sich schamlos vor ihm zur Schau stellte. Rooke spürte, wie er rot anlief, eine Hitzewallung, die sich vom Hals aufwärts über das Gesicht verbreitete, in die Ohren und bis in die Kopfhaut hinein.

»Nein! Nein, nein!«

Silk grinste, sah Rooke eindringlich in die Augen und zuckte dabei ermutigend mit der Augenbraue. Man sah ihm förmlich an, wie die Geschichte vor seinem geistigen Auge Gestalt annahm: *Unser schweigsamer Freund Mr. Rooke und seine kleine Freundin Tagaran.*

Ruhig Blut, ermahnte sich Rooke. Um jeden Preis ruhig bleiben, sonst prägt sich die Geschichte umso fester ein.

»Nein, nein, das hast du missverstanden. Was du da gelesen hast. Das hat sie nicht zu mir gesagt, sondern zu einem anderen Kind.« Er bemühte sich so sehr, gleichgültig zu klingen, dass seine Stimme ganz heiser wurde. »Ein paar von ihnen kommen ab und zu hierher. Um bei mir ein paar Happen zu erbetteln. Und so weiter.«

Das war doch sicherlich langweilig genug und nicht einmal gelogen.

»Ich selbst war an dem Wortwechsel unbeteiligt, habe ihn nur aufgezeichnet. Die beiden haben sich gestritten. Eine ist beleidigt abgezogen, nach einer Weile aber wiedergekommen.«

Er erklärte viel zu viel. Silk musterte ihn aufmerksam. Lächelnd, die Beine übereinandergeschlagen und mit dem Fuß wippend, saß er schweigend da und wartete ab.

»Eine von ihnen hat sich als ausgezeichnete Sprachlehrerin erwiesen.«

Eine von ihnen. Er wollte Tagaran damit schützen, doch es war Verrat. Tagaran war nicht *eine* von irgendwelchen *ihnen*. Sie war sie selbst, jedes Teilchen von ihr einmalig.

»Mein lieber Rooke«, sagte Silk betont liebenswürdig, »du brauchst mir nichts zu erklären. Wir sind doch beide Männer von Welt.«

Männer von Welt! Wäre er tatsächlich ein Mann von Welt, hätte er vorausgesehen, wie man diese Worte verstehen konnte. Ein Mann von Welt wäre niemals so verhängnisvoll naiv gewesen, sie niederzuschreiben.

In Silks Vorstellung konnte es mit einem Eingeborenenmädchen keine Vertrautheit geben, die etwas anderes als körperlicher Natur war. Wie aber soll ich ihm klarmachen, dass das nicht stimmt, dachte Rooke, wenn ich diese Vertrautheit selbst nicht einmal verstehe und nicht weiß, wie ich sie benennen soll?

Ich hätte es wissen müssen, schalt er sich selbst. *Hätte daran denken sollen, dass er einen Riecher für Geheimnisse hat*.

Rooke hatte an diesem Ort gelebt, der so anders war als alles, was er je kennengelernt hatte, dass er ihn für unantastbar gehalten hatte. Er hatte sich treiben lassen, ohne an Zeit oder Raum oder Konsequenzen zu denken. Alles war vorübergehend außer Kraft gesetzt worden, während er und Tagaran sich in einem Winkel des Kosmos treiben ließen, in dem sich das Unmögliche entfalten konnte. Nun setzten sich die ehernen Gesetze von Zeit und Ort unerbittlich wieder durch.

Nicht darüber zu reden, hatte alles noch schlimmer gemacht. Das wurde ihm nun bewusst. Ließ es verdächtig aussehen, obwohl es gar nichts zu verbergen gab.

»Ja, ja, diese Mädchen haben einen natürlichen Charme, das gebe ich zu«, sagte Silk. »Und erstaunlicherweise sind sie überhaupt nicht kokett. Aber Rooke, darf ich dir als Freund eine Warnung geben? So abgeschieden, wie du hier draußen lebst, bekommst du es vielleicht gar nicht richtig mit, also, die Eingeborenen sind – oder lass es mich so ausdrücken, der Gouverneur ist in Sorge. Diese Überfälle in Rose Hill … Du solltest vielleicht etwas vorsichtig sein.«

»Vielen Dank, Silk«, sagte Rooke. »Es ist nett von dir, als Freund zu mir zu sprechen.«

Nett vielleicht, doch was konnte Silk schon wissen, der Rookes aufgezeichnete Worte durch eine Linse der Lüsternheit gelesen hatte und Vermutungen anstellte, die so falsch waren, dass einem übel wurde?

Rooke nahm Silk die Notizbücher ab, erhob sich und stellte sie ins Regal. Dort oben, zwischen Lacailles *Stelliferum* und dem *Nautischen Jahrbuch* waren sie unsichtbar. So winzig wie eine erste lose Masche in einem Strumpf, die man kaum wahrnahm, die einem unwesentlich erschien. Doch wenn sich erst einmal alles auftrennte, war es zum Ausbessern zu spät.

*

Die Erde zog auf ihrer Umlaufbahn elegant ihre Runden, mit geneigter Achse – so ähnlich wie der Gouverneur, dachte Rooke –, und in der Siedlung wurde es Sommer und heiß. Obwohl Silks Besuch schon eine Woche her war, hallte er in Rooke noch immer nach. Er spürte eine Unruhe in der Luft, eine seelische Erregung.

Schon bevor Rooke sie sah, hörte er sie: *Kamara! Kamara!* – Tagaran mit Tugear und Worogan. So eilig hatten sie es, zu seiner Hütte zu kommen, dass sie fast die Felsen heruntergestürzt wären. Niemand sonst war dabei, keine der Frauen, keins der anderen Kinder. Nur diese drei landeten am Nachmittag vor seiner Tür, atemlos und weinend.

»Um Himmels willen, was ist los, was ist passiert?«

In einem so aufgelösten Zustand hatte er Tagaran noch nie gesehen; ihr Gesicht war tränennass, ihre Lippen bebten, ihr Atem ging stoßweise. Sie zitterte wie ein Pferd nach einem Galopp. An ihrem Arm und an ihrer Seite sah Rooke leuchtend rotes Blut.

Sie stieß einen Schwall Wörter aus, von denen er kein einziges verstand.

»Kommt rein, Mädchen, rein mit euch ans Feuer!«

Er breitete eine Decke aus, auf die sie sich setzen konnten, und warf Zweige nach. Weil er kaum etwas da hatte, was er ihnen anbieten konnte, goss er jeder von ihnen eine Tasse

Wasser ein und brach von dem harten Schiffszwieback, der eigentlich sein kärgliches Abendessen hätte sein sollen, für jede ein Stück ab, worauf für ihn selbst nur noch ein Bissen übrig blieb. Tugear saß schluchzend und mit angezogenen Knien auf dem Boden und rührte weder das Wasser noch das Stück Zwieback an.

Als Tagaran tief Luft holte, damit sich ihr Atem beruhigte, musste sie laut hicksen, dann noch ein zweites Mal. Sie lächelte schief und öffnete den Mund, um etwas zu sagen, hickste noch einmal, und schlagartig war der Anfall vorbei. Tugear lachte und schlug Tagaran auf den Rücken, bis diese den Ellbogen hob, damit sie aufhörte.

»Jetzt erzählt mal, Mädchen. Was ist passiert? Was hat das alles zu bedeuten?«

Tugear und Worogan sahen zu Tagaran hin. Sie sagte etwas zu Rooke, aber zu schnell. Das einzige, was er heraushörte, war *white man – weißer Mann*, alles andere war verschwommen.

»Ich habe dich nicht verstanden«, sagte er. »*Mapiadyimi*.«

»*Piyidyangala whitemana ngalari Tugearna*«, wiederholte Tagaran, diesmal schön langsam ein Wort nach dem anderen.

In dem Wort *piyidyangala* hörte Rooke den ihn bereits bekannten Wortstamm *piyi*, schlagen.

Während sein Hirn noch die Bedeutung zu ermitteln versuchte, krampfte sich sein Herz zusammen. *Ein weißer Mann hat Tugear geschlagen*. Ohne die genauen Hintergründe ermitteln zu müssen, wusste er, dass es etwas war, was er gar nicht hören wollte.

Tagaran setzte eine wütende Miene auf und machte dazu ausholende Bewegungen mit der Hand, als würde sie jemanden schlagen. Rooke sah alles nur zu deutlich vor sich, den aufgebrachten Seesoldaten oder den brutalen Sträfling. Einen kurzen Augenblick lang sah er Brugdens kräftige Schultern, stellte sich vor, wie dieser den Arm hob, um zuzuschlagen.

Tagaran zeigte ihm ihren verletzten Finger und die lange Platzwunde auf ihrem Arm, die von dem Schlag herrührte, zeigte ihm den breiten blutenden Striemen auf Tugears Rücken. Dann blickte sie zu ihm auf, schmerzerfüllt und entrüstet.

Rooke ergriff vorsichtig ihre Hand und untersuchte sie, bog behutsam einen Finger nach dem anderen und beobachtete dabei Tagarans Miene. Der Finger war nicht gebrochen, aber geschwollen. Er nahm ihre andere Hand und verglich den geschwollenen Finger mit dem der anderen Hand. Obwohl er ihre Hand sehr behutsam hielt, um die verletzte Stelle nicht zu berühren, zog sie sie zurück.

»*Didyi didyi!*«

In Tagarans Stimme lag ein vorwurfsvoller Unterton, obwohl Rooke ihr nicht wehgetan haben konnte.

Als er sich vorbeugte, um die Verletzung auf Tugears Rücken besser sehen zu können, zuckte das Mädchen furchtsam zurück. Das Gesicht hatte sie abgewandt.

»*Minyin barakut, tugear, minyin?*«, fragte er. *Warum hast du Angst, Tugear?*

Ohne ihn anzusehen, murmelte sie: »*Mullayin.*« *Wegen der Männer.*

Tagaran deutete auf die Wunde, als hätte er sie noch nicht gesehen oder könnte nicht verstehen, dass sie schmerzte.

»*Didyi murri!*« Etwas so Ähnliches wie: *Es tut sehr weh!*

Rooke hatte dabei unentwegt das Bild eines anderen Rückens vor Augen, den er vor kurzem gesehen hatte.

Ob Tagaran ihn auch gesehen hatte? Rooke glaubte es nicht.

Doch etwas an der Art, wie sie sich verhielt, sagte ihm, dass sie davon gehört haben musste. Er wagte nicht, ihr in die Augen zu sehen.

Sie erzählte ihm nun die ganze Geschichte noch einmal von vorn, mit noch dramatischeren Gesten. Ihre Stimme war schrill vor Empörung.

Anschließend sah sie ihn eindringlich an.

Rooke wusste, worauf sie wartete. Sie wartete darauf, dass er Fragen stellte: *Wer hat euch das angetan? Weshalb? Wo ist der Mann jetzt?* Sie wollte, dass er ihre Entrüstung teilte, seine Jacke anzog und sich zur Siedlung aufmachte, um sich den weißen Mann vorzuknöpfen, der sie geschlagen hatte.

Rooke verspürte in sich einen Druck – so, als hätte er etwas Verdorbenes gegessen, das ihm schwer im Magen lag.

»*Ngia muri yurora*«, sagte er. *Ich bin sehr wütend.*

Er wusste selbst, dass seine Worte nicht wütend geklungen hatten. Was er in seiner Stimme wahrnahm, war zähes Widerstreben, Verweigerung.

»*Ngalariwa?*«, fragte Tagaran. *Auf uns?*

»Nein! Nein, natürlich nicht auf euch!«

Es war ein so abwegiger Gedanke, dass Rooke sie überrascht anblickte. Als sich ihre Blicke trafen, wurde ihm klar, dass Tagaran ihm diese Frage nur gestellt hatte, damit er sie ansah.

»*Kamara ngyini piaba?*«, fragte sie. *Kamara, wirst du sprechen?*

Rooke hätte nie gedacht, dass er sich einmal wünschen würde, weniger zu verstehen.

Dieser Austausch von Wörtern war kein Sprachunterricht. Es war ein Gespräch. Zum ersten Mal befanden sich Tagaran und er auf derselben Seite des Sprachspiegels und redeten in einer Sprache miteinander. Er verstand ihre Worte, sie seine. Sobald zwei Menschen dieselbe Sprache sprechen, kann sie nicht mehr dazu benutzt werden, um etwas zu verbergen.

»*Nganawa?*«, fragte Rooke. *Mit wem?*

»*Charlotte birang*«, sagte sie. *Mit der Person, die zur* Charlotte *gehört.*

Es war also nicht Brugden gewesen, sondern einer der Matrosen. Rooke stellte sich vor, wie er sich zur *Charlotte* hinüberrudern ließ und den Kapitän zu sprechen verlangte. *Sir, ein Mann von Ihrem Schiff hat drei Eingeborenenmädchen geschlagen. Ich möchte, dass Sie herausfinden, wer es war, und ihn bestrafen.*

Der Kapitän würde ihn anblicken. *Wirklich, Leutnant? Eingeborenenmädchen, was Sie nicht sagen!*

Man würde einen Matrosen vom Unterdeck heraufholen, der dann mit unbewegter Miene dastehen würde, wie man es ihnen beigebracht hatte. Er würde die Geschichte parat haben, wie er an Land gegangen sei und die Mädchen ihm Brot oder seine Pfeife gestohlen hätten.

Rooke konnte sich die Szene lebhaft vorstellen, nicht aber sich selbst als Beteiligten darin.

Wie in der Bewegung erstarrt standen die drei Mädchen da, ein lebendes Bild mit braunen Gliedern und schräg nach oben blickenden Gesichtern und Augen, die Leutnant Rooke erwartungsvoll ansahen, während dieser sich das Unmögliche vorzustellen versuchte.

»*Yenaraou bisket?*«, fragte Worogan. *Darf ich den restlichen Zwieback holen?*

Rooke hatte geglaubt, die Kinder, denen er den größten Teil seines Zwiebacks gegeben hatte, hätten nicht bemerkt, dass er ein kleines Stück für sich selbst zurückbehalten hatte, aber da hatte er sich getäuscht. Ihnen war nichts entgangen – das mit dem Zwieback nicht und schon gar nicht die Tatsache, dass *kamara* nicht für sie Partei ergreifen wollte.

Rooke holte den Rest des Zwiebacks und versuchte ihn laut ächzend und mit verzerrter Miene zu zerbrechen, um die Mädchen zum Lachen zu bringen – der Zwieback war steinhart, Rooke brauchte gar nichts vorzuspielen –, bis er sich schließlich das Beil neben der Feuerstelle holte und den Zwieback damit in drei Teile hackte.

Bei Worogan und Tugear hatte er mit seiner Vorführung auch tatsächlich Erfolg, doch am wichtigsten war ihm, dass Tagaran ihm verzieh.

Als er ihr ein Stück Zwieback reichte, deutete er auf ihren Finger.

»*Murra bidyul?*«, fragte er, in der Hoffnung, es bedeute *Finger besser?*

»*Bial, karangun*«, sagte sie, wobei sie den Kopf schüttelte und das Gesicht verzog. Nicht besser, sondern schlechter, sollte das wohl heißen, dachte Rooke. Wenigstens schien sie sich damit abgefunden zu haben, dass mehr als Mitgefühl von ihm nicht zu erwarten war.

Als die Kinder die Zwiebackstückchen aufgegessen hatten, fing Tagaran an, mit großen Gesten Gastgeberin zu spielen und den beiden anderen Geheimnisse der Hütte zu zeigen, die diese noch nicht kannten. Sie demonstrierte ihnen, wie man mit dem Flintstein einen Funken schlug, zeigte ihnen, wie man das Beil mit dem Wetzstein schärfte, und öffnete die Kiste mit dem Sextanten. Sie drohte ihnen mit dem Finger, das Instrument nicht zu berühren, und deutete nach oben. Wie sie selbst es damals getan hatte, blickten die beiden Mädchen zu den Schindeln hinauf, worauf Tagaran einen Schwall Wörter ausstieß. Rooke war sich ziemlich sicher, dass sie sinngemäß bedeuteten *Nein, Unsinn, nicht das Dach, sondern die Sterne!*

In der Hütte gab es keine große Auswahl an Dingen, die man vorführen konnte, deshalb war Rooke klar, dass Tagaran den Gegenstand in der Ecke hinter der Tür bewusst übersah: seine Muskete. Aus Mangel an Haken und Regalen benutzte Rooke sie dafür, kleine Kleidungsstücke darüber zu hängen. Meist dachte er gar nicht mehr daran, dass es eine Waffe war, doch nun, da Tagaran sie ignorierte, wurde ihm diese Tatsache wieder bewusst.

In diesem Moment sagte Tugear etwas, und schlagartig waren sie alle fort – wie ein Schwarm dieser zwitschernd auf dem Gras landenden Vögel, die plötzlich aufgeschreckt davonstoben.

Er sah ihnen nach, als sie die Felsen hinaufkletterten. Ein Stück unterhalb der Hügelkuppe drehten sie sich noch einmal um und winkten.

»*Goodbye! Goodbye! Goodbye!*«

Der Klang dieses Wortes schien ihnen unheimlich gut zu gefallen.

Rooke winkte zurück, bis sie hinter dem Kamm verschwunden waren, blieb aber auch danach noch eine Weile stehen und blickte hinauf.

Als er dann wieder in die Hütte hineinging, befiel ihn das trostlose Gefühl, versagt zu haben. Was Tagaran von ihm erwartet hatte, konnte er unmöglich erfüllen. Rooke ging es im Geiste noch einmal durch: wie er sich zur *Charlotte* hinüberrudern ließ, an die Tür der Kapitänskajüte klopfte und wie ihn der Kapitän dann anblickte. *Eingeborenenmädchen, sagten Sie?*

Unmöglich.

Tagaran hatte bestimmt von Anfang an gewusst, dass er

diese Prüfung nicht bestehen würde, und ihm verziehen. Es war nur die Bestätigung von etwas, das sie bereits begriffen hatte. Wie bei so vielen anderen Dingen war sie ihm auch hierbei voraus.

Sie alle wussten, wovor er das Gesicht abgewandt hatte: Ob es ihm gefiel oder nicht, er war ein *Berewalgal*. Er trug die rote Jacke. Er schulterte, wenn es ihm befohlen wurde, die Muskete. Er sah untätig zu, wenn ein Mann ausgepeitscht wurde. Er wagte nicht, einem Weißen die Stirn zu bieten, der seine Freunde geschlagen hatte.

Rooke hatte so getan, als wäre es nicht so. Hier in seiner Hütte existierte eine eigene Welt, eine Welt mit Tagaran und den anderen. Diese Welt befand sich auf einer ganz anderen Umlaufbahn als jene, in der er mit Seinesgleichen lebte. Man konnte aber nicht gleichzeitig zwei verschiedenen Wegen folgen. Tagaran hatte es gewusst. Nun wusste er es auch.

Die Düsternis, die seinen Tag überschattete, war auf etwas zurückzuführen, das er bislang nicht hatte wahrnehmen wollen: dass die Freude, die er mit Tagaran erlebte, einen Schatten warf. An diesem Nachmittag war er davon gestreift worden, nur ganz leicht. Es würde wieder geschehen. Was er mit Tagaran erlebte, war die größte Freude seines Lebens. Doch untrennbar mit dieser Freude verbunden war ein Universum der Unmöglichkeit.

*

Das war typisch für Sydney Cove, dachte Rooke: Am Ende eines jeden Sommertages erhob sich mit einer solchen Zuverlässigkeit ein Nordostwind, als würde dort draußen auf dem endlosen Pazifischen Ozean jemand dafür bezahlt, ein Fenster zu öffnen. Windböen schüttelten die Bäume auf den bewaldeten Landzungen und peitschten das Wasser in der Bucht metallischgrau auf.

Rooke überlegte, ob er die Notizbücher vernichten sollte. Er würde sich eine Kopie machen, in der er alles wegließ, was missverstanden werden konnte. Anschließend würde er die Originale verbrennen. Er setzte sich an den Tisch und öffnete ein neues Notizbuch, um den Plan in die Tat umzusetzen, konnte sich aber doch nicht dazu durchringen. Seine Einträge unter dem Gesichtspunkt zu lesen, was möglicherweise falsch ausgelegt werden könnte, hieße, sie zu verfälschen. Außerdem würde er die Aufzeichnungen dann ebenfalls mit derben Hintergedanken lesen müssen und selbst davon beschmutzt werden. Eine bereinigte Fassung von den Notizbüchern zu machen, würde sie zerstören. Sie wären dann so echt wie ein ausgestopfter Papagei, aber nicht wahrheitsgetreu.

Als er auf einmal Barringan zwischen den Felsen zur Hütte heruntersteigen sah, gefolgt von Boneda, der laut *kamara, kamara* rief, und Tagarans in der Sonne leuchtender Gestalt, freute er sich. Zugleich spürte er aber auch noch etwas anderes in seinem Herzen. War es möglich, dass man sich etwas wünschte und gleichzeitig Angst davor hatte? Der Zwiespalt zwischen den Gefühlen in seiner Brust war so stark, dass er nicht imstande war, den Gruß der Kinder zu erwidern.

Heute zog es sie offenbar nicht in die Hütte. Nur Tagaran ging hinein, und als er ihr folgte, warf er unwillkürlich einen besorgten Blick zum Hügelkamm hinauf, ob dort nicht etwa Silks muntere Gestalt auftauchte.

Tagaran ging schnurstracks auf die Ecke zu, in der die Muskete stand, zog das Taschentuch von der Gewehrmündung und griff sich die Waffe. Während Rooke noch die Hand ausstreckte, um Tagaran daran zu hindern, hatte sie die Muskete schon angelegt und den Finger am Abzug. Jetzt tat sie so, als wüsste sie, wie man mit zusammengekniffenem Auge etwas anvisiert.

Wo hatte sie das gesehen? Und warum hatte sie bis jetzt gewartet, um es auszuprobieren?

Gestochen scharf wie einen Kupferstich im Rahmen sah Rooke die Szene jenes ersten Tages am Strand vor sich, als Weymark den Eingeborenen die Macht der Waffe des weißen Mannes demonstriert hatte. Und wie er selbst über die unverblümte Auskunft des Schiffsarztes gelacht hatte, was eine Musketenkugel mit einem Menschen anstellen könne. Rooke hatte das eigentlich nicht lustig gefunden und fragte sich jetzt, was damals bloß in ihn gefahren war, darüber zu lachen.

Die Nachricht über diese Vorführung hatte sich bestimmt von einem Stamm zum anderen verbreitet. Höchstwahrscheinlich hatte auch Tagaran davon gehört. Ob sie gerade das gleiche Bild vor Augen hatte wie er?

Mit einem missbilligenden Lächeln nahm er ihr das Gewehr ab und stellte es in die Ecke zurück.

Doch Tagaran griff erneut danach und steckte nun den

Finger in die Mündung. Sie wollte wissen: *Wodurch kommt die Kugel da raus?*

Der Gouverneur hatte den Seesoldaten die Order erteilt, die Eingeborenen auf keinen Fall sehen zu lassen, dass man zum Auslösen eines Schusses etwas in die Gewehre einführen musste. »Sie sollen glauben, die Geräte selbst haben eine genauso unmittelbare Wirkung wie ihre Speere«, hatte er gesagt. »Zu unser aller Sicherheit lassen Sie einen Eingeborenen nie sehen, wie man die Muskete lädt.«

Rooke schüttelte also den Kopf, hielt als Ablenkungsmanöver den Daumen in die Höhe und fragte, wie er auf Englisch hieß. Tagaran ging nicht darauf ein. Diesmal war ihre Wissbegier anders, drängender als sonst, wenn es um Fragen ging, wie man den Deckel des Tintenfasses entfernte oder welche Funktion die Schnalle an Rookes Schuh hatte.

Oder schien es ihm nur wegen des Schattens, der seit kurzem über allem lag, anders vorzukommen?

Weil es ihm schwerfiel, Tagaran eine Antwort zu verweigern, dachte Rooke schließlich, er könnte ihr zumindest halbwegs entgegenkommen. Ungeachtet des Befehls und seines eigenen Widerstrebens nahm er den Beutel mit den Bleikugeln vom Haken und ließ eine davon auf seinen Handteller gleiten. Tagaran griff sofort danach, befühlte sie, wog sie in der Hand und biss mit den Zähnen darauf, bevor sie ihm die Kugel zurückgab. Rooke ließ sie in die Mündung rollen und stieß sie mit dem Ladestock hinunter.

Er musterte ihr Gesicht, während sie aufmerksam dem Auf und Ab des Ladestocks folgte. Offensichtlich hatte sie völlig vergessen, dass er *kamara* war. Im Augenblick war er nichts weiter als ein Werkzeug, mit dessen Hilfe sie an die gewünschten Informationen kommen konnte.

Rookes Hände kannten die Bewegungsabläufe dieses Rituals so gut, dass er das Gewehr mit geschlossenen Augen hätte laden können. In Portsmouth hatten sie diese Prozedur endlos lange geübt, während der Sergeant die Handgriffe einen nach dem anderen herausgebrüllt hatte. Rooke konnte es fast nicht mehr glauben, damals in dem Gewehr nur ein Wunder der Logik und der Technik gesehen zu haben.

Als er jetzt auf Tagarans Gesicht einen Widerschein dieser Faszination wahrnahm, hätte er ihr am liebsten gesagt: *Hier gibt's nichts zu bewundern*.

Er hoffte, das Laden und Stopfen würde ihr genügen, doch Tagaran ließ sich nicht hereinlegen. Sie deutete auf die Pulverpfanne und den gänsehalsförmigen Hahn mit dem Flintstein – wollte folglich demonstriert bekommen, welche Funktionen sie jeweils hatten. Also zeigte ihr Rooke, wie man den Hahn spannte und der Flintstein einen Funken erzeugte. Tagaran wusste jedoch, dass noch immer etwas fehlte und sich das noch Fehlende in dem kleinen Beutel oben auf dem Regal befand.

Umständlich und betont vorsichtig öffnete Rooke den Beutel und schüttete etwas Schwarzpulver auf seinen Handteller. Dann gab er es auf die Pfanne, ließ aber das Wesentliche weg: Es fehlte das Pulver hinter der Kugel, das sie aus dem Lauf getrieben hätte.

Zumindest nach dem Buchstaben des Gesetzes befand er sich noch immer auf der richtigen Seite.

Tagaran folgte Rooke nach draußen. Eigentlich hatte er gedacht, die Frauen würden wie gewöhnlich dort draußen an ihrem Lagerfeuer sitzen, während Boneda und die anderen Kinder zwischen den Felsen umhersprangen, zum Wasser hinunterrannten und wieder hinauf, doch niemand war zu sehen.

»Wo ist Mauberry, wo ist Boneda?«, fragte er Tagaran. Seine Frage interessierte sie überhaupt nicht, sondern nur das, was er als Nächstes mit dem Gewehr tun würde.

Rooke fand es ein wenig seltsam und beunruhigend, dass sonst niemand da war. Vielleicht war es aber auch besser so, dachte er dann. Der Lärm, den er gleich veranstalten würde, hätte die Säuglinge furchtbar erschreckt.

Tagaran wollte sich direkt neben ihn stellen, doch Rooke bedeutete ihr, ein paar Yards zurückzugehen. Mit weit aufgerissenen Augen sah sie zu, wie er so tat, als visierte er etwas an, bevor er mit dem Finger den Abzug betätigte. Der Flintstein schlug gegen den Batteriedeckel, der Funke entzündete das Pulver in der Pfanne. Als der helle Feuerstrahl herausschoss, sprang Tagaran mit einem Aufschrei zurück, allerdings mehr vor Begeisterung als vor Angst.

Rooke spürte, wie die Empfindungen, die das Geräusch in ihm wachrief, seine Miene erstarren ließen.

»So«, sagte er, ließ das Gewehr sinken und stellte es mit dem Lauf nach unten auf den Boden, »jetzt habe ich dir alles gezeigt. Bist du nun zufrieden?«

Tagaran ließ sich jedoch nicht täuschen. Mochte er auch Lärm und Licht erzeugt haben, sie wusste, dass die Kugel noch im Lauf steckte.

Nur für diesen einen Tag hätte Rooke gewünscht, dass sie dumm war.

Mittels Gesten, die nicht einmal ein Schwachsinniger hätte missverstehen können, machte sie ihm klar, was sie wollte: die Bleikugel – sie nahm eine andere in die Hand, um es ihm zu demonstrieren – aus der Mündung fliegen sehen.

Das würde er auf keinen Fall tun. Der Feuerstrahl und der Lärm, den diese Maschine erzeugte, mochten ja faszinierend sein, etwa so wie Feuerwerk oder wenn jemand aus einer Tuba einen Ton herausbrachte. Ein Stück Metall daraus abzufeuern, das einen Holzschild oder einen menschlichen Körper durchdringen konnte und die Innereien darin freilegte, war eine Erfahrung ganz anderer Art, eine andere Sprache. Was sie sagte, war: *Ich kann dich töten*.

Rooke wollte nicht, dass Tagaran diese Sprache lernte. Und schon gar nicht von ihm.

»Nein. Kommt nicht in Frage. *Bial. Bial.*«

Tagaran zog eine Schnute und versuchte, ihn durch Schmeicheln umzustimmen. Als das nichts half, schmollte sie und nannte ihn einen *tamunalang*, einen, der eine Bitte abschlägt oder vielleicht auch, mutmaßte Rooke, einen gemeinen Kerl.

Anfangs hatte er noch gedacht, es sei ein Spiel: *Tagaran versucht, ihren Willen durchzusetzen*. Doch sie ließ einfach nicht locker, packte das Gewehr am Lauf und drängte es ihm regelrecht auf. Rooke war über den naiven Wunsch, Töten zu spielen, schockiert.

Er dachte, sie müsse doch eigentlich merken, wie qualvoll es für ihn war, mit dem Gewehr herumzuhantieren und daran erinnert zu werden, dass er Soldat war, sein Beruf die Gewalt. Warum bloß gab sie nicht nach?

»Nein! Ich bitte dich, verlang das nicht von mir!«

Noch nie zuvor hatte er Tagaran inständig um etwas bitten müssen und kannte deshalb auch kein Wort in der Sprache der *Cadigal* für eine so flehentliche Bitte.

Er riss ihr das Gewehr aus der Hand, verbarg es hinter seinem Rücken, wo sie es nicht mehr erreichen konnte, und hielt Tagaran am Handgelenk fest, damit sie sich die Waffe nicht wieder holte. Ihr Arm war dünn wie ein Zweig, aber stark. Er spürte die sehnige Kraft.

»Hör auf, Mädchen, besteh nicht darauf«, rief er schließlich aus. »Ich habe Nein gesagt!«

Er hörte den Zorn in seiner Stimme, und Tagaran hörte ihn auch. Sie reagierte mit einem wütenden Wortschwall. Rooke ließ ihren Arm los, Tagaran trat einen Schritt zurück. Sie starrten einander an. Auf einmal war es kein Spiel mehr.

Rooke war bestürzt. Er hätte nie gedacht, dass er seine Kraft jemals gegen Tagaran verwenden oder in aufgebrachtem Tonfall mit ihr reden würde.

Er musterte die trotzige Miene, mit der sie ihn anblickte, halb von ihrem Haar verdeckt, das Kinn bockig vorgereckt. Er verstand nicht, was geschehen war, außer dass es mit dieser elenden Flinte zu tun hatte. Da hätte er gleich einen Schuss abfeuern können. Damit wäre genauso viel zerstört worden, wie es nun durch seine Wut geschehen war.

Tagaran wandte sich zur Tür. Rooke machte einen Schritt in ihre Richtung.

»Morgen«, sagte er zu ihrem Rücken. »*Parribugo*. Wirst du morgen wiederkommen?«

Sie sagte etwas, ohne ihn anzusehen.

»*Kamara*, *goodbye*.«

Was für ein schreckliches Wort dieser Abschiedsgruß doch war. Er konnte ihn nicht erwidern. Das Wort war wie ein Messer.

»*Parribugo*. Ich werde hier sein. *Parribugo!*«

Doch sie war schon fort. Rooke sah ihr nach, wie sie den Pfad hinaufstieg, wie sich ihre langen dünnen Beine ohne zu stocken über die Felsen bewegten. Er hoffte, Tagaran würde sich noch einmal umdrehen. Er würde ihr zuwinken, damit sie zurückkäme. Er würde zu ihr hinauflaufen.

Aber sie drehte sich nicht um.

Nachdem sie gegangen war, setzte sich Rooke auf sein Bett. Ihm zitterten die Knie, und er spürte einen Druck in der Kehle, als versuche etwas, aus ihm herauszukommen.

Der Geruch des Schießpulvers, das er für Tagaran zur Explosion gebracht hatte, hing noch in der Luft. Er versetzte ihn in Panik, machte ihn ganz konfus.

Warum hatte Tagaran wissen wollen, wie man ein Gewehr abfeuerte?

Sein Hirn lieferte ihm eine mögliche Antwort. War es möglich – nur so als Vermutung –, dass Tagaran von den Eingeborenen ausgewählt worden war, die Sprache der Aus-weiter-Ferne-Leute zu lernen? Um herauszufinden, was das für Leute waren? Und vielleicht sogar, um hinter die Bedeutung der Zeichen auf dem Papier zu kommen, die für sie so wichtig waren? Um zu verstehen, wie ihr Verstand funktionierte, was für Gewohnheiten, Überzeugungen und Empfindungen sie hatten?

Und vielleicht auch, um herauszufinden, wie die Gewehre funktionierten. Ihre Macht, ihre Grenzen. Wie man ihnen mit Speeren oder hölzernen Schutzschilden begegnen konnte.

Ein kluges Kind wie Tagaran war die perfekte Wahl: schnell von Begriff, aber arglos. Neugierig, voller Fragen, aber nur ein Kind. Rooke dachte daran, wie sie die Wörter nur ein einziges Mal zu hören brauchte, um sie in sich aufzunehmen, und den Sinn ganzer Sätze unglaublich schnell erfasste. Sie hatte selbst mehr gelernt, als sie ihm beigebracht hatte.

Er hatte Tagaran immer mehr als eine Hilfsquelle angesehen, hatte geglaubt, sie zu seiner Lehrerin ernannt zu haben. Sein eigener Ehrgeiz hatte ihn zu selbstsicher werden lassen.

Schließlich gestand er sich die bittere Wahrheit ein: Er hatte sich durch ihre Freundschaft geschmeichelt gefühlt.

Jetzt, um es klar und deutlich zu sagen, sah es ganz so aus, als wäre er derjenige, der benutzt worden war.

Für dumm verkauft worden zu sein, war schmerzlich. Doch der Druck in seiner Kehle, das einengende Gefühl, als wisse er nicht mehr, wie man atme, rührte nicht daher. Was ihm die Kehle zusammenschnürte, war die Erkenntnis, dass Tagaran seine Gesellschaft in Wirklichkeit gar nicht genossen hatte. Sie hatte ihn nur für das geschätzt, was er ihr hatte geben können.

Und genauso hatte auch er sie in zunehmendem Maße gesehen. Bis jetzt, wo es vielleicht zu spät war.

*

Am nächsten Tag, als Rooke mit den Mittagsmessungen fertig war, stieg er zum Hügelkamm hinauf. Oben angekommen, ging er nicht zur Siedlung hinunter, sondern in die entgegengesetzte Richtung zu der Bucht, die bei den Siedlern Long Cove hieß. Er hatte dort schon häufig Rauch aufsteigen sehen, und Tagaran hatte ihm erzählt, dass die Herzmuscheln und die dicken Schlammaustern das ruhige Wasser dieser schmalen Bucht mochten. Einmal hatte er Tagaran bis zu einem großen Felsen begleitet, von dem aus man zum Lager hinabschauen konnte: ein paar Rindendächer, eine kleine gerodete Fläche, ein Lagerfeuer. Tagaran hatte ihm klargemacht, dass er von dort aus nicht mehr weitergehen solle, und Rooke hatte es akzeptiert. Es würde noch genügend andere Tage, andere Gelegenheiten geben, hatte er gedacht.

Als er nun neben dem Felsen stand, sah er, dass die Bucht verlassen war. Von dem Aschehügel auf dem freien Platz stieg kein Rauch auf. Die Hütten waren noch da, aber leer.

Rooke spürte eine Leere in sich, so, als hätte er etwas verlegt, das er vielleicht nicht wiederfinden würde.

Er setzte sich auf den Felsen, der die Grenze zwischen Tagarans und seiner Welt darstellte. Die Sonne stand schon so tief, dass die Bucht im Schatten lag. Auf dem schwarzen Wasser verschmolzen die düsteren Mangroven mit ihren Spiegelbildern. Die Sonne würde bald hinter dem Hügelkamm auf der anderen Seite der Bucht verschwinden. Die Erde drehte sich weiter, mitsamt dem Fünkchen Leben namens Daniel Rooke. Was immer auch hier unten zwischen den Felsen und den Bäumen geschah, wo die Menschen mit verwirrtem Geist durchs Leben stolperten, die Erde drehte sich weiter um sich selbst und zog weiter ihre riesige Bahn. Die Anziehungskraft der Sonne wirkte der Fliehkraft der Erde mit exakt der gleichen Stärke entgegen und verhinderte so, dass diese auf Nimmerwiedersehen ins Weltall enteilte. Ob der Mensch sie sah oder nicht, die Sonne strahlte ohne Unterlass, zog die Erde unaufhörlich an und hielt sie mit mächtiger Hand auf ihrer Bahn.

Auf dem Wasser war eine Bewegung wahrzunehmen; zwei Enten schwammen von einem Punkt zu einem anderen. Irgendwo am jenseitigen Ufer stieß ein Vogel immer wieder den gleichen Laut aus – *uik! uik! uik!* –, ohne Unterbrechung, wie ein Mann beim Abzählen seiner durchs geöffnete Gatter drängenden Schafe. Im Zentrum der dunklen Bucht entstand auf der Wasseroberfläche eine kleine, ringförmige Vertiefung, die sich immer weiter nach außen hin vervielfachte, ein vollkommener Ring nach dem anderen.

All das war für Rooke nichts als Oberfläche: Oberfläche ohne Bedeutung. Er hörte den Vogel und er sah die Ringe. Weiter nichts. Nicht mehr, als ein Hund wahrgenommen hätte.

In Portsmouth hatte Rooke gewusst – so selbstverständlich, dass ihm gar nicht bewusst war, es irgendwann gelernt zu haben: Wenn die Platanenblätter gelb und ledrig wurden, würde es bald kalt sein. War der Mond von einem schillernden Hof umgeben, würde am nächsten Tag aufgewühltes Wasser vom Meer auf den Kiesstrand geschleudert. Mit der Tatsache über die Platanenblätter oder den Mond hingen anderen Tatsachen zusammen, in der Natur war alles in einem riesigen Netz der Logik miteinander verknüpft.

In New South Wales konnte Rooke zwischen den Dingen keinen größeren Zusammenhang erkennen. Das machte das Leben hier seltsam ungeordnet und ermüdend, so, als bewegte man sich blind durch die Welt.

Tagaran kannte die inneren Verbindungen dieser Landschaft so wie er die von Portsmouth. Sie würde dort vermutlich so blind sein wie er hier.

Einmal hatte sie ihn gebeten, ihr von dem Ort zu erzählen, aus dem er stammte.

»Ein Hafen wie dieser hier«, hatte er gesagt und mit der Hand hinuntergedeutet.

Während er über das Wasser zum Land der *Cammeragal* hinübersah, hatte er sich vorstellen können, er blicke von Portsmouth Harbour nach Gosport.

»Auf der anderen Seite der Bucht, schräg gegenüber, genau wie hier.«

Tagaran hatte mit ernster Miene zugehört und in die Richtung geblickt, in die Rooke gedeutet hatte.

Er erinnerte sich an den Jungen, der er in ihrem Alter gewesen war, und an die vielen Nachmittage, die er auf dem Kiesstrand unterhalb des Turms verbracht hatte. Obwohl er bis auf die Knochen durchgefroren war, hatte es ihm davor gegraut, zur Akademie zurückzukehren. Dieser Junge hatte von einem Neuanfang geträumt, einem Ort, an dem man bei Null beginnen konnte, ohne von all den früheren Fehlschlägen verfolgt zu werden. Alle Worte neu zu lernen, war Teil dieses Traums gewesen. Und nun, an dieser wilden Landspitze des allerfernsten Kontinents, war diese kindliche Sehnsucht Wirklichkeit geworden. Diese wundersame nackte Wiedergeburt versetzte ihn in Staunen.

»Ein guter Ort«, hatte er zu Tagaran gesagt.

Warum hatte er das gesagt, obwohl es doch gar nicht stimmte? So war das eben, wenn man lediglich ein paar Worte austauschen konnte. Für die Wahrheit brauchte man Hunderte von Worten oder gar keine.

Tagaran hatte genickt. Sie glaubte ihn zu verstehen, doch wie sollte das möglich sein? Er hatte gar nicht erst zu erklären versucht, wie es wirklich gewesen war, wie es war, wenn man sich unter seinen eigenen Leuten einsam fühlte.

Was mochte das für ein Gefühl sein, Tagaran zu sein? Barfuß und nackt durch die Wälder zu streifen, so ungezwungen, wie er es auf der Church Street getan hatte?

Rooke warf einen Blick hinter sich, musste aber feststellen, dass er allein auf dem Hügel war. Wie Hunger oder Durst überkam ihn auf einmal das unwiderstehliche Verlangen, seine Schuhe aufzuschnallen, die verschlissenen Socken auszuziehen und barfuß auf Tagarans Erde zu stehen. Seine Füße waren so weiß wie fette Raupen in modrigem Holz, sahen schwach und verletzlich aus. Rooke machte ein paar vorsichtige Schritte den Pfad entlang, dann stach ihn etwas so schmerzhaft in die Ferse, dass er nach Luft rang. Als er nachsah, was ihn gestochen hatte, stellte er fest, dass es nur ein winziger Zweig war, halb so groß wie ein Zahnstocher. Bedurfte es nur einer solchen Kleinigkeit, um ihn davon abzuhalten, mit Tagarans Füßen zu gehen?

Sein ganzes Leben lang war ihm seine eigene Gesellschaft

lieber gewesen als die anderer Menschen. Doch jetzt fühlte er sich auf einmal unbehaglich, als wäre ihm zu warm oder zu kalt, als hätte er Hunger oder Durst. Aber nichts davon traf zu. Es lag daran, dass er sich nicht mehr selbst genügte. Von sämtlichen Menschen auf diesem sich drehenden Globus war da ein einziger, nach dessen Gesellschaft er sich sehnte.

Das war eine Lehre für einen Mann, der fast alles zu wissen geglaubt hatte.

Es war dumm von ihm gewesen, aus dem Pflichtbewusstsein eines Soldaten Seiner Majestät nicht nachgegeben zu haben. Er hätte die verdammte Kugel einfach abschießen und Tagaran daraus lernen lassen sollen, was immer sie daraus hatte lernen wollen.

*

Zurück in seiner Hütte, nahm Rooke die Notizbücher heraus, die seine Gespräche mit Tagaran enthielten. Sie waren so klein, dass er sie mit einer Hand bedecken konnte. Schäbig und unscheinbar sahen sie aus, waren aber das Wertvollste, das er je besessen hatte.

Rooke rechnete nicht damit, dass Tagaran wiederkommen würde. Mehr als das, was auf diesen Seiten festgehalten war, würde er nicht von ihr bekommen.

Er schlug eines der beiden auf. Da war sein erster, im Überschwang geschriebener Eintrag: *Marray – nass.* Rooke erinnerte sich noch gut an das triumphierende Gefühl. So zufrieden war er mit sich gewesen, stellte er jetzt fest, dass er sogar einen Punkt dahinter gesetzt hatte.

Es erschütterte ihn, mit welcher Selbstsicherheit er diese Einträge gemacht hatte. Wie töricht dieses Triumphgefühl doch gewesen war, wie fehl am Platz der Dogmatismus dieses

Punktes. *Marray*. Ja, es könnte *nass* bedeutet haben. Es könnte aber auch *Regentropfen* oder *auf deiner Hand* bedeutet haben. Auch *schmutzig* oder *Schlamm* könnte es bedeutet haben, weil die Tropfen den Staub auf seiner Hand in Schlamm verwandelt hatten. Es könnte auch *rosa* bedeutet haben, die Farbe seines Handtellers, oder *Haut* oder *verschlungene Herzlinie, Kleiner*, wie es die Zigeunerin auf dem Portsea-Jahrmarkt einmal zu ihm gesagt hatte.

Doch so wie es hier stand, mit dem kleinen Punkt dahinter, war jeglicher Zweifel ausgeschlossen. Die Bedeutung würde nie mehr in Frage gestellt. Was ihn wie Wissenschaft gedünkt hatte, war in Wirklichkeit reine Spekulation gewesen, Spekulation der schlimmsten Art, nämlich eine, bei der man vergisst, dass es nur eine Vermutung ist.

Und natürlich wusste er inzwischen, dass *marray* nicht *nass* bedeutete, sondern ein Verstärkungswort war, so etwas Ähnliches wie *sehr*.

Als der Junge an jenem ersten Tag weggerannt war, hatte Tagaran *yennarrabe* gesagt, und Rooke war sich sicher gewesen, dass es nur bedeuten konnte: *Er ist fort*. Jetzt ging ihm auf, dass er zu voreilig gewesen war. Er nahm seine Feder, tauchte sie in die Tinte, machte aus dem Punkt ein Komma und fügte hinzu: *die englische Entsprechung ist noch nicht ganz geklärt*.

Er blätterte weiter bis zu dem langen Eintrag, den Silk gelesen hatte, und durchlebte noch einmal die ganze Pein. *Goredyu tagarin, ich mehr (d.h. ich nehme mehr) von Kälte, d.h. die Kälte wegnehmen. Als Tagaran dies sagte, stand sie nackt vor dem Feuer, und ich wollte, dass sie etwas anzog, worauf sie sagte, Goredyu tagarin, was genau bedeutet, ich will länger nackt bleiben, damit mir schneller warm wird, weil man unbekleidet das Feuer besser spürt, als wenn es Kleider durchdringen muss*.

So ausgeklügelt diese Interpretation von Tagarans Worten auch gewesen sein mochte, war sie doch nicht richtig. *Gore* bedeutete tatsächlich *wärmen*, aber *goredyu* konnte genauso gut ein ganz anderes Wort sein, ging Rooke nun auf.

Zwischen den Zeilen war noch Platz, um diesen Irrtum einzugestehen. *Das stimmt nicht. Goredyu bedeutet etwas anderes. Gore, wärmen*.

Er hatte sich eingebildet, klüger zu sein als Silk, der mit selbstgefälliger Naivität glaubte, dass es für jedes Wort in der anderen Sprache eines mit exakt derselben Bedeutung gab und man sie austauschen könne wie einen spanischen Dollar gegen zwei Schillinge und fünf Pence. Jetzt erkannte Rooke, dass er haargenau dasselbe gemacht hatte. Er hatte diese Verblisten angelegt, diese Alphabete und diese netzartig verknüpften Seiten: *weitere Flexionsformen desselben Verbs*.

Aber so ließ sich die Sprache von Sydney nicht erlernen. Sowohl die Sprache als auch das Erlernen hatten die Grenzen gesprengt, in die er beides hatte zwängen wollen. Der Beweis dafür war das, was er eben getan hatte. Der Druck des Unbekannten hatte ihn eine neue Sprache finden lassen, eine Sprache, die ihm sogar noch neuer war als die Sprache der *Cadigal* – die Sprache des Zweifels, die Sprache, die zu dem Eingeständnis bereit war: *Ich bin mir nicht sicher*.

Was ihn weder die lateinische noch die griechische Sprache gelehrt hatte, brachten ihm nun die Menschen aus New South Wales bei, und zwar Folgendes: Eine Sprache ließ sich nicht lernen, ohne dass man mit den Menschen, die sie sprachen, Beziehungen einging. Seine Freundschaft mit Tagaran bestand nicht aus einer Liste von Gegenständen oder Wörtern für Dinge, die man essen oder nicht essen, die man werfen oder nicht werfen konnte, sondern war durch den langsamen Aufbau einer zwischenmenschlichen Beziehung entstanden.

Um die Namen der Dinge wirklich verstehen zu können, waren nicht nur die Wörter wichtig, sondern auch das, was zwischen den Wörtern lag. Eine Sprache zu erlernen, bedeutete nicht, *zwei beliebige Punkte* durch eine Linie miteinander zu verbinden. Man musste in die andere Sprache hineinspringen.

Um die Bewegungen der Himmelskörper zu verstehen, musste man alles ignorieren, was man zu wissen glaubte. Wenn es einem nicht gelang, die eigene Welt von einem Punkt außerhalb dieser Erde zu betrachten, würde man niemals erkennen, wie alles zusammenhing.

In Tagarans Gesellschaft hatte Rooke einen flüchtigen Blick darauf erhascht, wie alles miteinander seinen Platz fand. Er befürchtete, dass es bei diesem flüchtigen Blick bleiben würde.

VIERTER TEIL

BETEILIGT

*

Dann schleppte sich Brugden in die Siedlung, von einem Speer durchbohrt, der ihm anderthalb Fuß seitlich aus der Brust ragte. Rooke erfuhr davon, als der Botenjunge vom Regiment keuchend vor seiner Hütte stehen blieb.

»Sie haben den Wildhüter erwischt, Sir. Der ist erledigt.«

Er war so außer Atem, dass er kaum sprechen konnte. Aber gleichzeitig war er aufgeregt, wenn auch das *Erledigtsein* für diesen rotgesichtigen Jungen mit den glühenden Wangen nichts weiter war als ein Wort.

Wie betäubt nahm Rooke die Nachricht auf. Dabei überraschte ihn nur, dass er kaum überrascht war. Die Leere, die er in sich spürte, die Lücke an der Stelle, an der einmal Glückseligkeit gewesen war, verwandelte sich durch diese Nachricht in etwas Konkretes. Eine verzauberte Zeit, eine unwirkliche Zeit war für die Privatperson Rooke zu Ende gegangen. Da war es nicht verwunderlich, dass sie nun auch öffentlich zu Ende ging.

»Major Wyatt sagt …« Der Junge stockte und kniff die Augen zusammen, während er überlegte, wie die Botschaft gelautet hatte. »Er sagt, Leutnant Rooke möge heute Abend um sechs Uhr zur Kaserne kommen. Und seine besten Empfehlungen auch.«

Ich kann eine Krankheit vorschützen, dachte Rooke, kann dem Jungen sagen, dass *Leutnant Rooke seine besten Empfehlungen schickt, aber leider unpässlich ist*.

Einem Mann wie Major Wyatt konnte man jedoch nichts vormachen.

»Dies ist als Befehl aufzufassen, Sir, sagt der Major«, fuhr der Junge fort, »und Leutnant Rooke möge sich als anwesenheitspflichtig betrachten …« Mit weit aufgerissenem Mund stand der Junge da und überlegte, was der Major sonst noch gesagt hatte. »Ganz gleich, was auch sein mag, Sir. Das war im Wesentlichen, was er gesagt hat.«

*

Die Nachricht war wie eine dunkle Flutwelle über die Siedlung geschwappt, die Stimmung in der Kaserne war düster. Obwohl Brugden nicht einmal ein freier Mann war, hatte man ihm die Handlungsvollmacht eines Soldaten gewährt. Keinem der Männer hier an der Tafel hatte das gefallen, keiner hatte den Mann gemocht. Doch jedem von ihnen war klar, dass jetzt nichts mehr so sein konnte wie bisher, weil Brugden im persönlichen Dienst des Gouverneurs gestanden hatte.

Silk war das Zentrum der Aufmerksamkeit. Er hatte sich die Geschichte offenbar bereits zu eigen gemacht.

»Die Wildhüter waren im sogenannten Kangaroo Ground in der Nähe der Botany Bay zum Jagen unterwegs«, erzählte er. »Als ein paar Eingeborene mit Speeren in den Händen auf sie zuschlichen, bekamen es die beiden anderen mit der Angst zu tun. ›Keine Bange‹, beruhigte sie Brugden, ›die kenne ich.‹«

Im Saal herrschte Schweigen, sämtliche Blicke waren gebannt auf Silk gerichtet, als wäre dort die Szene zu sehen, die er so lebhaft schilderte. Aber woher wusste Silk eigentlich, dass es so gewesen war?, fragte sich Rooke.

»Er legte das Gewehr nieder und redete mit ihnen in ihrer eigenen Sprache, von der er offenbar ein paar Worte kannte, wie einige von uns hier auch. Doch plötzlich sprang einer der Eingeborenen auf einen umgestürzten Baum und schleuderte ohne die geringste Vorwarnung einen Speer auf Brugden ab, der in dessen Brust steckenblieb. Und dort steckt er noch immer.«

Silk blickte in die Runde, als erwarte er Applaus.

»Und …?« Willstead wusste offenbar nicht so recht, wie er seine Frage formulieren sollte.

»Oh, er ist noch am Leben. Die Waffe hat seine Rippen durchbohrt, ihn aber nicht direkt getötet.«

An der Tafel war eine leichte Unruhe wahrnehmbar, Erleichterung oder ein Spannungsabfall, vielleicht gar Enttäuschung? Gewalt hatte etwas Anregendes. So lange ein anderer das Opfer war, brachte sie das Blut in Wallung, verlieh sie der Welt ein wenig Glanz.

Rooke war über seine brutale Beurteilung selbst überrascht.

Silk war noch nicht fertig.

»Ja, er lebt noch.«

Dies sagte er mit so gleichgültiger Stimme, dass die Männer sich vorbeugen mussten, um den Satz zu verstehen.

»Er wird natürlich sterben. Stück für Stück allerdings.«

»Der arme Teufel«, flüsterte Timpson Rooke zu. »Genauso gut hätte es dich oder mich treffen können. Eins kann ich dir sagen, Rooke, von hier aus wird es kein Zurück mehr geben.«

Silk hob die Stimme, um das Getuschel zu übertönen.

»Man hat einen Eingeborenen ins Hospital gebracht. Seiner Aussage zufolge würde in dem Moment, wo man den Speer aus Brugdens Körper herauszuziehen versucht, sofort der Tod eintreten.«

An der Tafel wurde es schlagartig still. Rooke, der sich

Brugden mit dem Speer in der Brust vorzustellen versuchte, verspürte tief drinnen ein unwiderstehliches Zerren. Man würde ihn sich am liebsten herausreißen wollen. Das musste das Schlimmste sein: zu wissen, dass man es nicht tun konnte. Man würde sterben, das feindliche Ding ganz dicht am Herzen, näher, als irgendein geliebter Mensch es je gewesen war.

Wildhüter. Rooke fragte sich, ob es womöglich dieses Wort war, das Brugden getötet hatte.

»Warungin hat den Speer untersucht«, fuhr Silk fort, »und ohne zu zögern festgestellt, dass es sich bei dem Angreifer um einen gewissen Carangaray vom Stamm Botany Bay handelt.«

Rooke hatte Warungin schon von Carangaray sprechen hören. Möglicherweise war er sogar einer der Männer, die manchmal mit ihm zu Rookes Hütte kamen, um sich über Warungins Parodie auf Major Wyatt zu amüsieren.

Rooke nahm die Wut im Saal körperlich wahr – wie einen Lufthauch oder einen Geruch. In seiner Ecke am Ende der langen Tafel zog er sich in sich selbst zurück. Er wünschte, er wäre in seiner Hütte mit der heimelig brennenden Kerze, wünschte, es wäre gestern, wünschte, Brugden würde nach wie vor mit seinem wiegenden Gang herumstolzieren, ohne Speer zwischen den Rippen.

Irgendetwas war zu Ende gegangen, etwas anderes fing gerade an. Rooke wollte nicht, dass irgendetwas zu Ende ging oder irgendetwas begann.

»Das Gewehr ist die einzige Sprache, die diese Kerle kapieren«, sagte Lennox. »Hören Sie auf mich – ein paar Tote, und wir wären sie ein für allemal los. Diesen ganzen Humbug mit Freundschaft und Güte können Sie vergessen.«

Major Wyatt am Kopfende der Tafel starrte ins Leere und hörte offenbar nichts.

Silk übernahm die Rolle des Diplomaten: »Während wir uns hier unterhalten, sind Seine Exzellenz bereits am Überlegen, wie man am besten vorgehen soll«, sagte er. »Seine Exzellenz haben geruht, mich zu verschiedenen Alternativen nach meiner Meinung zu befragen. Ich versichere Ihnen, meine Herren, dass sich Seine Exzellenz eingehend mit der Sache auseinandersetzt und im Interesse jedes Einzelnen von uns handeln wird.«

Rooke fing einen Blick Willsteads auf, der ihm gegenüber saß und die Augen verdrehte.

»Die Frage ist nur, wann«, flüsterte er Rooke hinter vorgehaltener Hand zu. »Wie lange werden sie noch ungestraft herumlaufen, wie lange wird es noch dauern, bis der Gouverneur tut, was er schon vor Monaten hätte tun sollen?«

Major Wyatt beschloss, diese Worte zur Kenntnis zu nehmen, und brüllte über den ganzen Tisch hinweg: »Leutnant Willstead, würden Sie bitte mit diesem Gerede aufhören und Ihre Zunge im Zaum halten?!«

Lennox hatte sich weiter Gedanken darüber gemacht, was eine Muskete bewirken könnte. »Wäre doch eine ganz einfache Sache, ein paar von denen hier in der Siedlung zusammenzutreiben«, sagte er. »Um ein Exempel zu statuieren. Das würde sich unter den Übrigen schnell herumsprechen. Die stecken doch alle unter einer Decke.«

»Man kann keinem von denen trauen«, sagte Willstead. »Alle ihre Angriffe sind hinterhältig gewesen. Sie lauern einem feige grinsend auf und greifen nur an, wenn das Opfer unbewaffnet ist. Ich möchte wetten, dass es in ihrem Wortschatz gar keinen Begriff für Heimtücke gibt.«

Als der Ausdruck *Wortschatz* fiel, warf Silk Rooke einen bedeutsamen Blick zu, sagte aber nichts.

Rooke hatte keine Ahnung, ob die Eingeborenen ein Wort für Heimtücke hatten. Seine Gespräche mit Tagaran waren nie in diese Richtung gegangen.

Selbst im Englischen hatte das Wort Heimtücke einen größeren Bedeutungsspielraum, als eigentlich gerechtfertigt war. Im Grunde besagte es nichts weiter, als dass den in dieser Kaserne versammelten Männern beigebracht worden war, nach bestimmten Regeln zu kämpfen. Und wenn jemand nicht nach diesen Regeln kämpfte, war das Heimtücke.

Man könnte das Verhalten der Eingeborenen auch aus einem anderen Blickwinkel betrachten, dachte Rooke. Er stellte sich vor, wie Warungin es erklärte. In seinem Zuhause hatten sich ungebetene Gäste eingefunden. Anfangs waren sie ganz nett gewesen und hatten kleine Geschenke mitgebracht. Doch dann waren sie länger geblieben, als es sich für Besucher schickte, und hatten sein Zuhause nach ihrem Gutdünken umgestaltet.

Rookes Großmutter hatte dafür einen Spruch parat gehabt: *Besuch ist wie Fisch. Nach drei Tagen stinkt er.*

*

Als Rooke am Spätnachmittag des darauffolgenden Tages an seinem Tisch saß, hörte er draußen auf einmal Schritte. Er sprang so schnell auf, dass der Stuhl umkippte. Um ein Haar wäre er kurz vor der Tür der Länge nach hingefallen. Aber es war nicht Tagaran.

Ausnahmsweise einmal trug Silk eine ernste Miene zur Schau. Ohne eine Aufforderung abzuwarten, trat er ein und setzte sich vor den Kamin.

»Tja, Rooke«, sagte er. »Da werden wir wohl zu einer äußerst wichtigen Expedition ausrücken müssen.«

Rooke beschäftigte sich angelegentlich damit, zwei Tassen mit Süßtee zu füllen.

Silk beantwortete die Frage, die Rooke gar nicht gestellt hatte. »Nach Botany Bay«, sagte er. »Wo sie Brugden erwischt haben. Der Gouverneur hat mich heute Nachmittag zu sich gerufen. Es soll eine Strafexpedition organisiert werden, deren Leitung zu übernehmen ich die Ehre habe.«

Rooke nahm ein Aufleuchten in Silks Augen wahr und etwas um die Mundwinkel herum, dass mit seinem ernsten Gebaren nicht übereinstimmte.

»Gratuliere«, sagte Rooke und hob seine Tasse.

»Danke, Rooke! Ich muss gestehen, dass es sehr schmeichelhaft ist, vom Gouverneur mit einer so wichtigen Unternehmung betraut zu werden.«

»Carangaray. So heißt die Operation, stimmt's? Nach dem Mann.«

Rookes Stimme war ausdruckslos, doch er fühlte sein Herz heftig schlagen. Silk, der glaubte, Rooke wolle ihm mit seiner Tasse zuprosten, stieß mit seiner eigenen Tasse an.

»Stimmt, Operation Carangaray, und die Anweisungen, die ich erhalten habe, sind ganz einfach. Wir sollen sechs dieser Eingeborenen aus dem Gebiet am oberen Rand der Botany Bay hierher bringen.«

»Sechs Eingeborene? Nicht nur Carangaray?«

»Unter uns gesagt, Rooke, eigentlich wollte der Gouverneur zehn Männer hierher bringen lassen. Ich wandte ein, dass sechs Männer ausreichen würden, um die beabsichtigte Wirkung zu erzielen, und der Gouverneur hatte die Güte, meiner Auffassung zuzustimmen.«

»Zehn Männer«, sagte Rooke. »Aha.«

Aber Silk hatte mit den Zahlen schon abgeschlossen.

»Als der Gouverneur mich fragte, wen ich mitnehmen möchte, habe ich deinen Namen natürlich als allerersten genannt. Du und Willstead und ich. Zwei Tage, dreißig Soldaten, doppelte Rationen.«

Rooke strich mit dem Finger über den Sprung in seiner Tasse. Er versuchte es sich vorzustellen: Eine durch den Wald marschierende lange Reihe von Männern, dreißig Mann und die Offiziere, doppelte Rationen in den auf den Rücken wippenden Tornistern, jeder Mann eine Muskete über der Schulter.

Er konnte das Bild vor seinem geistigen Auge sehen, konnte das Klappern des Kochgeschirrs hören, das Knacken der Zweige unter den stampfenden Füßen. Aber sich selbst konnte er nicht sehen. Er selbst als Mitglied dieses Trupps, den Kompass in der Hand, das Gewehr über der Schulter, war einfach undenkbar.

Daran erinnert zu werden, dass er Soldat war, ein Mann, der geschworen hatte, zu dienen und zu gehorchen, war wie das gewaltsame Öffnen einer Tür mit verrosteten Angeln.

»Nein«, brach es aus ihm hervor. Einmal ausgesprochen, schien es auch richtig zu sein. »Ich glaube nicht. Nein.«

Der Wind warf sich mit heftigen Stößen gegen die Hüttenwand und rüttelte an der Tür. Die Plane oben an der Observatoriumskuppel trommelte und knallte.

Silk kratzte an der weißgetünchten Wandlatte hinter sich herum. Ein weißes Farbplättchen löste sich, segelte aufleuchtend, als wollte es sich in Szene setzen, durch einen Strahl der untergehenden Sonne, der durch ein Loch in der Wand, wo der Lehm zwischen den Brettern ausgebröckelt war, in die Hütte fiel.

Er schien gar nicht gehört zu haben, dass Rooke etwas gesagt hatte.

»Der Gouverneur hat mich gefragt, welche Offiziere ich mitnehmen möchte. Ich nannte sie ihm. Rooke und Willstead.«

Er befeuchtete seinen Zeigefinger mit Spucke und klebte damit ein paar lose Farbplättchen wieder an.

»Verstehst du, Rooke? Ich habe ihm deinen Namen genannt.«

Der Sonnenstrahl fiel auf Silks scharlachrote Schulter, während sein Gesicht im Schatten lag.

»Nein ist keine Antwort, denke ich.«

Dreißig durch die Wälder marschierende Männer, den Blick auf die Füße und den Rücken des jeweiligen Vordermannes gerichtet. Während sich die Eingeborenen hinter Bäumen und Felsblöcken versteckten und sie beobachteten. Und *kamara* erblickten, Tagarans Freund, einer, in dessen Mund ihre Sprache Gestalt anzunehmen begonnen hatte und der mit geschulterter Muskete in dieser Reihe mitmarschierte.

Rooke fielen einfach nicht die richtigen Worte ein, mit denen er Silk hätte abwimmeln können.

»Ach übrigens, Silk«, rief er aus und merkte, dass seine Stimme etwas heftig klang, »ich habe herausgefunden, dass es in ihrer Sprache den Dualis gibt – wie im Griechischen! Sogar Dualpronomen, glaube ich, bin mir aber noch nicht ganz sicher, aber ich habe ein paar Beispiele notiert... *Du und ich* oder *wir beide* oder *ich und die anderen, aber du nicht*, alles mit einem einzigen Pronomen ausgedrückt! Während es im Englischen nur ganz grobe Unterscheidungen gibt! Stell dir das vor, Silk, ein Volk, das eine so nuancierte Sprache spricht wie die von Sophokles und Homer!«

Er redete sich in Begeisterung, und während er mit den Händen *du und ich* und *wir beide*, *ich und die anderen, aber du nicht* in die Luft malte, war seine Stimme immer lauter geworden.

»Ich bin höchst beeindruckt, Rooke«, sagte Silk. »Aber Sophokles und Homer sind hier nicht von Belang. Hier geht es darum, dass ich dem Gouverneur deinen Namen genannt habe. Er hat deinen Namen und er weiß, dass du der am besten geeignete Mann bist, um uns dorthin und wieder zurück zu führen, ohne dass wir in die Irre gehen. Na komm, Rooke, mach keinen Ärger. Wir brechen am Mittwoch auf, werden zwei Tage unterwegs sein, und danach wird es keine Speerwürfe auf unsere Männer mehr geben, wenn sie in den Wäldern ihren Aufgaben nachgehen.«

Ein langes Schweigen trat ein. Der Sonnenstrahl hatte sich bewegt, vielleicht war es aber auch Silks Schulter.

Rooke blickte auf seinen Fuß, bewegte die Spitze seines alten abgetragenen Schuhs hin und her, die dadurch abwechselnd in der Sonne und im Schatten war. Er konnte zu Silk nicht sagen: *Ich kann das nicht tun, weil die Männer, die wir herbringen werden, Onkel, Vettern oder sogar Brüder von Tagaran sein könnten*. Konnte nicht sagen: *Ich kann das nicht tun, weil ich Tagaran zu sehr mag*.

Zu sehr mag? Rooke stellte sich vor, wie Silk ihm diese Worte nachsprach. *Du magst ein Eingeborenenmädchen so sehr, dass du ihretwegen einen Befehl verweigerst?*

»Bitte mich nicht darum mitzukommen«, sagte Rooke. »Weil du mein Freund bist, bitte mich nicht darum. Ich möchte dir nichts abschlagen, aber bitte mich nicht darum. Ich habe Freunde hier unter den Eingeborenen. Wie du weißt.«

Silk räusperte sich.

»Ja, ich bin, sagen wir, im Bilde. Aber denk daran, Rooke: Das ist keine Bitte, sondern ein Befehl.«

Rooke sah in dem Sonnenstrahl Staubkörner hochschweben und wieder sinken. Staub schien gewichtslos zu sein, bis man ihn fallen sah.

»Du weißt genauso gut wie ich, Rooke, dass sie sich in den Wäldern verstecken. Wir wissen doch beide, wie gut sie sich verstecken können. Ist es uns jemals gelungen, Eingeborene aufzuspüren, die nicht gefunden werden wollten?«

Seine Miene war liebenswürdig, schmeichelnd.

Silk hatte recht. Hinter Bäumen und Felsen versteckt, gut getarnt durch ihre dunkle Haut, die mit dem flirrenden Licht und den Schatten der Umgebung verschmolz, beobachteten sie die Weißen. Schon aus einer halben Meile Entfernung würden sie die dreißig durch den Wald stampfenden Männer hören, sechzig Füße, die Blätter und Zweige unter sich zertraten, sechzig Hände, die Sträucher zur Seite bogen, dreißig Kochgeschirre, die an dreißig Tornistern klapperten. Dazu noch die drei Offiziere. Drei weitere Tornister, sechs weitere Stiefel. Zwei davon seine eigenen.

»Rooke, alter Knabe«, sagte Silk. »Du weißt, der Gouverneur muss in irgendeiner Form darauf reagieren, dass sie diesen armen Teufel mit einem Speer durchbohrt haben. Seinen eigenen Wildhüter! Dem Ärmsten steht ein qualvoller, langsamer Tod bevor. Der Gouverneur muss unbedingt Macht demonstrieren. Dreißig bewaffnete Männer! Glaubst du, er würde einen so großen Trupp abkommandieren, um eine Handvoll Eingeborener festzunehmen? Du könntest es einfach als eine Art Theater betrachten, Rooke.«

Rooke konnte sich gut vorstellen, wie Warungin in geselliger Runde von den Weißen erzählte, die durch die Wälder gestolpert waren, während er unbemerkt hinter einem Baum gestanden und zugesehen hatte.

»Ich weiß, du bist ein Mann mit Prinzipien, mein Freund, und dafür schätze ich dich«, sagte Silk. »Deine Skrupel sind dir hoch anzurechnen. Aber dies ist doch eine ganz einfache Sache: ein Zweitagesmarsch, und danach wird das Leben weitergehen wie zuvor.«

Ohne Rookes Einwilligung abzuwarten, fuhr er fort: »Wir brechen am Mittwoch bei Sonnenaufgang auf. Ich werde einen Jungen herschicken, damit er dir deinen Proviant bringt und so weiter.«

Silk ist einfach zu schnell, dachte Rooke. Silk war die breite Straße seiner Argumentation entlanggerannt und hatte keuchend und zufrieden das Ziel erreicht, während Rooke noch dastand und überlegte, wie man einen Fuß vor den anderen setzte.

Silk griff nach seiner Hand und schüttelte sie.

»Bist ein guter Kerl, Rooke. Also dann bis Mittwoch!«

Und weg war er.

*

Es war Zeit für die abendlichen Messungen. Mit mechanischen Bewegungen führte Rooke seine Arbeit aus, ging zwischen dem jeweiligen Instrument und dem Eintragungsbuch hin und her, tauchte die Feder in die Tinte, trug die jeweilige Zahl in die entsprechende Spalte ein. *Wind: S-S-W, 3 Knoten. Wetter: schön. Bemerkungen: keine.*

Er wünschte, Gardiner wäre jetzt hier. Seine Abwesenheit hatte eine schmerzliche Lücke hinterlassen. Er war der einzige Mann, dessen Rat Rooke vertrauen konnte. Was würde Gardiner sagen?

Er erinnerte sich, wie Gardiner ihm damals grimmig beigepflichtet hatte, dass sie alle treue Untertanen der Krone seien. Danach hatte er den Befehl nie wieder erwähnt, der *bei weitem der schlimmste war, den er jemals hatte ausführen müssen*.

Gardiner würde ihm in aller Deutlichkeit sagen, welche Folgen eine Befehlsverweigerung hatte. Rooke hatte dasselbe für ihn getan, hatte ihn daran erinnert, dass humanes Handeln und der Dienst für Seine Majestät nicht deckungsgleich waren.

Es war ziemlich leicht gewesen, Gardiner etwas von Pflichterfüllung zu erzählen. Seine Worte mussten oberflächlich geklungen haben, dachte Rooke jetzt. Er wünschte, er könnte Gardiner sagen: *Es tut mir leid, mein Freund. Was ich damals gesagt habe, war unbedacht*.

Bis zu diesem Punkt in seinem Leben hatte sich Rooke von Umständen, augenblicklichen Verhältnissen oder Bedürfnissen treiben lassen. Er hatte noch nie das Gefüge des Lebens in seine bloßen Hände nehmen und in eine andere Form biegen müssen. Hatte nie innegehalten und sich gefragt: *Was tue ich da eigentlich?*

Silks Logik schien unwiderlegbar: Die Expedition würde scheitern, und somit gab es keinen Grund, die Teilnahme zu verweigern. Doch wenn der Gouverneur lediglich zur Einschüchterung ein Theaterstück aufführen wollte, wo blieb dann das furchteinflößende Element? Wo blieb die abschreckende Wirkung, wenn die gewaltige Prozession auf keinen einzigen Eingeborenen traf, weil diese alle lachend hinter den Sträuchern standen, während der Trupp an ihnen vorüberzog?

»Die Logik ist eindeutig falsch.«

Rooke erschrak, als er merkte, dass er laut gesprochen hatte.

Dennoch blieb die wesentliche Tatsache bestehen: Die Expedition würde scheitern. Ob der Gouverneur nun tatsächlich sechs Eingeborene festzunehmen hoffte oder nicht, ob

Silk dasselbe hoffte oder nicht, es war fast sicher, dass sich kein Eingeborener erwischen lassen würde.

Fast sicher.

»Aber man könnte die Sache deichseln«, sagte Rooke. Er merkte, dass man sich regelrecht angewöhnen konnte, Selbstgespräche zu führen. Die Worte laut zu hören, als hätte ein verständnisvoller Anderer sie ausgesprochen, der einen genauso gut kannte wie man sich selbst, ließ einen die Dinge klarer sehen.

»Ich könnte es deichseln.«

*

Rooke hätte sich mit dem Vorsatz auf den Weg machen können, Warungin oder Boinbar zu suchen, doch dann hätte er sich eingestehen müssen, dass er genau wusste, was er im Sinn hatte. Stattdessen brach er zur Siedlung auf, als hätte er dort irgendetwas zu erledigen. Während er das holprige Gelände durchquerte, blickte er auf seine Füße und dachte nicht weiter als bis zum nächsten Schritt.

Er überließ einfach alles dem Zufall, und der Zufall wollte es, dass Boneda am Wegesrand auf einem Felsen saß. Der Junge hatte bestimmt nicht auf Rooke gewartet, zeigte sich aber nicht überrascht, als er ihn sah. Er streckte Rooke die Hand entgegen, in der er etwas umklammert hielt: eine dicke, noch nicht ganz tote Eidechse. Mit einem Schwall von Worten und Gesten, denen Rooke nur teilweise folgen konnte, erzählte ihm Boneda sinngemäß: *Ich habe sie dort drüben gefangen, sie ist sehr schnell gelaufen, ich werde sie essen, und sie wird sehr gut schmecken.*

Etwas geschah in den Augen der Eingeborenen, wenn sie lächelten, ein Aufblitzen unter ihren wulstigen Augenbrauen, wodurch ihr Lächeln gleichermaßen von innen heraus zu kommen schien wie vom Spiel ihrer Gesichtsmuskeln.

»Ich möchte Tagaran sehen.«

Sein Satz klang schroff und direkt, aber er musste sich klar ausdrücken und vertraute Bonedas Englisch mehr als seinem eigenen *Cadigal*.

»Sie soll mich besuchen kommen. Sie soll zu meiner Hütte kommen. Sagst du ihr bitte, *kamara* möchte sie sehen?«

Boneda erwiderte etwas, das Rooke nicht verstand, deutete mit seinem Stock grob in westliche Richtung, kletterte wieselflink die Felsen zum Kamm hinauf und war verschwunden.

Ob der Junge ihn verstanden hatte? Rooke wusste es nicht. Er machte kehrt und ging zur Hütte zurück.

Mit ein paar Zweigen entfachte er in seinem Kamin ein kleines Feuer, damit der Rauch signalisierte: *Ich bin zu Hause und würde gern Besuch bekommen.*

Dann legte er sich auf sein Feldbett, verschränkte die Hände hinter dem Kopf und starrte mit leerem Blick zu den Dachschindeln.

Er schlief nicht direkt, befand sich nur in einer Art Dämmerzustand, als er einen Schatten wahrnahm – Tagaran, die unschlüssig an der Tür stand. Rooke schwang die Beine auf den Boden und blieb auf dem Bettrand sitzen. Tagaran war allein. Noch nie zuvor war sie allein zur Hütte gekommen.

Sie kam herein, setzte sich an Rookes Tisch und strich mit dem Finger über die Maserung des Holzes. Sie wartete darauf, dass er etwas sagte. Und er wartete auf ein Wunder, das ihn von diesem Gewicht befreien würde, das wie ein großer schwerer Umhang auf ihn herabgefallen war.

Rooke stand auf und setzte sich Tagaran gegenüber an den Tisch.

»Warum?«, fragte er auf Englisch. »Warum hat der schwarze Mann den weißen Mann verwundet?«

Zögernd hob sie das Gesicht und sah ihn an.

»*Gulara*«, sagte sie, nur dieses eine Wort. *Wütend.*

»*Minyin gulara eora?*«, fragte Rooke. *Warum sind die schwarzen Männer wütend?*

Er kannte die Antwort, aber er brauchte die Worte. Brauchte das, woran sie beide gewöhnt waren, die Frage und die Antwort.

»*Inyam ngalawi white men.*« *Weil die weißen Männer sich hier niedergelassen haben.*

Rooke dachte, vielleicht brauchte Tagaran es ebenfalls, zurück und vor, Wort und Wort.

Sie strich mit ihrer schmalen schlanken Hand vom Ellbogen zum Handgelenk, als wäre ihr kalt. Rooke sah den Streifen mit den rosa Punkten von der Schürfwunde, die ihr *die Person von der Charlotte* beigebracht hatte.

Tagaran senkte den Blick wieder. Rooke konnte ihr Gesicht nicht sehen, nur ihre Nasenspitze und ihr Haar.

»*Tyerun Cadigal*«, sagte sie, ohne aufzublicken. *Die Cadigal haben Angst.*

Ihre Finger strichen über die Mahagoniplatte, als könnte sie die Oberfläche wegreiben und darunter etwas anderes sehen.

»Die Muskete«, begann er. »Erinnerst du dich? Du hast mich gefragt, du wolltest es lernen. Sie abzufeuern. Sie zu laden und abzufeuern.«

Ohne etwas zu erwidern, strich Tagaran weiter über das glänzende Holz, aber Rooke wusste, dass sie ihm zuhörte.

»Warum, Tagaran? Warum wolltest du es wissen? Kannst du mir das bitte sagen?«

Er hörte, wie das Wasser am Fuß der Landzunge unruhig gegen die Felsen schlug. Eine lose Schindel klapperte, das Segeltuch oben auf der Kuppel knarrte, eine Möwe stieß einen langen klagenden Schrei aus. Rooke wurde klar, dass er den ganzen Tag lang warten und andere Dinge hören könnte, von ihr jedoch keine Antwort bekäme.

Er ging einen Schritt zurück.

»*Minyin tyerun Cadigal?*«, fragte er. *Warum haben die Cadigal Angst?*

»*Gunin.*« Sie sah ihm direkt in die Augen. *Wegen der Gewehre.*

Das Wort selbst klang wie ein Gewehrschuss.

»Brugden«, sagte er, hätte auch den Vornamen dieses armen Teufels genannt, doch erst jetzt wurde ihm bewusst, dass er den gar nicht kannte. Tagaran neigte das Gesicht noch tiefer über den Tisch. Sie wusste, wer Brugden war und was mit ihm geschehen war.

Rooke holte tief Luft und zwang sich weiterzureden. »Brugden wird sterben.«

Tagaran sah ihn nicht an. Bis jetzt hatte er ihr nichts erzählt, was sie nicht schon wusste.

»Sie wollen Carangaray suchen.«

Tagaran blickte so ruckartig auf, als hätte er diesen Satz laut ausgerufen. Sie schlug die Hand vor den Mund und machte ein entsetztes Gesicht.

Rooke tat so, als brächte er eine Muskete in Anschlag.

»Morgen. *Parribugo*. Um Carangaray zu fangen. Und ein paar andere. Sechs Männer. Sechs *eora*.«

Er hielt sechs Finger hoch, um ihr die Zahl zu verdeutlichen.

Das hätte eigentlich schon genügt, doch nachdem er nun bereits so weit gegangen war, verspürte er den unwiderstehlichen Drang, noch weiter zu gehen.

»*Piabami Warunginyi?* Würdest du es Warungin erzählen? Ich möchte gern, dass du Warungin Bescheid gibst.«

Tagaran blickte ihm direkt in die Augen. Er sah ihr an, dass sie ihn verstanden hatte. Nicht nur die Worte, sondern auch, was er damit bezweckte.

»*Piabami Warunginyi?*«, sagte er noch einmal.

Es machte ihm Freude, diese Bitte in ihrer Sprache ausdrücken zu können. Jedes Wort begann mit einer betonten Silbe und fiel dann ab, und genauso hatte jeder einzelne Satz einen Melodieverlauf mit abnehmender Tonstärke. Es war eine Sprache, bei der allein die Sprachmelodie schon wie Vergebung klang.

»Botany Bay«, sagte sie. »Carangaray suchen.«

Dann ahmte sie Rookes Geste nach, tat so, als bringe sie eine Muskete in Anschlag.

»Ja«, sagte Rooke. »Morgen früh.«

Irgendwo über ihnen hörte er das Rascheln trockener Blätter im Wind und das Krächzen eines Vogels, das wie Schimpfen klang. Alles ging weiter wie bisher. Seit Jahrhunderten, seit Jahrtausenden hatten die Vorfahren dieses Vogels dort draußen gehockt und die Vorfahren dieser Blätter im Wind geraschelt. Nur hier drinnen in der Hütte hatte sich etwas verändert.

»Ich auch. Ich soll mitgehen.«

Die Worte ausgesprochen zu haben, war eine Erleichterung, aber nicht in dem Maße, wie Rooke es gehofft hatte. Wie ein kleines Kind hatte er geglaubt, man bräuchte etwas nur in Worte zu kleiden, um es los zu sein. Aber es saß nach wie vor zwischen ihnen, während dieser gefühllose Vogel dort draußen nicht zu merken schien, dass es hier nichts zu besingen gab.

»Was soll jetzt geschehen, Tagaran? Was soll aus uns werden?«

Diese Frage ging über das reine Spiel mit Worten hinaus. Sie lag außerhalb des Rahmens ihrer Grammatikstunden.

Tagaran ging zum Kamin hinüber und hielt die Hände an

die Glut. Rooke dachte, das wäre vielleicht ihre höfliche Art, das Gespräch zu beenden. Doch dann drehte sie sich wieder zu ihm um, streckte die Hände nach seinen aus und drückte seine Finger. Rooke spürte ihre warme, weiche Haut.

»*Putuwa*«, sagte sie, während sie seine Hände drückte und über sie strich. »*Putuwa*.«

Ihrer beider Hände hatten nun dieselbe Temperatur.

»*Putuwa*«, sprach er ihr nach.

Sie drückte seine Hände noch fester, strich mit weiter ausholenden Bewegungen darüber, und Rooke begriff, dass dieses Wort genau das bedeutete, was Tagaran gerade machte, die Hand am Feuer wärmen und dann die Finger eines anderen Menschen sanft drücken. Um dasselbe auf Englisch zu sagen, musste man es breit und umständlich erklären. Wer in England seine Hände am Feuer wärmte, tat es, um sie danach sofort in die Taschen zu stecken und warmzuhalten. Tagaran brauchte ihm nur ein einziges Wort beizubringen und erschloss ihm damit eine ganze Welt.

Rookes gesamtes Dasein war auf die Wahrnehmung ihrer Finger auf seinen eigenen Fingern zusammengeschnurrt. Der Mensch, der er war, die Geschichte, die er in sich trug, jede Freude, jeder Kummer, den er je empfunden hatte, glitt wie ein überflüssiges Kleidungsstück von ihm ab. Er war nichts weiter als Haut, die zu einer anderen Haut sprach, ohne dass es irgendwelcher Worte bedurfte.

Oben auf dem Hügelkamm fing ein Lachender Hans, ein Rieseneisvogel, zu keckern an, und als hätte Tagaran eine Uhr schlagen hören, die sie an etwas erinnerte, das es zu erledigen galt, ließ sie Rookes Finger los.

»*Yenioo, kamara*«, sagte sie. *Ich gehe jetzt, mein Freund.* Sie blickte zu ihm auf, und er glaubte in ihrem Gesicht denselben

Gedanken zu lesen, den er in diesem Moment dachte: *Das ist das letzte Mal, dass wir uns sehen.*

Rooke suchte nach Worten, brachte jedoch kein einziges heraus. Er wollte kein Wort aussprechen, das der Trostlosigkeit entsprach, die er empfand. Konnte nicht sagen: *Goodbye – Lebewohl.*

Er folgte Tagaran aus der Hütte ins Freie und sah ihr nach, während sie die Felsen emporstieg. Wie er gehofft hatte, drehte sie sich auf der Hügelkuppe noch einmal um. Er hob den ausgestreckten Arm in die Höhe, die offene Hand ihr zugewandt, und Tagaran winkte zurück. Dann drehte sie sich um und war verschwunden.

Rooke folgte ihr im Geiste, stellte sich vor, wie sie den Pfad entlangging und in Richtung des Lagers in der nächsten Bucht abbog, sah sie das lange Stück über den Hang an dem großen Felsen vorbeigehen, den Punkt, über den er auf dem Weg in ihre Welt noch nie hinausgekommen war. Schließlich würde sie die gerodete Fläche erreichen, wo der Rauch des Lagerfeuers in die Höhe stieg, während die Frauen drumherum auf dem Erdboden saßen, als wüchsen sie aus ihm heraus, und die Kinder durch die Mangroven streiften und rannten, und an der sie sich bei Sonnenuntergang alle versammeln würden, um zu essen und zu schlafen.

Er sah das Bild so deutlich vor seinem inneren Auge, dass es ein regelrechter Schock für ihn war, als er merkte, er war gar nicht dort, sondern hier, allein auf dieser windigen Landspitze.

Putuwa.

Tagaran wusste genau wie Rooke, dass etwas Unschönes geschehen würde. Aber sie hatte ihm ein Wort zurückgelassen, das er nie vergessen würde, genauso wenig wie das große Vertrauen, das damit verbunden war.

*

Am nächsten Morgen strotzte Silk auf dem Exerzierplatz nur so vor Tatkraft; die frühe Stunde konnte seiner Begeisterung keinen Abbruch tun. Er breitete ein Exemplar von *Cooks Plan von Botany Bay* auf dem Boden aus und winkte Rooke, Willstead und den Sergeant herbei.

»Wir werden zunächst in südwestliche Richtung marschieren, quer über den Kangaroo Ground. Dahinter werden wir einen Schwenk nach Osten machen und nach einer Ruhepause zum Angriff übergehen. Das Operationsziel, meine Herren, ist die Landzunge im nördlichen Bereich der Bucht, auf der sich ein Dorf des Botany-Bay-Stammes befindet. Wir werden das Dorf umstellen und die Eingeborenen einkesseln.«

»Die Eingeborenen einkesseln«, wiederholte Willstead. »Ja, das ist doch wirklich ein guter Plan.«

Silk sah ihn scharf an, aber Willstead verzog keine Miene.

Dieser Plan bewies, dass Silk etwas von militärischer Taktik verstand, was Rooke nicht vermutet hätte. Er hatte angenommen, dass Silk sie einfach kreuz und quer durch die Wälder führen würde. Stattdessen hatte er einen Plan ersonnen, der durchaus hätte funktionieren können, wenn Rooke Tagaran nicht gewarnt hätte. Rooke hatte das Dorf selbst noch nie gesehen, sondern nur gehört, es sei eine Ansammlung von Hütten auf einer schmalen, auf drei Seiten von tiefem Wasser umgebenen Halbinsel.

Er dachte an Silks Worte zurück. *Du könntest es einfach als eine Art Theater betrachten*. Doch da stand Silk nun, mit leuchtenden Augen angesichts seines raffinierten Plans und einem Seil zum Fesseln der Gefangenen aufgerollt über der Brust.

Selbst Theater musste wohl überzeugend gespielt werden, mutmaßte Rooke.

Nachdem der Sergeant die Soldaten hatte antreten lassen, setzte sich der Trupp mit Geklirr in Bewegung. So wie ein tollpatschiges, vielgliedriges Aufziehspielzeug über den Fußboden zuckelt, bis die Feder abgelaufen ist, zogen sie im Gänsemarsch aus der Siedlung. Unter einem niedrigen grauen Himmel marschierten sie denselben Pfad entlang, dem Brugden bei seiner letzten Rückkehr in entgegengesetzter Richtung gefolgt war.

Nach etwa vier Stunden erreichten sie den Kangaroo Ground, ein liebliches, sanft gewelltes, parkähnliches grünes Tal mit hohen, einzeln stehenden Bäumen. Unmittelbar am Wegrand stand die Hütte, die Brugden und die anderen Wildhüter nach dem Muster der Eingeborenenhütten aus Ästen und Rindenstreifen als Unterkunft für ihre Jagdausflüge errichtet hatten. Davor hatten sie eine mit Steinen eingefasste Feuerstelle angelegt und aus der Umgebung Baumstämme zum Sitzen herbeigeschleift.

Sie haben es sich richtig gemütlich gemacht, dachte Rooke. Ein Berg ausgeglühter Holzscheite lag in der Feuerstelle. Wie viele Nächte hatten die Sträflinge und ihr Sergeant wohl hier gesessen und einander Geschichten aus ihrem Leben erzählt? Sie hatten ein kleines Stück Land für sich abgezweigt, auf dem sie den Gouverneur und die gesamte Maschinerie des Empire vergessen konnten. So wie Leutnant Rooke auf seiner Landspitze waren sie im Kangaroo Ground freie Männer gewesen.

Auf ihrem Marsch stiegen die Männer Anhöhen hinauf und in Täler hinab. Kurz nachdem sie eine Tiefebene mit kleinen Süßwasserteichen durchquert hatten, ertönte an der Spitze des Trupps der Ausruf: »Das Meer! Das Meer!«, und dann standen sie am Ufer der Botany Bay. Jenseits der Öffnung zwischen den beiden Landzungen, von denen die Bucht umschlossen wurde, lag der Ozean, die einfache Geometrie des Horizonts.

Silk ließ Halt machen und versammelte die Männer um sich.

»Das Dorf liegt am nördlichen Ende dieses Strandes, Männer. Wir werden jetzt zu den Teichen zurückkehren, an denen wir eben vorbeigekommen sind, und dort eine Weile Rast machen, bevor wir unseren Angriff beginnen.«

Am Ufer eines der Teiche suchten sich die Männer möglichst schattige Plätze, packten dort ihren Proviant aus und aßen. Dann streckten sie sich im Gras aus, die Tornister hinter sich als Unterlage für die Köpfe. Der Sergeant fing bald an zu schnarchen; das Taschentuch, das er sich zum Schutz gegen die Fliegen aufs Gesicht gelegt hatte, flatterte bei jedem Atemzug leicht auf und ab.

Rooke hatte sich einen geschützten Platz zwischen hohen Sträuchern gesucht, der wie ein Raum mit Wänden war, die in der vom Meer her wehenden Brise schwankten. Er legte sich ebenfalls hin, schlief aber nicht ein.

Obwohl es noch gar nicht richtig begonnen hatte, wünschte Rooke, dieses Abenteuer wäre schon vorüber.

Er ging noch einmal seine Hypothesen durch. Annahme eins: Bei der Expedition würden lediglich Eingeborene erwischt, die keinen Grund hatten, ihnen aus dem Weg zu gehen. Annahme zwei: Die Eingeborenen hatten Grund, ihnen aus dem Weg zu gehen, folglich würde sich auch keiner von ihnen erwischen lassen.

Nun ja, gleich null war diese Möglichkeit nicht, korrigierte sich Rooke. Es ließ sich zwar nicht in Zahlen ausdrücken, doch die Wahrscheinlichkeit war so gering, dass man sie ignorieren konnte, redete er sich ein.

Weshalb aber verkrampften sich dann seine Gesichtsmuskeln von der angestrengten Rechnerei?

Ihm kam etwas in den Sinn, woran er seit Jahren nicht mehr gedacht hatte: Wie Dr. Vickery einst versucht hatte, einem eingeschüchterten Jungen dadurch die Befangenheit zu nehmen, dass er sich selbst mit einer Fledermaus verglich. Doch Rookes begieriges Warten auf die Nacht hatte nichts mit der Ungeduld eines Astronomen zu tun. Er brauchte nur noch weitere sechs oder sieben Stunden Tageslicht zu überstehen. Dann würden sie den Angriff auf das Dorf mit ziemlicher Sicherheit hinter sich haben.

Die Dunkelheit würde hereinbrechen, und er könnte sich in seine Decke einrollen. Er würde daliegen und die Sterne betrachten, bis er in ihrem kühlen Licht einschlief.

Nach einer Stunde Rast setzte sich der Trupp wieder in Marsch, zurück zum Strand und in nördliche Richtung am Waldrand entlang in Richtung des Dorfes. Am oberen Ende der Halbinsel blieb Silk stehen und gab flüsternd letzte Anweisungen.

»Damit die Dorfbewohner auf keinen Fall flüchten können, werden wir in alle drei Richtungen ausschwärmen. Leutnant Rooke, Sie rücken mit Ihren Männer so weit wie möglich an der Nordseite vor und formieren sich zu einer Reihe. Leutnant Willstead, Sie machen dasselbe in südlicher Richtung, während ich mit meinen Männern die Mitte abdecke. Dann werden wir alle gemeinsam einen Kordon bilden und die Eingeborenen umzingeln, so dass sie in der Falle sitzen.«

In seiner Erregung klappte Silk den Deckel seiner Taschenuhr, die er in der gewölbten Hand hielt, immer wieder auf und zu.

»Ich gebe Ihnen, sagen wir, zehn Minuten. Bitte werfen Sie einen Blick auf Ihre Uhren, meine Herren. In genau zehn Minuten, wenn die Menschenkette formiert ist, werden wir unseren Vorstoß starten, damit alle drei Gruppen gleichzeitig im Dorf zusammenkommen.«

Rooke holte seine eigene Taschenuhr hervor und kontrollierte die Zeit. Die Sonne brannte gleißend hell auf sein Gesicht. Die Zeit war ohne Absicht und Urteil. Eine Uhr brauchte sich bloß Zahn um Zahn vorwärtszubewegen, mit regelmäßig ruckenden Rädern. Nur die Menschen waren stets von Zweifeln und Angst, Hoffnung, Bangen und Erstaunen umspült wie die Felsen vom Meer.

Das holprige Gelände, Sandboden mit hohen, borstigen Grashalmen, über das Rooke seine Männer führte, schien extra dafür geschaffen, das Vorankommen zu erschweren. Wie angewiesen, sorgte Rooke dafür, dass die Männer sich in einer Reihe über den nördlichen Rand der kleinen Halbinsel verteilten. Zehn Minuten, nachdem Silk den Befehl erteilt hatte, gab er ihnen durch Winkzeichen zu verstehen, dass sie sich in Bewegung setzen sollten.

Es war ein mühseliges Unterfangen, sie stolperten durch Sand und Gras und Felsen hinauf und hinunter, zwischen denen sich unerwartete Spalten und Senken auftaten. Doch nachdem sie eine Anhöhe überwunden hatten, erblickten sie die restlichen Männer und bildeten schließlich eine wellige Kreislinie um das Dorf herum.

Die Siedlung sah genau so aus, wie sie ihnen beschrieben worden war: Neun Schutzhütten, solide gebaut, fast mannshoch, standen um einen zentralen Platz herum, auf dem ein fröhliches Feuerchen brannte, daneben ein paar Holzgefäße, ein Berg Miesmuscheln und ein ordentlicher Stapel Brennholz.

Silks Strategie war perfekt geplant und ausgeführt worden, ein Manöver wie aus einem militärischen Lehrbuch. Das einzige Problem war, dass die Eingeborenen nicht abgewartet hatten, bis sie umzingelt worden waren.

Ein Vogel auf einem Baum in der Nähe schien das Keuchen der Männer zu imitieren: *Tu-hie! Tu-hie!* Das aufgerollte Seil über Silks Brust hatte sich gelöst, das eine Ende schleifte hinter ihm im Sand.

»Da sind sie!«, rief einer der Männer aus.

Im gleichen Moment, als sich sämtliche Köpfe in die angedeutete Richtung drehten, stieß ein Eingeborener sein Kanu vom Ufer ab, sprang hinein und paddelte hastig über die Flussmündung. Drei weitere Kanus, vollbesetzt mit Eingeborenen, hatten das gegenüberliegende Ufer schon fast erreicht. Ein Boot war bereits auf den Sandstrand gezogen worden. Eine Gruppe von Männern blickte von dort aus über das Wasser zu den keuchenden Rotröcken hinüber. Rooke hörte Schreie und Rufe – ob aus Angst oder Heiterkeit, konnte er nicht feststellen.

Silk starrte zu den Eingeborenen hinüber. Sein Rücken war gerade, seine schmalen Schultern steif. Die Entfernung war nicht riesig, der Fluss nicht breiter als die Themse bei Westminster, aber doch zu weit und zu tief, als dass ihn ein Trupp bewaffneter Männer hätte überwinden können.

Willstead öffnete den Mund, um etwas zu sagen, aber Silk kam ihm zuvor.

»Beeilung, Männer«, brüllte er, »sie sind noch in Schussweite. Laden und feuern, zack, zack!«

Rooke ging beim Laden seiner Muskete bewusst langsam vor und ließ sogar den Beutel Schwarzpulver fallen, doch die anderen Männer um ihn herum waren sichtlich bemüht, dem Befehl schnell Folge zu leisten. Neben Rooke stand ein stämmiger Soldat mit hochrotem Kopf und atmete unter laut pfeifenden Geräuschen durch die Nase ein und aus, während er seine Muskete lud und die Ladung feststopfte.

Als die Gewehre schließlich schussbereit waren, hatten sich die Eingeborenen schon so weit entfernt, dass nicht einmal der Zufall zu einem Treffer hätte verhelfen können. Einer nach dem anderen feuerten die Männer die Gewehre ab, auch Rooke. Er zielte auf eine von dem Kanu weit entfernte glitzernde Stelle im Wasser und hoffte, sein Ziel ausnahmsweise einmal gut getroffen zu haben.

Das letzte Kanu schaukelte in den hohen Wellen, die aus der Bucht hereinkamen. Während die Männer um ihn herum ihre Pulverhörner verstauten und sich die Gewehre wieder über die Schulter hängten, blickte Rooke dem Kanu nach.

Im Heck drehte sich jemand um und blickte zurück. Die Entfernung war zu groß, um die Gesichtszüge erkennen zu können, doch es war eindeutig die Gestalt eines Kindes. Über das Wasser hinweg sahen Rooke und das Kind einander unverwandt an, während das Kanu auf und ab hüpfte und das Wasser auf den Paddeln glitzerte. Rooke musste an Tagaran und ihren gequälten Blick denken, als er eine imaginäre Muskete in Anschlag gebracht hatte.

Silk wandte sich den Männern zu und redete so gelassen, als wäre alles genau nach Plan gelaufen.

»Gut gemacht, Männer. Gut gemacht.«

Rooke konnte sich nicht vorstellen, dass auch nur ein einziger der Männer ihm dieses Lob abnahm, aber keiner widersprach.

»Aufstellung nehmen, bitte, wir werden jetzt zu der Stelle zurückkehren, an der wir Rast gemacht haben. Dort werden wir unser Nachtlager aufschlagen und morgen unsere Suche in südlicher Richtung fortsetzen.«

Auf dem Rückweg am Strand entlang schlug der Trupp ein schnelles Tempo an. Rooke ging gemächlich hinterher. Schlagartig war der Nachmittag mild geworden, die vom Meer her wehende Brise streichelte ihm sanft die Wange.

»Ein Eingeborener, Sir, ein Eingeborener im Wasser«, rief einer der Soldaten aus. »Da draußen im Wasser, Sir!«

Rooke beschattete seine Augen mit der Hand, um auf dem flimmernden Wasser etwas erkennen zu können, und entdeckte in einiger Entfernung einen Fleck.

»Nicht hinsehen«, rief Silk. »Mr. Willstead! Mr. Rooke! Wir gehen weiter den Strand entlang, wir bleiben auf keinen Fall stehen. Bitte gehen Sie weiter, den Blick geradeaus gerichtet, und tun Sie so, als würden Sie nichts sehen.«

Willstead blinzelte immer noch aufs Wasser.

»Nicht hinsehen, Willstead«, herrschte Silk ihn an. »Sie blicken ja immer noch dorthin, Mann. Los, weitergehen!«

Doch Willstead nahm seine Muskete von der Schulter und stellte sie mit dem Kolben nach unten in den Sand. Er schien sich auf einen Streit einlassen zu wollen.

»Sollen wir ihn denn nicht festnehmen?«

»Aus dieser Entfernung können wir ihn weder fangen noch erschießen. Jegliche Versuche dieser Art würden einzig und allein die Wirkung haben, uns lächerlich zu machen. Wir gehen einfach weiter, ohne ihn merken zu lassen, dass wir ihn gesehen haben. Schnell, gehen Sie weiter, Mann!«

Sie setzten sich wieder in Bewegung, doch Willstead blickte offenbar weiterhin in Richtung Wasser.

»Er steuert direkt auf uns zu! Er will zu uns!«

Tatsächlich – der Mann watete durchs Wasser geradewegs auf sie zu. Um schneller voranzukommen, drehte er den Oberkörper bei jedem Schritt leicht hin und her und hielt die Arme seitlich ausgestreckt, bemerkte Rooke.

Jetzt konnten sie nicht mehr so tun, als sähen sie ihn nicht.

»Halt!«, brüllte Silk. »Wir lassen ihn herkommen.« Er schwitzte, sein Gesicht war wächsern, seine verschlissene rote Jacke hatte dunkle Flecken unter den Achseln.

So hatte sich Rooke *eine Art Theater* nicht vorgestellt.

»Tut ihm nichts, Männer«, schrie Silk. »Nichts antun, verstanden? Er kommt voller Vertrauen auf uns zu, und es geht bei unserem Unternehmen nicht darum, Vertrauen zu missbrauchen, sondern nur darum, zu bestrafen.«

Er strengte seine Stimme an, um das Rauschen des Windes in den Bäumen und der an den Strand schwappenden Wellen zu übertönen.

»Aber Sir«, entgegnete Willstead. »Hat man uns nicht befohlen, männliche Eingeborene festzunehmen?«

»Festnehmen ja, aber nur gewaltsam, Mann. Wozu sollte es gut sein, wenn der Eingeborene sich freiwillig festnehmen lässt? Das wäre keine Botschaft für die anderen.«

»Wenn sie also wegrennen«, warf Willstead grimmig ein, »wenn sie wegrennen, dürfen wir sie festnehmen, bloß dass wir sie dann nicht kriegen. Wenn sie aber herkommen, sollen wir sie nicht festnehmen dürfen?«

Die Soldaten, die ihm am nächsten standen, hörten diese Kritik, und es kam eine leichte Unruhe auf, möglicherweise war es sogar Gekicher.

Der Mann hatte jetzt den Strand erreicht und lief auf sie zu. Bei jedem seiner Schritte spritzte der Sand hoch, und bald war er so nahe herangekommen, dass man das Gesicht mit dem wolligen Bart erkennen konnte, das Stirnband, die mit feinem gelben Sand wie von einem Paar Pantoffeln bedeckten Füße: Warungin, der ihnen entgegenlief, und allem Anschein nach war er gutgelaunt.

Nur leicht außer Atem kam er bei ihnen an und begrüßte diejenigen, die er kannte. Als er sich Rooke zuwandte, war ihm nicht im Geringsten anzumerken, dass er etwas wusste, nicht die leiseste Spur des Zur-Kenntnis-Nehmens eines Kollaborateurs.

Wenn Warungin nicht wusste, welchem Zweck diese Expedition diente, würde er normalerweise fragen, was sie hier machten, und tat es zu Rookes Erleichterung auch. Ob sie Kängurus jagen wollten, versuchte er mittels Zeichensprache und Gebärden herauszufinden. Ob sie Fische fangen oder irgendetwas aus den Bäumen holen wollten, Honig vielleicht?

Silk legte sich weder auf die Kängurujagd noch aufs Honigsammeln fest.

»Warungin«, sagte er lächelnd, wobei ihm die Bemühung, beiläufig zu klingen, deutlich anzumerken war. »Warungin, mein Freund, kannst du uns sagen, wo wir Carangaray finden können? Wo ist Carangaray?«

Als Warungin den Namen hörte, runzelte er nachdenklich die Stirn.

Dann hielt er eine kurze Rede, in deren Verlauf mehrmals der Name Carangaray fiel, wobei er jedes Mal eine schnelle, schwungvolle Handbewegung machte, bei der die Hand anfangs locker vom Handgelenk hing und am Schluss mit der Handfläche nach oben in Richtung Süden deutete.

»Mr. Rooke, Sie sind doch hier der Sprachforscher unter uns«, sagte Silk. »Was hat er soeben gesagt?«

»Er spricht zu schnell«, sagte Rooke. »Ich kann ihm nicht folgen.«

Das entsprach so unbestreitbar der Wahrheit, dass Silk nicht widersprach.

Daraufhin versuchte er die Bedeutung von Warungins Wortschwall pantomimisch zu ermitteln. Er ließ die Finger durch die Luft wandern und wiederholte dabei immer wieder den Namen *Carangaray*. Warungin sah ihm gleichmütig zu und machte es ihm nach, ließ ebenfalls die Finger durch die Luft wandern. Er verbesserte Silks Darbietung jedoch und streckte dabei den Arm aus, um die Vorstellung von *weit weg* zu demonstrieren. Dann neigte er den Kopf und legte die Hände an die Wange, danach machte er mit dem Arm eine ausholende Bewegung über den Himmel, deutete damit den Lauf der Sonne an. Die Botschaft war unmissverständlich: Carangaray war so weit weg, dass die Sonne zwei oder drei Mal über den Himmel wandern und die Menschen die aneinandergelegten Hände drei oder vier Mal zum Schlafen unter die Wange legen würden, bis sie den Ort erreichten, an dem sich Carangaray jetzt befand.

Mit anderen Worten: Viel zu weit für dreißig schwer bewaffnete, aber mit leichtem Gepäck und wenig Proviant ausgestattete Soldaten, um ihn zu verfolgen.

Und so marschierten sie alle zu dem Teich hinter dem Strand zurück. Warungin machte keine Anstalten zu gehen. Willstead knurrte, der Kerl wolle sich doch bestimmt nur auf ihre Kosten eine Mahlzeit einverleiben und lungere deshalb hier herum. Rooke hingegen konnte sich kaum vorstellen, dass Essen, das aus nichts als trockenem, zerbröselndem Brot und ein paar Happen Pökelfleisch bestand, sonderlich verlockend war.

Während sich die Männer Farnkraut als Schlafunterlage schnitten und Brennholz sammelten, damit sie ihre Lagerfeuer die ganze Nacht hindurch in Gang halten konnten, ging Warungin davon. Rooke und Willstead hielten in ihrer Arbeit inne und sahen ihm nach, wie er mit federnden Schritten und dem hin und her schwingendem Fischspeer in der Hand verschwand.

»Sie sind wie Kinder, sie kommen und gehen, wie's ihnen gerade passt«, stellte Willstead fest. »Obwohl Warungin eigentlich ein ganz guter Kerl ist, könnte man sich doch niemals auf einen von denen verlassen. Wenn's ihnen in den Sinn kommt, hauen sie einfach ab.«

Doch bis sie ihre Feuer in Gang gebracht hatten, war Warungin schon wieder da. Acht dicke Meeräschen, mit einem Rankengewächs zusammengebunden, baumelten von seiner Hand. Er legte die Fische auf ein paar flache Stellen, die er zwischen dem glühenden Holz mit der Hand zurechtschabte, ließ sie kurz braten und brach sie dann mit den Fingern in Stücke, die er an die Offiziere verteilte. Als er sah, dass sie sich vor den Köpfen ekelten, lachte er amüsiert auf. Er nahm ihnen die Fischköpfe wieder ab und zerkaute sie mit allem Drum und Dran, wobei er sich anmerken ließ, wie köstlich sie schmeckten.

»Tja«, räumte Silk ein, nachdem er sich die Finger abgeleckt hatte, »er mag zwar ein Wilder sein, scheint aber doch eine Ahnung davon zu haben, dass man sich für Gastfreundschaft revanchiert.«

Die Flammen des Feuers loderten in die sich verdichtende Dunkelheit hinein. Mit einem Seufzer streckte sich Rooke auf dem Sandboden aus und spürte, wie sich die Anspannung in seinen Schultern löste. Der wellige Untergrund drückte gegen seinen Körper. Durch eine Lücke zwischen den Baumkronen hindurch sah er Beteigeuze funkeln, sein rotes Licht leuchtete in dieser Nacht sehr intensiv.

Am nächsten Morgen würden sie ein paar weitere Stunden sinnlos durch den Wald trampeln, dann würden sie nach Sydney zurückmarschieren, mit leeren Händen und ohne eine Schuld auf sich geladen zu haben.

Silks Gesicht, das wegen der Bartstoppeln und der sonnenverbrannten Haut einen dunklen Schimmer hatte, leuchtete im flackernden Licht. Er würde sich geschickt aus dieser Sache herauslavieren, dachte Rooke. Er würde dem Gouverneur einen unterhaltsamen, mit vielen Details gespickten Bericht präsentieren. Der Gouverneur würde ihn für einen tollen Burschen halten, ihn überschwänglich loben und in seinem nächsten Bericht erwähnen.

Den Angriff auf das Dorf könnte er zu einem interessanten Abschnitt seiner Erzählung verarbeiten. Er hatte eine eindrucksvolle Vorstellung inszeniert. Das Abgleichen der Uhren war ein bravouröses Detail, das seiner Erzählung zusätzlichen Glanz verleihen würde. Das Scheitern der Expedition würde er auf seine witzige Art, mit gespielter Reue und Selbstironie geschickt überspielen. Vielleicht würde er es sogar so hindrehen, dass der Misserfolg von vornherein beabsichtigt gewesen sei. Am Ende würde er als ein Mann dastehen, der dieses heikle Unternehmen mit Feingefühl und Menschlichkeit gemeistert hatte. Zu einem Zeitpunkt, als die Gemüter erhitzt gewesen waren, war es ihm gelungen, den Gouverneur von zehn auf sechs Eingeborene herunterzuhandeln. Der allergrößte Triumph jedoch würde darin bestehen, mit keinem einzigen Eingeborenen zurückzukehren und trotzdem gelobt zu werden.

Rooke bedauerte, dass er seinen eigenen Triumph nicht mit Silk würde teilen können. Das wäre doch Stoff für eine unterhaltsame Episode in seiner Erzählung gewesen: Das geschickte Umgehen einer schwierigen Situation durch einen überraschend raffinierten Schachzug von Leutnant Rooke.

Rooke setzte sich auf und legte die Hände um die Knie. Nun würde er genug Zeit haben, alle Zeit der Welt, alle Zeit seines Lebens. Er würde eine Verlängerung seiner Dienstzeit beantragen und danach eine weitere. Wie seine Zukunft im Einzelnen aussehen mochte, ließ sich zwar nicht genau sagen, aber der Grundriss war herrlich einfach: Daniel Rooke in New South Wales.

Er würde sich weiterhin mit Tagaran und den anderen Eingeborenen unterhalten. Irgendwann würde er ihre Sprache beherrschen. An dem Tag, als er ganz automatisch *Ich habe es kaadianiert* in sein Notizbuch schrieb, hatte für ihn eine Reise begonnen, die er niemals beenden wollte.

*

Doppelte Rationen und die Tatsache, keinen einzigen Eingeborenen gefangen zu haben, hatten die Männer in wilde Ausgelassenheit versetzt. An ihrem Lagerfeuer am anderen Ende der Lichtung veranstalteten sie so etwas wie eine spontane Feier. Silk warf ab und zu einen prüfenden Blick hinüber, ließ sie aber gewähren. Bei den Offizieren herrschte friedliche Stille, alle drei blickten gedankenversunken ins Feuer. Warungin starrte im Halbschlaf mit glasigem Blick und entspanntem Körper in die Flammen.

Der Mond ging auf, hell genug, um die Flammen ein wenig verblassen zu lassen. In seinem Licht sah Rooke, dass Silk seinen Tornister öffnete und etwas darin suchte, vermutlich sein Tagebuch. Rooke beugte sich hinüber, um ihm zu helfen und die Deckelklappe hochzuhalten.

»Ich bin gespannt, was du aus unserer Expedition machen wirst«, begann er. Da er versehentlich statt des Deckels den Boden des Tornisters erwischt hatte, kippte das Ding um und landete mit der Öffnung nach unten im Sand. Ein Beil, dessen frisch geschärfte Schneide im Mondlicht glänzte, rutschte heraus. Um den Schaft waren mehrere Segeltuchsäcke gewickelt.

»Hoppla, Silk, hattest du etwa vor, dir selbst Brennholz zu hacken?« Rooke befühlte die Schneide des Beils und stellte fest, dass sie scharf genug war, um sich damit zu rasieren. »Wo du doch dreißig Mann dabei hast, die das für dich tun?«

Nach Tagen der Angst nun in leicht übermütiger Stimmung, kam ihm die Vorstellung von Silk mit seinem Beil in der Hand beim Brennholzhacken äußerst lustig vor. Silk hingegen fand das gar nicht komisch. Er riss Rooke das Beil aus der Hand, steckte es zuunterst in den Tornister, griff nach den Säcken und versuchte, sie ebenfalls hineinzustopfen.

Willstead beobachtete die Szene mit einem Gesichtsausdruck, den Rooke nicht zu deuten vermochte. Mit dem Beil und den Säcken musste es irgendetwas auf sich haben, von dem Willstead wusste.

»Nun sag schon, Silk!«, rief Rooke. »Wolltest du Dr. Weymark vielleicht ein paar Trophäen mitbringen, als Modelle für seine Malerei? Oder für dich selbst, um deine Erzählung mit ein paar eigenen Illustrationen zu verzieren?«

Er hatte sich mit der scharfen Schneide des Beils am Handballen verletzt, im Feuerschein sah das herausperlende Blut schwarz aus.

»Gar nicht schlecht geraten, Rooke«, rief Willstead aus. »Trophäe kommt der Sache ziemlich nahe!« Er war über irgendetwas sichtlich amüsiert.

Rooke bemerkte, dass Willstead über das Feuer hinweg Warungin einen kurzen Blick zuwarf.

»Leutnant Willstead!«, rief Silk. »Ich wäre Ihnen dankbar, wenn Sie den Mund hielten!« Als er den Tornister endlich wieder geschlossen hatte, schob er ihn hinter sich in den Schatten seines Körpers.

Willstead grinste Rooke süffisant an, sagte aber nichts mehr.

Nicht das Beil, nicht die Säcke, sondern Silks starres, im Schein des Feuers nur undeutlich zu erkennendes Gesicht und ein gewisser Unterton in seiner Stimme bewirkten, dass Rooke ein kalter Schauer über den Rücken lief.

Ein Windstoß fuhr durch die umstehenden Bäume und ließ die Blätter erzittern; es klang wie ein langer Seufzer.

Rookes Hirn stellte eine merkwürdige Berechnung an: Beil plus Säcke multipliziert mit Willsteads Grinsen und dividiert durch Silks Gesichtsausdruck.

»Silk«, begann Rooke.

Ihm versagte die Stimme, die Worte blieben ihm regelrecht im Halse stecken. Er räusperte sich und nahm einen neuen Anlauf.

»Silk, könnte ich kurz mit dir sprechen?«

Er stand auf und deutete mit dem Kopf in Richtung Dunkelheit. Silk zögerte, erhob sich dann aber und folgte ihm. Als sie außer Hörweite der ums Feuer sitzenden Männer waren, blieb Rooke stehen und drehte sich zu Silk um. Es war so finster, dass er den Ausdruck auf dem Gesicht seines Freundes nicht erkennen konnte.

»Das Beil, Silk«, sagte er. »Und die Säcke.«

In seinen Ohren klang seine Stimme so neutral wie die eines Wissenschaftlers, der ein mathematisches Theorem darlegt.

»Darf ich fragen, zu welchem Zweck sie mitgenommen worden sind?«

»Also, Rooke, die Eingeborenen sollten vorzugsweise gefangen genommen und in die Siedlung gebracht werden«, erwiderte Silk. »Falls sich das jedoch als nicht praktikabel erwiesen hätte, lautete der Befehl, sechs von ihnen zu töten.«

»Praktikabel.«

»Ja, praktikabel.«

»Und die Säcke?«

»Die Köpfe der Gefallenen sollten in die Siedlung gebracht werden.«

»Die Köpfe der Gefallenen«, wiederholte Rooke.

Das waren nur Worte, eine Phrase aus der Kriegsdichtung oder Posten auf einer Liste.

»Die Köpfe, Rooke, sollten in den dafür bereitgestellten Säcken zur Siedlung gebracht werden. Nachdem sie mit dem dafür bereitgestellten Beil abgetrennt worden wären. Der Gouverneur war der Ansicht, dass es notwendig sei, ein einziges Mal Härte zu zeigen, um dann nie wieder Härte zeigen zu müssen. Die Bestrafung einiger Weniger wäre für alle anderen ein Akt der Gnade gewesen.«

»Davon hast du mir nichts gesagt.«

»Rooke, mein Freund, die Sache hätte ja auch nie stattfinden sollen. Ich habe das Beil nicht erwähnt, weil ich davon ausging, dass es niemals verwendet werden würde. Wo ist hier das Problem, alter Knabe? Keine Eingeborenen sind gefangen und keine Köpfe … entfernt worden. Und das wird auch nicht geschehen.«

Rooke drehte sich zu den Männern am Feuer um. Willstead war aufgestanden und sagte gerade etwas zu Warungin, der neben ihm auf dem Boden saß. Jedes Mal, wenn Warungin sich bewegte, wurde ein anderer Teil seines Gesichts vom Licht erfasst: mal glänzte das Jochbein im Licht, mal die breite, flache Nase, ein anderes Mal die Zähne, als er gerade über das lachte, was Willstead ihm mit den Händen zu erklären versuchte. Einmal lehnte er sich zurück, das Gesicht zu Willstead erhoben, worauf der Feuerschein seine Kehle beleuchtete.

Wie brachte man es fertig, einem Menschen den Kopf abzuhacken?

Man würde sich vergewissern müssen, dass er tot war. Das wäre das Erste. Dann würde man ihn umdrehen müssen, damit er auf dem Bauch lag. In dieser Position würde der Hals wegen der vorstehenden Nase nicht direkt am Boden aufliegen, sondern ein wenig erhöht sein.

Dann würde man das Beil in die Hand nehmen. Weil es einen kurzen Griff hatte, würde man den Schlag aus nächster Nähe ausführen müssen. Es würde kein sauberer Schlag sein. Man würde mehrmals auf die schlaffe Haut des Halses einhacken müssen. Das Beil würde immer wieder abrutschen, und außerdem wäre der Kinnbackenknochen im Weg.

Jemand würde den Kopf festhalten müssen, damit man an den knöchernen Teil des Halses herankam.

Anschließend müsste der Kopf in den Sack gesteckt werden. Dazu würde ihn jemand in die Hand nehmen müssen. Wie schwer war ein Kopf? Ihn an den Haaren hochzuheben, würde vermutlich am einfachsten erscheinen. Eine zweite Person würde den Sack aufhalten müssen.

Derjenige, der den Sack dann zur Siedlung tragen musste, würde von einem Schwarm wild gewordener Fliegen verfolgt werden. Anfangs hätte er den Sack vielleicht am Tornister festgebunden, doch nach einer Weile würden ihm die ständigen Schläge des Kopfes gegen den Tornister auf die Nerven gehen. Er würde es einfacher finden, ihn zu tragen. Der Sack würde schwer sein: Er würde ihn immer wieder von einer Hand in die andere wechseln müssen. Würde er das tun können, ohne daran zu denken, was sich in dem Sack befand: der Kopf eines Menschen, ein menschliches Gesicht? Ein Gesicht wie jenes, das Rooke gerade vor sich sah, lachend, mit halb verschmitztem, halb amüsiertem Blick, und dahinter die menschliche Seele mit all ihren äußerst feinen Gefühlsnuancen?

Rooke hörte sich keuchend nach Atem ringen, und das Herz schlug ihm bis in den weit aufgerissenen, nach Luft schnappenden Mund.

Warungin blickte vom Lagerfeuer aus zu ihm hin, erhob sich halb und streckte die Hand aus. Hatte er gesehen, dass Leutnant Rooke von Seiner Majestät Seesoldaten die Farbe von Schweineschmalz angenommen hatte und in diesem Augenblick im Gebüsch verschwand, wo er sich laut und heftig übergab?

*

Als der Anfall vorüber war, ging Rooke den Weg entlang, der aus dem Lager führte. Die Sträucher schienen den Pfad in der Nacht überwuchert zu haben, und er kämpfte sich zwischen ihnen hindurch.

Dann hatte er das Dickicht endlich hinter sich und fand sich auf dem Kamm der Stranddüne wieder, allein in der riesigen Kathedrale der Nacht. Vor ihm erstreckte sich eine weite, dunkle Fläche. Die Ufer ringsum schienen sich in der Nacht zurückgezogen zu haben. Von den niedrigen Erhebungen links und rechts war nur eine ferne, wellige Linie wahrnehmbar, dunkler als die Bucht und schmal wie ein Band. Der Himmel über ihm war wieder von einer anderen Dunkelheit, der Vollmond leuchtete wie ein weit geöffnetes, wachsames Auge.

Rooke machte ein paar Schritte die Düne hinunter und setzte sich in den Sand. Dort, wo sich der Mond auf dem Wasser spiegelte, zerbrach er zu einem Fleck einzelner unruhiger Punkte grellen Lichts, so hellweiß vor dem schwarzen Hintergrund wie eine Magnesiumfackel.

Obwohl die Oberfläche doch ganz ruhig zu sein schien, rollten kleine Wellen an den Strand, zogen sich zischend wieder zurück und hinterließen einen dunklen Spitzenrand auf dem Sand. Jedes Mal, wenn eine Welle zurückfloss, strömte schon die nächste Woge herbei und schlug klatschend mit der ablaufenden Welle zusammen. Das Geräusch kam nicht von der Welle selbst, sondern von den Turbulenzen an der Stelle, an der das Kommende und das Gehende zusammentrafen.

Wenn man auf die Bucht hinausblickte, während die Flecken des Mondlichts darüberglitten, hätte man gesagt, das Wasser sei so unbewegt wie in einer Tasse. Doch hier am Ufer bewegte es sich auf und ab, vor und zurück und kam nie zur Ruhe.

Rooke sah es jetzt so deutlich wie nie zuvor: eine einzige Wasserfläche, die den ganzen Erdball umschloss, die Kontinente dazwischen nur geringfügige Hindernisse, die das Wasser mühelos umfloss. Das Land war für dieses riesige atmende Wesen ohne Belang, und erst recht die darauf lebenden Menschen.

Auf der Landkarte wurde diese Wasserfläche aufgeteilt und den Teilen verschiedene Namen gegeben. Die Namen waren nicht nur bedeutungslos, sondern falsch. In Wirklichkeit war alles eins, jeder Wassertropfen bewegte sich für sich und doch mit all seinen Gefährten zusammen, ihr ewiges Aufsteigen und Fallen bestimmt von dieser gelben Lichtscheibe am Himmel.

Aus dem Nichts war ein zartes Wolkentuch herangezogen, an der Vorderkante fransig wie gekämmte Wolle. Es verdeckte den Mond, der im Weiterziehen durch es hindurch zu sehen war wie ein leuchtendes Auge.

Natürlich war es die Wolke, die weiterzog. Es war wie der Versuch, in zwei Sprachen zu denken: Nach dem, was man mit den Augen sah, bewegte sich der Mond durch die Wolke hindurch, nach dem, was man gelernt hatte, war es die Wolke, die sich bewegte.

Rookes Körper schimmerte bleich im Mondlicht, als er ihn von all seinen Hüllen befreit hatte. Irgendwie kam er ihm gar nicht wie sein eigener Körper vor, sondern wie der eines anderen. Der Sand unter seinen Füßen war seidig und kühl. Es überraschte ihn, dass auf seinen Händen kein Blut zu sehen war. Nur eine dunkle Aura umwaberte ihn, der Geruch des Ekels.

Als er die Haut des Wassers durchbrach, kam es ihm vor, als glitte er in eine Verlängerung seiner selbst hinein. Das Wasser war warm, wärmer als tagsüber, fast von derselben Temperatur wie sein Körper. Es gab ihm Auftrieb, hüllte ihn ein, ließ ihn ein treibendes Nichts werden, nicht vom Land, nicht vom Meer, nicht von dieser Welt und auch nicht von einer anderen: Nicht Daniel Rooke, der den Rang eines Leutnants innehatte, sondern eine namenlose Masse, die eine bestimmte Menge Wasser der Botany Bay verdrängte.

Als er sich im Flachwasser aufrichtete, hörte er, wie das Wasser von seinem Körper floss. Er rieb sich kräftig über die Hände, das Gesicht, das Haar. Zog Salzwasser durch die Nase und spuckte es aus, spülte und spuckte, spülte und spuckte, bis ihm das Salz in der Nase brannte und die Augen tränten.

Rooke drehte sich um und blickte in Richtung Land. Es war tiefdunkel, von der Stelle, an der er stand, waren die Lagerfeuer der Expedition nicht direkt zu sehen, nur ein schwacher Widerschein durch die Unterseite der Bäume hindurch. Einmal sah er Funken aufstieben, als eine unsichtbare Hand Holz nachlegte. Er hörte das scheppernde Geräusch eines Pfännchens, das an den Kessel stieß, ein Niesen, ein lautes Lachen.

Aus der Bucht kam eine langgezogene Welle herein, legte sich um seine Knöchel, als wollte sie ihn daran erinnern, dass sie da war.

Rooke watete aus dem Wasser, ging den Strand hinauf, setzte sich hin und strich mit den Händen über den Sand, spürte dessen seidige Kühle, den letzten Funken Wärme auf der Oberfläche. Trotz des hell leuchtenden Mondes war Sirius, das Juwel des Sommerhimmels, deutlich zu sehen.

Die Eingeborenen hatten bestimmt auch einen Namen für diesen Stern. Für sie gehörte Sirius nicht zum Sternbild des Großen Hundes, bei ihnen hatte dieser Stern eine vollkommen andere Geschichte. Doch ganz gleich, welchen Namen man den Sternen gab, ihr Licht und ihre Formationen veränderten sich nicht. Ungeachtet allen Gezeters unter den Menschen war ihre Aussage klar: *Alles ist Teil einer Ganzheit, jetzt und immerdar*. Mit ihnen gab es nichts zu diskutieren. Die Logik war für sie irrelevant. Die Zwangslagen, in denen sich ein gewisser Leutnant Daniel Rooke, dieses Fünkchen Bewusstsein, befand, kümmerten sie nicht im Geringsten. Vor dem Hintergrund des immerwährenden Himmelslichts war sein eigener Lebensfunke genauso unbedeutend wie einer der dort drüben aufstiebenden Feuerfunken.

Die Sterne waren immer an der Stelle zu finden, an der sie laut *Almanach* sein mussten. Was den Himmel betraf, war die Sache einfach: Es gab nur richtig oder falsch. Hier unten im Getriebe der Menschen existierte niemand, auf dessen Antwort man sich verlassen konnte.

Rooke hatte dem Gouverneur falsche Logik vorgeworfen. Auch Silk hatte er dafür verspottet. Dabei hatte er selbst doch ebenfalls Augenwischerei betrieben. Er hatte sich eingeredet, es sei nicht schlimm, an der Expedition teilzunehmen, wenn von vornherein feststand, dass sie scheitern würde.

Tagaran zu warnen, hatte er für einen klugen Schachzug gehalten. Er hatte die Kurbel seiner Strategie gedreht und gegrinst, als er sah, wie die Zahnrädchen ineinandergriffen und sich die Räder der Maschine zu drehen begannen, mit deren

Hilfe er Gehorsam üben könnte, ohne sich die Hände schmutzig zu machen.

Doch nun ging ihm auf, dass er sich in gleichem Maße schuldig gemacht hatte wie der Gouverneur und wie Silk. Genau wie sie hatte er sich von seinem Eigeninteresse leiten lassen.

Rooke hörte sich stöhnen, ein schweres, undeutliches *Oh*.

Es war die einfachste Sache der Welt. Wenn ein Unternehmen falsch war, machte es keinen Unterschied, ob es gelang oder nicht oder wie viele kluge Schritte man unternahm, um dafür zu sorgen, dass es misslang. War man an einer solchen Unternehmung beteiligt, dann war man ebenfalls an dem beteiligt, was daran falsch war. Auch wenn man das Beil gar nicht in die Hand nahm oder einfach nur mitmarschierte.

War man Teil dieser Maschinerie, dann war man auch Teil dessen, was daran böse war.

Direkt geradeaus lag der Einschnitt im Land, hinter dem sich der Ozean erstreckte, über den die *Berewalgal* zwei Jahre zuvor hierher gekommen waren. Rooke hatte von Bord der *Sirius* auf das immer näher kommende Land geblickt und nichts anderes gesehen als Chancen. Am Strand von Sydney Cove waren auf gleicher Höhe wie das Beiboot diese Eingeborenen entlanggelaufen und hatten ihre unmissverständliche Botschaft ausgerufen. Sie waren nichts weiter gewesen als nackte Fremde. Rooke hatte im Bug des Bootes gesessen, die Muskete schussbereit in den Händen, bereit, auf Befehl abzudrücken.

Dieser Daniel Rooke schien Silbe für Silbe durch einen anderen Mann ersetzt worden zu sein. Inzwischen kannte er diese nackten Menschen. Er verstand sie zwar nicht, betrachtete sie aber nicht mehr als Fremde.

Einige Meilen weiter nördlich, hinter den Wäldern, durch

die am vergangenen Tag eine lange Reihe von Männern marschiert war, lag Tagaran jetzt schlafend an einem Lagerfeuer. Dort gab es keine Kerze, die sie nicht einschlafen ließ, keine Decke, die auf ihrer Haut kratzte. Nur die Nacht, die sie einhüllte wie auch ihn. Nur der Mond, der auf sie herabblickte wie auf ihn.

Es gab kein Wort für das, was er von Tagaran gelernt hatte. Er wusste nicht, wie er das, was er für sie empfand, benennen sollte. Doch sie hatte ihm gezeigt, was für ein Mensch in ihm steckte.

Dieser Mensch war nicht nur ein Leutnant in Seiner Majestät Diensten. Dieser Mann konnte gleichermaßen gut stillsitzen wie handeln, zuhören wie sprechen, fühlen wie denken. Er hatte Wahrheiten entdeckt, die zwar namenlos, aber dennoch stark waren, Wahrheiten über zwei Menschen und was sie miteinander teilen konnten.

Dieser Mann hatte nichts mit Unternehmungen zu tun, zu denen aufgerollte Seile und Musketen gehörten, und erst recht nicht mit geschärften Beilen und Säcken von der richtigen Größe, um Menschenköpfe hineinzustecken.

Weiter an der Expedition beteiligt zu sein, würde bedeuten, dem Mann, der er geworden war, den Rücken zu kehren. Aus dem Unternehmen auszusteigen, käme hingegen einem Schritt ins Leere gleich.

Rooke konnte noch immer das gleißende Sonnenlicht im Englischen Hafen von Antigua spüren, konnte noch immer die beiden Leutnants mit den geschorenen Köpfen und den zerfetzten Jacken vor sich sehen. Konnte noch immer den Geruch der Scheiße des Gehenkten riechen und das Gefühl des würgenden Strickes um den Hals nachempfinden.

Manches saß einfach zu tief, um es vergessen zu können.

Rooke beobachtete das heran und hinaus rollende Wasser. Jedes Mal, wenn eine Welle sich überschlug und im Sand zerrann, lief ein Lichtschimmer über den fransigen Saum.

Das alles ging ohne Denken, ohne Logik, ohne Berechnung vonstatten. Es war einfach nur ein physischer Impuls wie Atemzüge oder ein Zwinkern: ein Reflex, an dem der Verstand nicht beteiligt war.

»Ich kann da nicht mitmachen«, sagte Rooke laut.

Nachdem er diese Worte ausgesprochen hatte, blieb ein dumpfes Gefühl zurück. Er erkannte, dass es Angst war. Er wusste weder, wie schwierig der Weg sein würde, auf den ihn dieser neue Daniel Rooke führen, noch wo dieser Weg enden würde. Er wusste nur, dass er bereit war, den Fremden willkommen zu heißen und ihm zu folgen.

*

Als er wieder beim Lager ankam, rollten sich die Männer gerade in ihre Decken ein und legten zum Schutz gegen die Moskitos ein Taschentuch auf ihr Gesicht. Das Feuer wurde mit feuchtem Holz bedeckt, das die ganze Nacht über qualmen würde.

Rooke ging zu seinem Tornister hinüber und schnallte seine Decke los. Die Schnallen kamen ihm riesig und unhandlich vor, doch dann merkte er, dass es an seinen Fingern lag. Er selbst war ruhig, nur seine Finger gehorchten ihm nicht.

Nachdem er die Schnallen endlich aufbekommen hatte, rollte er die Decke aus und wickelte sich darin ein. Er war froh über das Taschentuch, unter dem er sein Gesicht verbergen konnte. Während er so dalag, nahm er wahr, dass Silk auf der anderen Seite des Feuers seine Decke entrollte, sie einmal kräftig ausschlug und an den Ecken gerade zog. Dann legte er sich hin, wickelte sich in die Decke ein und lag reglos da. Rooke konnte regelrecht spüren, wie Silk die Ohren spitzte und darauf wartete, dass Rooke etwas sagte. *Ich weiß nicht, was da vorhin über mich gekommen ist* waren die Worte, auf die er wartete. *Vielen Dank für deinen vernünftigen Rat.*

Er wartete, bis Silks gleichmäßige Atemzüge zu hören waren und ein respekteinflößendes Schnarchen von dort, wo Willstead lag. Dann brach er auf. Im Mondlicht war der sandige Weg klar und deutlich zu erkennen. Er würde die Siedlung vor Sonnenaufgang erreichen.

Nach einer Weile blieb Rooke stehen und blickte auf den Weg zurück, den er gekommen war. Im Schein des Mondes sahen beide Richtungen gleich aus. Den Sträuchern und Bäumen ringsum entströmten kühle, feuchte Gerüche.

Grillen zirpten, ein stummer schwarzer Schatten glitt über den Himmel. Dicht an seinem Fuß summte etwas. Ein nachtaktives Insekt, das tagsüber still war? Oder ein Laut, der so leise war, dass man ihn nur hörte, wenn alle anderen Geräusche verstummten?

Rooke drehte sich um, rückte den Tornister zurecht und ging weiter.

*

Als Rooke im Morgengrauen um die letzte Biegung vor der Siedlung kam, sah er den Gouverneur forschen Schrittes in Richtung der Ziegelbrennöfen gehen. Neben ihm ging Major Wyatt. Während der Gouverneur mit zu Boden gerichtetem Blick ununterbrochen redete, hielt Wyatt den Blick respektvoll auf das Gesicht seines Vorgesetzten gerichtet. Plötzlich erblickten sie Rooke, und er sah auf ihren Gesichtern zunächst Verwunderung, dann eine Vorahnung aufblitzen.

»Leutnant Rooke!«, rief der Gouverneur. »Waren Sie nicht in Hauptmann Silks Truppe?«

»Sir«, sagte Rooke und brach ab. Irgendwann im Laufe der Nacht hatte er im Kopf vorformuliert, was er dem Gouverneur sagen würde. Doch nun ging es ihm wie dem Mann mit der Schlinge um den Hals, dem bei der Aufforderung, seine letzten Worte zu sprechen, nicht einfällt, was er sich zurechtgelegt hatte.

»Sir, ich.«

Ich esse, du isst, wir essen. Wir haben gegessen, wir werden essen.

»Die Eingeborenen, Mann«, rief der Gouverneur ungeduldig aus. »Haben Sie die Eingeborenen gefangen? Wie viele? Lebendig oder hingestreckt?«

»Es sind keine Eingeborenen gefangen worden, Sir«, sagte Rooke. Dieser Teil war einfach. »Weder lebendig … noch hingestreckt.«

»Ja und, Mann?« Wyatt starrte in Rookes Gesicht, als wollte er ihm die Worte gewaltsam aus dem Mund zerren. »Ja und?«

»Die Eingeborenen sind uns entwischt, Sir«, sagte Rooke.

»Tchhh!« Das Gesicht des Gouverneurs fiel vor Wut in sich zusammen. »Erzählen Sie schon, Mann, wie konnte das passieren?«, herrschte er Rooke an. »Ich höre, Leutnant Rooke, na los, Mann!«

»Es hat nicht funktioniert«, begann Rooke.

Und dachte an den Feuerschein, an Warungins Lachen. Das Beil mit der glänzenden Stahlschneide, die jemand erst vor kurzem mit Feuereifer so geschärft hatte, wie es schärfer nicht ging. Silk, wie er lächelnd zur Seite geblickt hatte.

»Es ist schlecht gelaufen, Sir«, fuhr er fort.

Jetzt fielen ihm die Worte endlich wieder ein. Es war eine

Erleichterung wie ein Niesen, sie dem Gouverneur ins Gesicht schleudern zu können.

»Das war ein ganz niederträchtiger Plan, Sir. Ich bereue es, dass ich mich habe überreden lassen, diesem Befehl Folge zu leisten. Nichts in aller Welt könnte mich je wieder dazu bewegen, einen ähnlichen Befehl zu befolgen.«

Das Gesicht des Gouverneurs wurde schlaff vor Erstaunen. Rooke blickte es an und sah darin alle seine Zukunftsaussichten unwiderruflich zusammenschnurren wie ein Blatt im Feuer. Ein schwereloses Gefühl. Auf dem Gesicht des Gouverneurs war alles deutlich ablesbar, und Rooke empfand dabei nichts als Erleichterung.

Für ihn war etwas beendet.

»Es steht Ihnen nicht zu, so etwas zu äußern, Leutnant«, sagte Wyatt. »Passen Sie auf, was Sie sagen, Sir!«

Obwohl Wyatt kein Freund von ihm war, strengte er sich an wie jemand, der einen Deich vor dem Aufbrechen bewahren will, um eine Katastrophe zu verhindern, merkte Rooke. Wyatt war frisch rasiert, der Gouverneur ebenfalls. Rooke nahm einen Hauch des Adstringens wahr, mit dem der Barbier die beiden eingerieben hatte.

Sie waren drei Männer auf einem Sandweg, um sie herum das Rascheln der rauen, vom Wind bewegten Eukalyptusblätter. In unmittelbarer Nähe machte ein Vogel ein Geräusch, das wie das Quietschen einer Tür klang.

»Sir, Ihre Anordnungen waren überaus schändlich, und ich bedaure in höchstem Maße, an diesem Unternehmen teilgenommen zu haben.«

»Ist denn nun jemand getötet worden, Leutnant?«, fragte der Gouverneur erneut, als hätte er nichts gehört. »Wie viele sind erwischt worden?«

Seine Verbissenheit brachte Rooke zur Weißglut.

»Entschuldigen Sie, Sir, aber darum geht es hier nicht. Es geht darum, dass eine böse Absicht dahintersteckte, und das ist das Einzige, worauf Gott sieht, wenn er in unsere Herzen schaut.«

Rooke sah, wie der Gouverneur bei dem Wort *Gott* zusammenzuckte, und war selbst überrascht, es verwendet zu haben. Es klang wie ein billiger Trick, um den Gouverneur zum Schweigen zu bringen. In Wirklichkeit glaubte er, dass Gott für den Menschen schlicht und einfach ein Mittel war, um sein eigenes Herz zu befragen.

»Zum Donnerwetter, Sir!«, entfuhr es dem Gouverneur, »Sie sind für einen rangniederen Offizier mächtig selbstsicher und im Umgang mit dem Namen des Allmächtigen mächtig ungezwungen!«

Die ungeschickte Ausdrucksweise, *mächtig – Allmächtiger,* ließ alle drei Männer stutzen und dem Zusammenklang der Wörter lauschen.

»Ich darf Sie bitten, mich zur Mittagsstunde im Gouverneurssitz aufzusuchen, Leutnant Rooke.«

Und weg war er. Während Wyatt mit langen Schritten hinterherlief, um den Gouverneur einzuholen, warf er einen Blick zu Rooke zurück, der mit seinen Gedanken schon in der Zukunft war.

Er würde jetzt zu seiner Hütte an der Landspitze gehen. Dort würde er Feuer machen, Wasser erhitzen, Tee aufbrühen und sich mit seinem Stuhl draußen an die von der Morgensonne erwärmte Holzwand setzen.

Je nachdem, wie lange es dauern würde, bis die Schiffe aus England eintrafen, könnte er einige Wochen oder Monate dort sitzen. Er würde weiterhin die Niederschläge und die

Lufttemperatur messen. Vielleicht würde er sogar noch ein paar neue Sterne entdecken und einige neue Wörter in seine Notizbücher eintragen.

Doch früher oder später würde Seiner Majestät große Maschinerie nach ihm greifen. Er würde fortgeschickt werden. Er würde vor Gericht gestellt werden und zuhören, wie über ihn das Urteil gesprochen wurde. Dann würde er aus dem Saal geführt werden und sich dem einen oder anderen Tod ergeben müssen: dem Tod seines Körpers oder dem Tod seiner Zukunft.

Als Rooke schließlich die Siedlung erreichte, wölbte sich über ihm ein klarer blauer Morgenhimmel, und die Sterne waren nicht mehr zu sehen. Sie waren aber keineswegs fort, sondern hingen nach wie vor an ihren angestammten Plätzen. Die Erde würde sich ewig weiterdrehen, Sonnenuntergang würde auf Sonnenaufgang folgen bis in alle Ewigkeit, und die Sterne würden nicht aufhören zu leuchten, ob man sie nun sah oder nicht.

FÜNFTER TEIL

ANTIGUA 1836

*

Fast fünfzig Jahre später drehte sich die Erde und brannten die Sterne noch immer, und Daniel Rooke sah noch immer zu ihnen hinauf und beobachtete sie.

Inzwischen hatte er gelernt, dass man mit bloßen Augen Dinge sah, die ein Teleskop nicht sichtbar machen konnte. Mit Hilfe dieser empfindlichen astronomischen Instrumente konnte man die Summe des Weltwissens zwar durch neue Sterne erweitern, doch um die Schönheit der schon entdeckten Sterne zu bestaunen, bedurfte es einer Seele.

Rooke war nicht zum Tode verurteilt worden, und dafür hatte er Gott auf den Knien gedankt. Doch als es hieß, er dürfe weiterhin im Dienst bleiben, wenn er sich bei James Gilbert entschuldige und eine Degradierung zum Fähnrich akzeptiere, hatte er abgelehnt. Er wusste inzwischen, wozu er am Leben geblieben war, und zwar nicht, um Seiner Majestät zu dienen. Unmittelbar nach der Gerichtsverhandlung verschrieb er sich einer anderen Sache.

Einer Sache, die Rooke an einen Ort zurückführte, von dem er nie geglaubt hätte, ihn jemals wiederzusehen: Antigua. Die Symmetrie verblüffte ihn. In Antigua hatte er einst mit angesehen, wie ein junger Marineleutnant wegen Ungehorsams gehängt wurde. Rooke hatte ebenfalls den Gehorsam verweigert, ohne jedoch zum Tode verurteilt worden zu sein. Da schien es nur folgerichtig, Antigua sein Leben zu verschreiben.

Wie ein Stern im Morgengrauen verblasste dieses Leben nun allmählich. Rooke lag wach in der Dunkelheit. Bis zum Sonnenaufgang würde es noch eine Weile dauern, doch das Fenster war schon als graues Viereck wahrnehmbar. Der Tag brach hier in den Tropen viel zu schnell an, dieses strahlende karibische Licht hätte ein Kranker am liebsten gar nicht hereingelassen. Wie früher als Astronom wartete Rooke auch nun wieder ungeduldig auf die Dunkelheit. Er vermutete, dass die endgültige Dunkelheit nicht mehr fern war.

Reglos, fast ohne zu atmen, lag er da. Er war froh, eine Weile nichts anderes zu spüren, als dass er existierte. Diese kurze Phase genoss er bewusst. Dann setzten die Schmerzen wieder ein, das dröhnende Hämmern in seinem Kopf, das Pochen hinter den Augäpfeln, das Ziehen in den Schultern, im Rücken, in den Beinen. Letztendlich war es nur eine Frage des Ausharrens; entweder man starb oder wurde wieder gesund.

Im Guajavabaum draußen vor dem Fenster kreischten die Papageien. Ein weiterer elender Tag in diesem heißen Bett musste durchgestanden werden.

Der Vorhang war an den Gardinenringen ausgerissen und hing schon die ganze Zeit, die er hier lag, an einem Ende herunter, ein Streifen Futterstoff baumelte herab. Rooke konnte diesen schiefen Vorhang, die kaputten Ringe und diesen schmalen Fetzen Stoff schon lange nicht mehr sehen. Tag für Tag hatte er, während er im Bett lag, den Riss geflickt und den Vorhang wieder an den Ringen befestigt – allerdings nur im Geiste. Schon seit Wochen reichte seine Kraft gerade noch dafür aus, sich im Bett aufzusetzen, sich zum Nachtstuhl zu schleppen und wieder zurück unter die Decke zu kriechen.

Inzwischen war es hell genug, um andere vertraute Dinge erkennen zu können: die an einen Sternenhimmel erinnernden Schimmelflecken an der Decke und die Risse in der Bodenfliese, die wie die Umrisse Frankreichs aussahen. Vor seinem geistigen Auge sah er sich mit einem Eimer heißen Seifenwassers und einer Scheuerbürste am Boden knien. Die Risse in den Terrakottafliesen waren voller Dreck, die Oberfläche von einem Schmierfilm überzogen. Es war interessant zu beobachten – zumindest die ersten hundert Male –, wie die Schmutzschicht normalerweise unsichtbare kleine Unebenheiten des Fliesenbodens zum Vorschein brachte. Dort, wo die Ecke einer Fliese etwas niedriger lag als die der Fliese daneben, hatte sich ungestört Dreck festsetzen können. An den Stellen, wo eine Kante überstand, war der Dreck von darüberlaufenden Füßen weggerieben worden. Falls man einmal aus irgendeinem Grund eine absolut ebene Fläche brauchte – beispielsweise für ein Experiment mit Metallkugeln und ihren Bewegungsabläufen –, könnte man sich dieses Phänomen zunutze machen. Sollte er jemals eine so perfekte Oberfläche brauchen, würde er Dreck als Hilfsmittel verwenden, nahm Rooke sich vor.

Rooke hielt es für ein gutes Zeichen, dass er nach wie vor methodisch und deduktiv zu denken vermochte.

Henrietta, seine Bedienstete, war eine gute Frau. Aber sie hatte schon genug damit zu tun, ihn zu versorgen. Aus reiner Ehrerbietung heraus hatte sie noch vor seiner Erkrankung beschlossen, bei ihm zu bleiben. Rooke hatte ihr seit etwa einem Jahr schon keinen Lohn mehr zahlen können.

»Sie haben uns Gutes getan«, sagte sie stets, wenn er sich entschuldigte. »Mir und uns.«

Mit »uns« meinte sie natürlich die Sklaven. Rooke hatte ihnen sein Leben verschrieben.

Nun ja, das klang etwas melodramatisch. Als er damit begann, war er knapp dreißig gewesen. Inzwischen war er vierundsiebzig und lag auf diesem heißen Bett. Man könnte grob zwei Drittel sagen, etwa zwei Drittel seines Lebens.

Ganz exakt waren es zweiundzwanzig Siebenunddreißigstel seines Lebens. Er fragte sich, wie krank er wohl werden müsste, bis ihn dieser Drang verließ, alles in Zahlen auszudrücken und exakt zu berechnen.

Sagen wir also zwei Drittel eines Lebens, das so vielversprechend begonnen hatte. Dann hatte er seine Wahl getroffen, die ihn hierher führte, in dieses Haus auf dem Hügel oberhalb des Englischen Hafens.

All jene, die ihm eine große Zukunft prophezeit hatten, waren längst von ihm abgefallen, und all jene, die er geliebt hatte – seine Frau, sein Sohn und seine Tochter –, waren inzwischen tot oder anderswo. Wenn ein Mann so lang lebte wie er, konnte es vermutlich auch gar nicht anders sein, dachte Rooke. Jetzt waren nur noch er und Henrietta da.

Er hörte sie unten in der Küche herumhantieren. Und das Miauen der Katze, die auf ihr Frühstück wartete.

Henrietta würde gleich mit einem Stück Mango von dem Baum vor dem Haus und einem Teller kalter, gekochter Süßkartoffeln vom Vorabend heraufkommen. Obwohl er auf nichts davon Appetit hatte, würde sie es ihm bringen und ihn wie immer leise schelten. Sie würde ihm die Mango hinhalten, bis er einen Bissen nahm, und ihm das Kinn abwischen, wenn der Saft hinunterrann.

Ein Schälchen Haferbrei, das wäre gut. Als Kind hatte er Haferbrei sehr gemocht. Das regenglänzende Portsmouth und der Haferbrei seiner Mutter, warm, süß, mit fetter Sahne. In Antigua gab es kein Hafermehl. Auf den Schiffen, die alle möglichen Genüsse aus England herbrachten, konnte man vermutlich auch Hafermehl kaufen, nahm Rooke an, allerdings nur, wenn man Geld hatte.

Er hatte Henrietta bei einer Versteigerung gekauft, als er noch Geld hatte. Damals war es ihm schon zur Gewohnheit geworden, mit den anderen Männern dazustehen und laut aufwärts zu zählen, im Wechsel mit ihnen Gebote abzugeben, bis die anderen schließlich aufgaben. Wie viele Sklaven hatte er gekauft? Anfangs hatte er noch eine Liste geführt, nach einer Weile jedoch damit aufgehört. Ausnahmsweise einmal war es ihm auf die genaue Zahl nicht mehr angekommen. Er konnte lediglich sagen: *Ich habe so viele gekauft, wie ich kaufen konnte.*

Gekauft und dann natürlich freigelassen. Wie hatten sie ihn dafür gehasst, diese Männer ringsum auf dem Auktionshof. Sie hatten sich untereinander abgesprochen und den Preis durch Abgabe immer höherer Gebote in die Höhe getrieben, um ihn schneller zu ruinieren.

Jetzt hatte er nichts mehr. Nur noch das Wasser im Brunnen, die Mangos an den Bäumen und die Süßkartoffeln im Garten.

»Geh«, hatte er zu Henrietta gesagt, als das letzte Geld weg war, und sich dabei bemüht, streng zu klingen. »Ich kann dich nicht bezahlen, du musst dir eine andere Stelle suchen.« Henrietta hatte sich gar nicht erst auf eine Diskussion eingelassen, sondern nur den Kopf geschüttelt und die Lippen zusammengepresst wie ein Kind, dass sich weigert, eine Medizin zu nehmen.

Vielleicht sollte er diese vor sechsundvierzig Jahren getroffene Wahl jetzt bereuen, dachte Rooke. Er versuchte es sich im Geiste vorzustellen. *Bedauern. Reue.* Überlegte, ob er das, was diese Worte besagten, tatsächlich empfand. Sein Kopf schmerzte, sämtliche Glieder taten ihm weh, das Licht blendete seine Augen. Er wünschte, seine Frau wäre noch am Leben. Gerne würde er seine Schwester Anne noch einmal sehen, noch einmal Haferbrei essen und den weichen Regen von Portsmouth auf seinem Gesicht spüren.

All diese Dinge konnte er fühlen. Nur Bedauern fühlte er einfach nicht. Man konnte zwar die Worte dafür aufrufen, nicht aber das Gefühl.

Bedauern, aus dem Augenwinkel heraus sah er das Wort aufblitzen, aufflammen, erlöschen.

Rooke hörte, wie Henrietta unten im Erdgeschoss jemanden begrüßte, dann eine dunkle Männerstimme. Er hatte das Bild deutlich vor Augen: Henrietta, ein frisch gewaschenes Tuch, das einmal rot gewesen war, um ihr schwarzes Haar gebunden, und Redoubt, der Postbote.

Durch das offene Fenster hörte er, wie jemand fegte, dann die regelmäßigen dumpfen Schläge eines Teppichklopfers. Jemand sang ein paar Takte einer Melodie, rief etwas, dann das Geräusch von Wasser, das aus einem Behälter in einen anderen gegossen wurde. Ein Hahn krähte triumphierend. Bald würde Henrietta heraufkommen, den kaputten Vorhang zurückziehen, sich umdrehen und Rooke anblicken.

Und tatsächlich, da waren ihre Schritte auf der Treppe. Weil der Mattenbelag seit langem hinüber war, konnte Rooke jeden einzelnen Schritt ihrer nackten Füße hören, mochte sie auch noch so leise auftreten. Und da stand sie auch schon, in der Hand den alten weißen Teller mit, ja, der Scheibe Mango und einem Stück gräulicher Süßkartoffel.

Nur um sie zum Lächeln zu bringen, würde er einen Happen essen. Sonst würde sie ihren gekränkten Blick aufsetzen, den er nicht ertragen konnte. Er wusste, dass es nur vorgetäuscht war, so wie man vielleicht einem Kind etwas vorspielte, trotzdem würde er sich fügen. Er würde zuerst die Süßkartoffel essen, mit diesem leicht erdigen Geschmack, dann die Mango mit ihrem süßen, duftenden Fruchtfleisch.

»Nicht so hastig, Mr. Rooke«, flüsterte Henrietta. »Immer schön langsam.«

Als er von beidem einen Bissen gegessen hatte, ließ er sich wieder aufs Kissen sinken. Die Mango schmeckte auf der Zunge zwar süß, hinterließ aber einen leicht bitteren Nachgeschmack. Er wollte ihn mit einem Schluck Wasser wegspülen, brachte aber nicht die Energie auf, sich aufzusetzen und zu trinken.

Im Zimmer wurde es immer heißer. Rooke spürte, wie ihm ein Schweißtropfen über die Wange lief. Dort drüben war der elende Vorhang, den er nicht mehr sehen konnte, dort unten die gesprungene Fliese, dort oben die Schimmelflecken. Rooke hatte das Gefühl, unmöglich noch einen weiteren Tag in diesem Zimmer ertragen zu können, während das Licht durch das Zimmer kroch, bis es endlich dunkel wurde.

Mit einem einzigen Atemstoß stieß er die gesamte Luft aus seiner Lunge aus, ein Geräusch, das ihm halb wie ein Stöhnen, halb wie Heulen erschien. Henrietta beugte sich vor, blieb lange an seinem Bett sitzen, hielt seine Finger und streichelte sie. Rooke spürte die warme, glatte Haut ihrer Finger auf seinen.

Putuwa. Das war das Wort, das Tagaran ihm beigebracht hatte. *Putuwa.* Und er hatte die Bedeutung in sein Büchlein geschrieben: *die Hand am Feuer wärmen und dann die Finger eines anderen Menschen sanft drücken*.

Dort, am anderen Ende der Welt, würde es jetzt Abend werden. Wenn Tagaran noch lebte, war sie inzwischen eine erwachsene Frau mit erwachsenen Kindern. Vielleicht hatte sie Enkelkinder, die genauso dünn waren und genau das gleiche Lachen hatten wie das Kind, das sie gewesen war, als sie sich mit Daniel Rooke angefreundet hatte.

Sie erinnerte sich bestimmt noch an ihn. Dessen war er sich ganz sicher. Sie würde ihren Kindern von ihm erzählen, dem *Berewalgal*, mit dem sie als Mädchen befreundet war. Der solche Schwierigkeiten beim Aussprechen ihres Namens hatte, dass sie ihn zehn Mal wiederholen musste! Der alles in zwei kleine Notizbücher geschrieben hatte, damit die Wörter dort für immer festgehalten wären.

Ob sie sich fragte, was aus den Notizbüchern geworden war, den Aufzeichnungen ihrer Gespräche, niedergeschrieben für jeden, der sie irgendwann öffnen und lesen würde? Sie wusste bestimmt, dass er die Bücher bis an sein Lebensende aufbewahren würde, dachte Rooke.

Die Notizbücher waren mit ihm auf der *Gorgon* nach London gereist, und dann nach Afrika. Und nach all diesen Jahren waren sie immer noch bei ihm, in der obersten Schublade der Frisierkommode drüben in der Ecke. Er hatte sie jedoch kein einziges Mal herausgeholt, hatte sie nie wieder gelesen. Es genügte ihm zu wissen, dass sie da waren. Wenn Tagaran und er tot waren und ihre Enkelkinder auch, würden diese Notizbücher die Geschichte einer ganz besonderen Freundschaft erzählen.

Rooke hatte immer gehofft, irgendwann dorthin zurückkehren zu können. Er hatte diese Hoffnung nie aufgegeben. Hier auf diesen Inseln unter all den schwarzen Gesichtern hatte er das Gefühl gehabt, Tagaran näher zu sein. Hatte das Gefühl gehabt, sich in ihre Richtung zu bewegen, trennte ihn von New South Wales doch nur ein schmaler Streifen Land und ein einziger Ozean. Inzwischen wusste er, mit der Klarheit des Fiebers, dass er dieses Land nie wiedersehen würde. New South Wales war genauso unerreichbar wie alles andere aus seiner Vergangenheit.

Rooke brauchte die Notizbücher gar nicht aufzuschlagen, um sich an jede Einzelheit von New South Wales erinnern zu können. Er wusste genau, wie es dort in der Abenddämmerung aussah. Das Land dunkelte eher als der Himmel. Das Wasser fing die letzten Sonnenstrahlen ein und hielt sie fest, schimmernd und funkelnd.

Wäre er noch einmal in derselben Situation wie in jener Nacht am Sandstrand der Botany Bay, würde er wieder dieselbe Entscheidung treffen, wohl wissend, dass ihn das genau hierhin führen würde: zu den kreischenden Vögeln dort draußen im Guajavabaum, den Stimmen, die durchs Fenster hereindrangen in dieses heiße Zimmer mit den darin herumkreisenden Fliegen und dem im Bett liegenden Mann, der zu den Schimmelflecken an der Decke hochsah, die aussahen wie dunkle Sterne.

*

An seinem letzten Morgen in New South Wales war Rooke schon vor Tagesanbruch erwacht. Durch die offene Tür waren noch ein paar Sterne zu sehen, während der Himmel um sie herum langsam heller wurde.

Unten im Hafen von Sydney Cove hatte die *Gorgon* gewartet, um ihn nach England zurückzubringen. Die seit langem erwarteten Schiffe waren zu seinem persönlichen Pech kurz nach seiner Unterredung mit dem Gouverneur eingetroffen. *Sie wissen, Leutnant, dass ich nicht bevollmächtigt bin, eine Militärgerichtsverhandlung abzuhalten*, hatte Seine Exzellenz gesagt.

Seine Stimme hatte vor Wut gezittert. *Sie werden aber bei der erstbesten Gelegenheit zurückgeschickt und sich für Ihr Verhalten zu verantworten haben.*

Einst hatte Rooke gedacht, er werde den Rest seines Lebens in New South Wales verbringen, doch dann hatte es gerade noch einen Monat gedauert, bis die *erstbeste Gelegenheit* eingetreten war.

Es hatte eine kräftige Brise geweht, Rooke konnte das Wasser unten im Hafen gegen die Felsen am Fuß der Landspitze klatschen hören. Sobald es hell war, würde die *Gorgon* klargemacht werden. Auf dieser Reise würde es keinen Zeitmesser geben, den es aufzuziehen galt, und an ihrem Ende würde ihn auch kein neues Land erwarten, sondern nur die ungewissen Jahre seines restlichen Lebens.

Rooke stand auf und trat ins Freie. Dort oben am Himmel stand Beteigeuze und ein Stück davon entfernt wie eh und je der weißlich leuchtende Rigel.

Beide waren schon von Anfang an da gewesen. Was auch immer der Anfang gewesen sein mochte. Und würden immer noch da sein, wenn von dem Materieteilchen namens Daniel Rooke nicht einmal mehr der Name auf einem vergessenen Grabstein existieren würde, wenn der Grabstein selbst Körnchen für Körnchen verwittert wäre. Auch dann würden Rigel und Beteigeuze noch immer gemeinsam über den Himmel ziehen.

Rooke hatte Feuer gemacht und zum letzten Mal eine Portion Süßtee aufgebrüht. *Warraburra*. Dann hatte er seinen Stuhl hinausgetragen, sich wie so oft mit dem Rücken zur Wand hingesetzt und ein letztes Mal den Aufgang der Sonne verfolgt. Seine tiefen Atemzüge klangen wie Seufzer, ums Herz herum spürte er eine Kälte. Ein weißer Papagei, von den ersten Sonnenstrahlen prachtvoll vergoldet, flatterte über das Stück blauen Himmel zwischen den Baumkronen.

*

Um zwölf Uhr Mittags legte die *Gorgon* ab, unter lautem Klappern und Quietschen der Blöcke wurden die Segel gehisst. Rooke stand am Heck und blickte zu der Landspitze hinüber, die bei den Eingeborenen Tarra hieß. Seinen Landsleuten hatte er den Vorschlag gemacht, die Landspitze nach Dr. Vickery zu benennen, aber sie wollten ihr unbedingt seinen Namen geben.

Rooke konnte das Dach seiner Hütte und das kühne kleine Zeltdach des Observatoriums erkennen. Auf den Felsen unterhalb der Hütte, auf der äußersten Spitze der Landzunge, sah er ein paar Eingeborene stehen. Unter ihnen konnte er gerade noch die Gestalt von Tagaran ausmachen.

Sie war an jenem Morgen heruntergekommen, aber nicht wie sonst fröhlich die Felsen hinuntergehüpft. Sie hatten kaum gesprochen. Es gab nichts zu sagen. Während Rooke seine Tasche zuschnallte, die Riegel der Seekiste verschloss und sich dann darauf setzte und wartete, dass die Männer kamen und die Kiste zum Schiff schleppten, hatte Tagaran vor dem Kaminfeuer gekauert. Sie hatte die Hände darüber gehalten – so nah, dass Rooke Angst hatte, sie würde sich die Handflächen verbrennen – und war dann herübergekommen und hatte sich neben ihn auf die Kiste gesetzt.

Wie schon einmal nahm sie seine Hände zwischen ihre. Rooke spürte den sanften Druck ihrer Finger und die Wärme, die sie an seine Finger abgaben. Er schloss die Augen. Seine Haut war jetzt ebenso warm wie ihre, so dass er nicht mehr wusste, welches ihre und welches seine eigene Wärme war.

Als die Männer kamen, um die Seekiste zu holen, warfen sich Rooke und Tagaran einen letzten kurzen Blick zu. Rooke folgte den Männern die Felsen hinauf zum Hügelkamm. Oben angekommen, drehte er sich nicht um. Die Hand fest zugedrückt, um die Wärme, die Tagaran an ihn abgegeben hatte, darin festzuhalten, ging er weiter hügelabwärts den Pfad entlang zu der Stelle, an der die Boote warteten.

Doch während er jetzt an der Reling im Heck der *Gorgon* lehnte und das Schiff Fahrt aufnahm, konnte er Tagaran dort unten an der äußersten Spitze der Landzunge deutlich erkennen. Sie stand auf dem Felsen, auf dem er einmal einen Eingeborenen beobachtet hatte, wie dieser mit dem Speer einen Fisch fing und unter seine Hüftschnur klemmte. Tagaran stand so weit draußen, dass die Wellen bei jedem Atemzug des Wassers über ihre Füße schwappten. Rooke musste lächeln: Sie war so nahe an die *Gorgon* herangekommen, wie es vom Land aus möglich war.

Während der Wind die Segel blähte und die *Gorgon* immer schneller hafenauswärts fuhr, winkte er zu ihr hinüber, und sie antwortete sofort, schwenkte den Arm in einem weiten Halbkreis durch die Luft. Über die Wasserfläche zwischen ihnen hinweg spannte sich ein langer Faden, wurde länger und länger, während ihre Gestalten kleiner wurden.

Bald war Tagaran von den Felsen ringsum nicht mehr zu unterscheiden und die Landspitze nur noch ein ferner Teil der Landschaft. Mochte Tagaran nun auch nicht mehr zu sehen sein, war sie doch ein Teil von allem, was er sah, so wie der blasseste, allerfernste Stern sein stetes Licht durch den Weltraum hinweg zu ihm aussandte.

ANMERKUNGEN DER AUTORIN

Der Sternenleser ist ein Roman, der jedoch durch Ereignisse inspiriert wurde, die sich tatsächlich zugetragen haben. Hier ein kurzer Überblick: An Bord der sogenannten »Ersten Flotte«, die im Jahr 1788 Sträflinge von England nach Australien transportierte, befand sich der junge Marineleutnant William Dawes. Obwohl nominell Soldat, war er ein beachtlicher Experte auf dem Gebiet der Astronomie, der Mathematik und der Sprachen. Seine Aufzeichnungen über die Sprache der Einheimischen aus der Umgebung von Sydney sind mit Abstand die umfangreichsten überhaupt. Sie enthalten nicht nur Wörterlisten und Theorien über die grammatische Struktur der Sprache, sondern Gespräche zwischen ihm und den Eingeborenen, insbesondere mit einem jungen Mädchen namens Patyegarang. Zwischen den Zeilen dieser Dialoge ist eine Beziehung von gegenseitigem Respekt und Zuneigung herauslesbar.

Im Dezember 1790 wurde ein Wildhüter des Gouverneurs durch einen Speer tödlich verletzt. Dawes gehörte zu dem Soldatentrupp, der losgeschickt wurde, um den Stamm zu bestrafen, dem der Angreifer angeblich angehörte. Der Befehl lautete, sechs Eingeborene gefangenzunehmen und in die Siedlung zu bringen. Falls das nicht möglich war, sollten sechs Männer getötet, ihnen danach die Köpfe abgehackt und diese in eigens zu diesem Zweck bereitgestellten Säcken mitgebracht werden.

Dawes verweigerte zunächst seine Teilnahme, wurde dann jedoch dazu überredet. Bei seiner Rückkehr ließ er verlauten, dass er seine Entscheidung bereue und sich in Zukunft Befehlen solcher Art verweigern werde. Wäre der Gouverneur dazu bevollmächtigt gewesen, hätte er eine Militärgerichtsverhandlung einberufen und Dawes wegen Gehorsamsverweigerung angeklagt.

Dawes, der zu einem früheren Zeitpunkt den Wunsch geäußert hatte, sich dauerhaft in New South Wales niederzulassen, wurde nach Ablauf seiner Dienstzeit nach Großbritannien zurückgeschickt. Er kehrte niemals nach Australien zurück, arbeitete jedoch für den Rest seines Lebens in der Bewegung zur Abschaffung der Sklaverei, zunächst in London, dann in Afrika und auf den Westindischen Inseln. Seine letzten Jahre verbrachte er auf Antigua, wo er nach der Abschaffung der Sklaverei Schulen für ehemalige Sklaven einrichtete. Er starb dort im Jahr 1836.

*

Ich habe in diesem Roman in umfangreichem Maße Gebrauch von historischen Quellen gemacht, insbesondere von William Dawes' Notizbüchern über die Sprache der Cadigal. Sämtliche Wörter der Cadigal und alle in diesem Buch wiedergegebenen Dialoge mit ihnen sind wortwörtlich diesen Notizbüchern entnommen, mit freundlicher Genehmigung der School of Oriental and African Studies in London (Referenznummer MS 41645) und nach Beratung mit einem Vertreter des Stammes der Cadigal. Des Weiteren habe ich aus Watkin Tenchs Schriften *A Narrative of the Expedition to Botany Bay* und *A Complete Account of the Settlement at Port Jackson* und aus zahlreichen anderen Quellen zitiert, wofür ich meinen Dank bekunde.

Obwohl dieser Roman auf historischen Tatsachen beruht, habe ich mich keineswegs strikt daran gehalten. Dies ist ein Roman, er sollte nicht als geschichtlich aufgefasst werden.

Meinen aufrichtigen Dank möchte ich all jenen aussprechen, die das Buch im Manuskriptstadium aufmerksam gelesen und ihr Wissen zu diesem Buch beigesteuert haben. Für etwaige Fehler bin allein ich verantwortlich.

Den größten Dank schulde ich Patyegarang und dem Stamm der Cadigal für ihre Bereitschaft, ihre Sprache weiterzuvermitteln, und William Dawes, der sich Notizen darüber machte. Ohne sie wäre es nicht möglich gewesen, diesen Roman zu schreiben.